20 世纪莎士比亚历史剧的
演出与改编研究

李艳梅　著

上海社会科学院出版社

目录

绪　论

在当今时代，信息的获得已经极为便捷，人们只要在网上录入关键词，点击"搜索"，无需几秒，铺天盖地的内容就会呈现在眼前。但是，信息的选择却成为人们新的困境，如何筛选有价值的可用信息，不仅增加了时间成本，同时也考量你选择的标准。读书亦是如此，现在人们不再需要如饥似渴地去寻找图书，而是需要在海啸般的信息中，抉择哪些书籍值得花时间去阅读——单是每年的获奖作品已令人目不暇接，更何况还有各种"遗珠"。在这种情况下，经典作品不仅没有因其"古老"而被时代抛弃，相反，经典的深度阅读变得越来越重要。莎士比亚戏剧代表着文艺复兴时代的艺术高峰，400年来历经时代的变迁，仍然活跃在当今的剧坛和文坛，印证了经典的永恒魅力。

一、本书研究的对象

本书把莎士比亚的10部英国历史剧作为探究的对象，以20世纪以来的莎士比亚历史剧的演出和改编为具体目标。

一般来说，大家认为莎士比亚有37部戏剧作品流传于世。进入20世纪，又有两部戏剧作品——《两个高贵的亲戚》和《爱德华三世》经学者考证，认为是莎士比亚与弗莱彻合著而成，在1997年的《滨河莎士比亚全集》就收录了这两部作品。莎士比亚戏剧与历史有着深厚的渊源关系。探究莎士比亚戏剧的题材来源，我们会发现它们大多与历史或多或少地相关联，比如《哈姆雷特》取材于丹麦史；麦克白、李尔王、辛白林的故事在霍林希德的史书《英格兰、苏格兰与爱尔兰编年史》（三卷本）中有所记载；《裘力斯·恺撒》《安东尼与特莉奥佩特拉》《科利奥兰那斯》和《雅典的泰门》是取材于普鲁塔克所著的《希腊罗马名人传》；《泰特斯·安德鲁尼克斯》一剧也是取材于一部意大利的同名传记。但是，通常来讲，一提到莎士比亚历史剧，则是指莎士比亚以英国历史为题材进行创作的《约翰王》《理查二世》《亨利四世》（上、下）《亨利五世》《亨利六世》（上、中、下）《理查三世》《理查八世》共 10 部戏剧作品，也被称为英国编年史剧（chronicle play）。1623 年，在莎士比亚去世 7 年后，第一对开本《莎士比亚全集》问世，它以悲剧、喜剧、历史剧对莎士比亚的戏剧进行了分类，而"历史剧"一类中即包含这 10 部作品，"历史剧"一词也是由此开始被后人延用下来。本书研究的对象也是指这 10 部莎士比亚的戏剧作品。

从现存的历史剧来看，这种形式的戏剧并不是由莎士比亚首创的。在他成名前，已经有一些取材英国历史、以英国国王命名的戏剧在伦敦泰晤士河南岸的剧院舞台上上演了，如《亨利五世著名的胜利》《英国约翰的多事之朝》《理查三世的真实悲剧》等。对莎士比亚的戏剧产生直接影响的是与莎士比亚同龄的"大学才子派"马洛（1564—1593），在他的创作中也有历史剧《爱德华二世》流传下来。据英国莎学家钱伯斯考证，大约在 1590 年，莎士比亚创作的《亨利六世》（第二部）开始上演，并取得了成功，莎士比亚声名鹊起。他趁热打铁，又推出了《亨利六世》（第三部），接着在 1591 年又追写了《亨利六世》的第一部。在此后 10 年中，莎士比亚几乎每年都有历史剧作品问世：《理查三世》（1592）、《理查二世》（1595）、《约翰王》（1596）、《亨利四世》（上）（1597）、《亨利六世》（下）（1598）、《亨利五世》（1599）。之后，他便搁置了历史剧的创作，进入悲剧创作的高潮时期。

莎士比亚的戏剧创作是以历史剧成名的，也是以历史剧收山的。大约在 1592 年，莎士比亚的《亨利六世》（中）得到观众的喜爱和认可。而他的最后一部作品是《亨利八世》，于 1613 年与青年戏剧家弗莱彻合作完成——这部戏剧写完后第一次上演，在接近尾声时，演出点燃了大火，烧毁了环球剧院，也结束了莎士比亚的戏剧生涯。除了《亨利八世》，其他 9 部历史剧都是在莎士比亚创作的第一个 10 年中完成的。

综观世界文学中的历史剧创作，莎士比亚的地位首屈一指，无人可以撤动。出现在 16 世纪英国的历史剧，经过莎士比亚的整合与打磨，形式完备，具备了高度的思想性和艺术价值，为后人所推崇与学习。莎士比亚使历史剧这一戏剧形式达到成熟，开创了系列历史剧的先河，不仅数量众多，而且具有高超的艺术技巧和深刻的思想意义，对后世历史剧、历史小说的创作产生了深远的影响。例如，18 世纪末德国诗人歌德，他热烈地歌颂莎士比亚，在他的推崇下，莎士比亚扫去了古典主义批评家对他的贬低，在欧洲文坛确立了极高的声誉，跻身经典作家之列，这些方面歌德功不可没。歌德的第一部作品就是历史剧——《铁手骑士葛兹·封·伯利钦根》（1773），它取材于德国 16 世纪的宗教改革与农民起义的真实历史事件，作家以现实主义的笔触，将一位没落骑士的思与行放置于中世纪末期德国整个民族的历史潮流中，揭示出人物自身的特性及其时代的悲剧性。这部作品在人物塑造、情节安排等方面都对莎士比亚历史剧作了许多借鉴。

到了 19 世纪，莎士比亚历史剧的影响更加鲜明。在历史小说的开创者英国作家司各特的作品中，莎士比亚的痕迹多处可见。司各特的小说中常出现莎剧中的人物名字，如福斯塔夫；还常在小说中引用莎剧的台词，如他的著名的小说《艾凡赫》摘引莎士比亚戏剧的著名诗句作某些篇章的题词；不仅如此，《艾凡赫》在取材、人物形象的设定等方面都与莎士比亚的《约翰王》一剧有着诸多相似之处。[①]

法国的雨果、缪塞等作家也在他们的戏剧创作中对莎士比亚学习借鉴，创作了《玛丽·都铎》《罗朗萨丘》等作品。俄罗斯民族文学的奠基人普希金，在对本民族的历史进行认真深入的研究后，于 1825 年完成了历史悲剧《鲍里斯·戈都诺夫》，并由此从浪漫主义向现实主义的风格转变。

有着"现代戏剧之父"之称的挪威戏剧家易卜生，他的《玩偶之家》等社会问题剧最为知名，但是他的第一部戏剧作品也是历史剧——《卡提利那》（也译为《凯蒂琳》，1850）。1863 年，他还创作了历史剧《觊觎王位的人》。还有德国的席勒、俄国的阿·托尔斯泰等剧作家，他们的创作都曾涉猎历史剧这一领域。

① 李艳梅：《莎士比亚历史剧研究》，中国社会科学出版社 2009 年版，第 258—262 页。

二、历史剧的真实与虚构

如何定义历史剧呢？宽泛地讲，历史剧就是从历史记载中选取题材创作而成的戏剧作品：因为是取材历史，所以它是以历史之真为前提和背景的；因为是戏剧创作，所以它的本质是属于文学的。可见，历史剧的创作跨越历史和文学两个学科领域，所以针对历史剧的探讨中总离不开历史真实与艺术虚构两者的关系这一问题。

人类有了时间与空间的观念后，人们就可以把不同空间的事件记录在时间轴上，由此形成了历史。历史是以客观真实为本质和特征的，即是在某一时刻真的发生过的事件。史书是以文字为载体记录这些事件而成的。但是历史记载并非历史原貌，因为写史者不可能也做不到原封不动地将发生过的事情全部记录，载入史书的是写作者所知道的和所选择的内容，由此可见，史书的记录与历史原生态是有差异的。史书又有正史和野史之分，正史通常有较大的可信度，而野史以及民间口头流传的一些事件，虽然真实性方面受到质疑，但是它们也是历史的一种补充。

当剧作家进入到历史的事件中选取内容进行艺术创作时，选择哪些史实作创作素材，怎样进行艺术加工，这些完全是由剧作家的主体意识决定的，所以同样是来源于清史的文学创作，呈现的作品可能是宏大庄严的《康熙大帝》《雍正王朝》，也可能是嬉笑怒骂的《宰相刘罗锅》《铁齿铜牙纪晓岚》。历史学家从发生的事件中做选择，形成史书，目的是以史为鉴；剧作者从史书中选取事件，进行艺术加工，将过去的事件再现于舞台之上，供人欣赏，但并不是为了再现历史。因为时间不可逆转，历史无法重演，在作者的创作与观众、读者的赏析这一过程中，双方都包含着以史为鉴、关照当下生活、思考未来人生的动机。共同的动机促使双方交流达成思考的共识，从而使历史书与历史剧有了存在的意义。历史剧是剧（文学）不是史（历史），所以，作家的主体创作决定历史剧的文学艺术的虚构是必不可少的，这种艺术的虚构与历史强调的真实在历史剧作品中共存，形成一种张力。在历史真实的基础上，以艺术真实展现出一个时代，一段故事，"复活"一些历史中的人，这是历史剧要呈现给观众的。当然，历史剧作为一种文学作品的样式，因其特殊性，客观上起到了传播历史知识的作用，因此，尽管历史剧不是舞台上的历史教科书，但原则上它不应该违背历史真实，不能篡改和混淆历史事件。如果历史剧在历史真实方面出了问题，如同人瘸了一条腿，难以立得起来。历史真实与艺术真实是历史剧的两个支柱，两者叠加，相互搭台，戏剧才能够有滋有味。

通览莎士比亚英国史剧，其取材来源主要是两部史书：霍尔的《约克和兰开斯特家族史》和霍林希德的《英格兰、苏格兰和爱尔兰编年史》（三卷本），同时还有一些人物传记（见下表）。

表1　莎士比亚历史剧题材来源

剧名	题 材 来 源	
	作者	史书或传记
亨利六世（上、中、下）	霍林希德	《英格兰、苏格兰与爱尔兰编年史》
	霍尔	《约克和兰开斯特家族史》
理查三世	霍林希德	《英格兰、苏格兰与爱尔兰编年史》
	霍尔	《约克和兰开斯特家族史》
	托马斯·莫尔	《理查王三世史》《理查三世之真实悲剧》
约翰王	无名氏	《英国约翰王朝的多事之秋》
	贝勒福斯	《历史悲剧》
理查二世	霍林希德	《英格兰、苏格兰与爱尔兰编年史》
	塞缪尔·丹尼尔	《史书》
	无名氏	《约克与兰加斯达两家之结合》（1510年出版）
亨利四世（上、下）	霍林希德	《英格兰、苏格兰与爱尔兰编年史》
	贝勒福斯	《历史悲剧》
	无名氏	《约克与兰加斯达两家之结合》（1510年版）

剧名	题 材 来 源	
	作者	史书或传记
亨利五世	霍林希德	《英格兰、苏格兰与爱尔兰编年史》
	无名氏	《亨利五世之光荣胜利》
亨利八世	霍林希德	《英格兰、苏格兰与爱尔兰编年史》
	霍尔	《约克和兰开斯特家族史》
	福克斯	《烈世传》

（参考黄龙：《莎士比亚新传》，江苏少年儿童出版社 1987 年版，第 105—109 页）

莎士比亚以史书记载为材质，其历史剧中的情节发展基本遵循史书的记载，将英国历史上的人物变成笔下戏剧中的角色，再现了英国民族发展的历程，为他所在时代的英国的发展作出了注脚。思考在 17 世纪的新旧交替时代，在面对民族融合与独立意识强化、国家经济转型、海外殖民扩张等问题时，大不列颠岛屿上的民族该何去何从。莎士比亚通过戏剧表达他对英国历史的理解，并以这种理解影响着英国民族对自己历史的看法。

三、历史剧的创作方法与风格

历史剧是"剧"不是"史"，是艺术创作不是解说史书，是为了观照现实而不是重现过去，所以尽管历史剧受到历史之真的前提限制，但是在不同作家笔下，如何选材、如何再创造，则各有千秋，呈现出五花八门、丰富多样的戏剧风格。

对于历史剧要求历史真实与艺术真实高度统一，要达到这一标准，剧作者就要既有渊博的历史修养，又有高超的艺术创造能力，两者兼备，加上进步的历史观念，才能创造出流传史册的历史剧作品。综观整个历史剧的创作，出现了创作方式的不同倾向：一种强调历史的真实性，要求言必有据，人物、事件与时代皆确凿无误，突出表现出戏剧对历史现象的忠实再现。戏剧的情节通常按照历史提供的确凿人物关系展开剧作结构，并以历史事件的自然进程安排进展剧情。人们通常将这种倾向的历史剧称为历史纪实剧，它可以使观众获得历史知识，又在一定程度上满足艺术欣赏的要求，剧作家可以通过这类剧目把重大的历史事件形象化，借以揭示某种历史的经验和教训，使观众获得启示。另一种创作倾向是只取一点历史因由，随意创造，或者取材于某些曾经流传的历史故事，像中国戏曲中的杨家将戏、包公戏等，这类剧目具有更广阔的虚构和想象天地，有人把它们归入历史故事剧的范畴，把它们看作是历史剧中的一个特殊门类。

　　无论是历史纪实剧还是历史故事剧，两者各有利弊，前者容易受史实所囿，可能会妨碍作者艺术创造性，使演员沦为史书解说人，戏剧的艺术效果不佳；后者又缺乏历史真实感，可信度打折，人物的演出缺少历史的厚重感，同样损害作品的艺术效果。因此，在两种风格之间的很大创作空间里，剧作者试图在其中进行平衡，创造出既有厚重的历史感又有丰满的艺术形象和丰沛情感的戏剧作品。

　　创作的倾向与方法不同，导致作品的风格不同。在历史剧的创作上，我们可以依照作家的创作理念和创作方法，把它们归纳为现实主义的历史剧和浪漫主义的历史剧。就前文提到的几位作家，他们的历史剧的特色各自纷呈。莎士比亚的历史剧作品展现的是现实主义的风格，他们在历史剧中关注笔下人物真实生存的那个时代，那些各种势力交织导致的人的生存空间的变异和在那种情境下人的理性的抉择。歌德对莎士比亚极为推崇，他的早期作品《铁手骑士葛兹·封·伯利欣根》就是一部历史剧。这个作品在思想上表现出狂飙突进运动的基本精神，在艺术上则主要采用了莎士比亚式的戏剧创作的方法。《铁手骑士葛兹·封·伯利欣根》取材于16世纪德国宗教改革和农民战争的历史，葛兹原是16世纪德国的一个没落骑士，他曾一度参加农民起义，后来背叛了农民。葛兹作为一个骑士、一个垂死阶级的代表，他同情农民，起来反对现存制度的行动，是骑士阶级对皇帝和封建领主的悲剧性的对抗，但是作为统治阶级中的一个阶层，骑士葛兹又不能完全与这个阶级相背离，在政治上左右摇摆不定导致被两个阶级所抛弃的悲剧结局。歌德突破了古典主义戏剧强调的三一律的创作手法，将人物塑造与真实的历史史实紧密联系，艺术地还原其生活场景，在真实的前提下进行思考，为戏剧中人物的行动提供了令人信服的动机，真实地再现了骑士这一阶层在走向没落之前的无奈与挣扎。

在 19 世纪的浪漫主义思潮的冲击中，司各特等作家撷取历史长河中的几朵浪花进行历史剧（小说）创作，无疑都是受到浪漫主义文学运动的影响，历史剧作品也呈现出浓厚的浪漫主义色彩。司各特的《艾凡赫》也是涉及英国历史上一段家喻户晓的历史事件：著名的狮心王理查十字军东征失利，在返回英国的途中，被奥地利公爵捕获，囚于城堡，要英国付出高昂的赎金。理查出征后代替他在英国执政的是他的弟弟约翰，即莎士比亚笔下的约翰王，他倒是希望理查一去不回，这样他就可以名正言顺地称王了，所以约翰根本不想付出赎金，这时理查的生命安全受到了极大的威胁。勇敢的骑士艾凡赫忠心救主，终于狮心王理查得以返乡。在这部历史小说中，出现了两位国王形象——理查大帝和约翰王，但是与莎士比亚历史剧相比，司各特的历史小说明显体现出浪漫的传奇色彩。他并不关注历史上这些真人真正的样子，在司各特笔下，理查大帝是一个来无影去无踪的侠客，随时可能出现在战场，出现在酒店，出现在乡间……他纵情豪放、谈笑风生，既可管理国家，又可与绿林好汉结交。狮心王这一形象的塑造完全是建立在民谣和传说的基础上，作品的重心显然并不是历史史实，而是骑士传奇。艾凡赫的形象也充分表现出骑士风范，忠诚勇敢，有高贵的品质，追求典雅的爱情。作品中还出现了英国的绿林英雄罗宾汉，他杀富济贫、行走江湖，在小说中还与狮心王一同饮酒谈笑。这些情节显然是与史实不符的，但是却增加了小说的戏剧性，而且小说情节发展的中心线索是艾凡赫与蕊贝卡的爱情，这一切都使作品具备了流行小说的元素，与严肃的历史读物相区别。

作为 19 世纪法国浪漫主义运动的领袖，雨果的文学创作中也包含着许多历史剧作品，如《玛丽蓉·黛罗美》中表现出法王路易十三和红衣主教黎西留的斗争；《国王寻欢作乐》描写的是荒淫无耻的法王弗朗索瓦一世；《玛丽·都铎》中有英国女王与贵族大臣之间的勾心斗角……这些都在一定程度上再现了历史上的某一片断。但雨果关注的重心并不是历史上的重大事件，历史内容也不是雨果戏剧中主要表现的内容，它们更多的是作为主要情节展开的时代背景。与司各特相似，雨果戏剧也总是把历史上的帝王将相放在次要地位，其主人公形象都是表现具有浓郁的浪漫主义色彩的人物：强盗欧那尼、妓女玛丽蓉·黛罗美、弄臣特里布莱等……雨果是在时代之真和人物的性格之真的前提下，突出表现了他所追求的人性的"善"与"美"。

当然，艺术的创作本来就是相互借鉴，现实主义与浪漫主义都是相对而言，而不是截然分开、壁垒分明的。历史剧因其取材而必然与现实真实相联系，又因其文学性而具备了虚构想象的合法性。

四、经典的莎剧与先锋的莎剧

在世界文学的大厦中，有许多作品经历了岁月的考验，至今仍为人所知，并受到高度的评价，被奉为文学的经典。但是，在这些奉为经典的作品中，有不少已成为仅仅为学院派关注的对象，而在当代大众的阅读视野中，关注度十分有限，出现了学者推崇而大众知之甚少的情况。不过莎士比亚剧作并非如此，尽管莎士比亚在不同时代也一直受到各方面的质疑，如说他抄袭，或者是根本就是他人所作，也有如伏尔泰、托尔斯泰这些著名学者对莎剧作出的评价不高，不过可喜之处是莎士比亚的戏剧一直没有被束之高阁，仅仅供少数人研究和观瞻。相反，它们一直是世界戏剧舞台上的宠儿，不仅英国人以此为荣，以演出为乐，同时世界其他民族也将莎剧进行翻译，并将它们与自己本民族的艺术融汇起来进行排演。莎剧不仅在全世界被人传颂与研究，还受到不同国家的演员与观众的追捧，被改编成各种语言、各种民族风格的戏剧，演绎不尽，这些又进一步延续和散播了莎士比亚戏剧的魅力。由此可见，文学经典是要经得起时间的考验的，不管时代如何变迁，其内存的思想价值与艺术价值如同黄金经得起岁月的打磨，总会穿越时空，显露真容，熠熠生辉，给人以美的感受和思想的启发。

莎士比亚戏剧是经典的，同时也是先锋的。"经典"表明历经了时间的考验，而"先锋"代表着引领潮流，莎士比亚戏剧将两者完美地结合起来。400年前的舞台剧不仅至今仍然活跃在戏剧舞台上，而且还以影视等媒体发扬光大，体现出经典作品的"先锋性"。当然先锋不等于怪异，不是与众不同的外在表现，而是在时代变迁的许多关键时刻里，具有引领作用的那些内容。莎士比亚戏剧经典因对人类社会的复杂与规律的洞察，对人性的深入探究，因其内在价值的艺术提炼而在不同时代的文学潮流中充当了先锋角色，为新的文学发展提供了坐标和参照。

第一章 20世纪以降莎士比亚历史剧的演出

　　莎士比亚已经去世400多年了，但是他的戏剧常演不衰，莎士比亚活在了他的戏剧中，陪伴着不同时代的人，直到今天。作为一名职业演员和剧作家，莎士比亚大约在1590—1613年间创作并组织演出了37部戏剧，为他赢得了荣誉与财富。此后，经历了17世纪指责与争议与18世纪的重新定位，到了19世纪后再次受到人们的认可与喜爱。20世纪，莎士比亚戏剧的演出达到了又一次的高潮。一方面，在英国本土，莎士比亚戏剧受到空前的重视，演出的场次也大大提高。每年的4月23日在英国莎士比亚的家乡斯特拉福德镇上举办的"莎士比亚戏剧节"，这已经成为世界戏剧演出团体相聚的盛会。据载，在1955年斯特拉福德"莎士比亚戏剧节"曾持续上演了33周，创下达375 000名观众的纪录。① 另一方面，在英国之外的世界各地，到处都有莎士比亚戏剧演出活动。2012年的"莎士比亚戏剧节"，来自世界各地的艺术团体，以包括斯瓦西里语、汉语普通话、粤语以及手语在内的38种语言和方式演绎了37部莎士比亚戏剧，创造了盛况空前的世界莎士比亚戏剧演出大聚会。不同国家以各种语言进行翻译、改编莎士比亚的戏剧，同时引入英国剧团来本国演出莎士比亚戏剧的活动也变得越来越频繁。除了专业戏剧团体的演出，各种大学生艺术节上也时常看到莎士比亚戏剧的剧目。除英国之外的其他国家的"莎士比亚戏剧节"也是盛况空前，成为吸引着众多游客的一个文化产业。欧洲许多国家每年都举行莎士比亚艺术节活动。而在北美，美国俄勒冈市自1935年开始举办

---

① 吴辉：《影像莎士比亚》，中国传媒大学出版社2007年版，第21页。

"莎士比亚戏剧节"，目前这一活动已经遍及美国各个州，每年开展长达 10 个月的莎士比亚戏剧演出活动；在加拿大距离多伦多市 2 小时车程的一个与莎士比亚家乡同名的小城"Stratford"，自 1952 年起举办"莎士比亚戏剧节"，现在每年 5—10 月都因这一节日吸引世界各地游客前来观赏，成为北美最大、历时时间最长、吸引观众人数最多的以演出莎士比亚戏剧为主的艺术节。中国自 1986 年起在北京、上海两地同时举办"莎士比亚戏剧节"活动，影响力越来越大。除了这些以莎士比亚命名的戏剧节，其他戏剧节如法国的阿维尼翁戏剧节、德国柏林戏剧节、奥地利维也纳戏剧节、英国爱丁堡戏剧节、中国乌镇戏剧节等，莎士比亚戏剧依旧会时常出现在演出的剧目中。

在莎士比亚戏剧的演出中，历史剧一直是其重要的内容之一。在不同时期的不同国家，对 10 部历史剧的喜爱有所不同，总体来看，《亨利四世》《亨利五世》《理查三世》等受到的关注更多一些。在不同时期，人们对历史剧中人物的表演和解读也有所不同，观众既关注那些国王，同时也对福斯塔夫这样的喜剧性人物倍加喜爱。

第一节　英国当代莎士比亚历史剧演出

一、英国当代著名剧团的问世与莎士比亚戏剧演出活动

演绎莎士比亚戏剧已经成为英国文化传统。目前，提到莎士比亚戏剧的演出，最为知名的当属英国皇家莎士比亚剧团（Royal Shakespeare Company，简称 RSC），但是在其出现之前，还有一个更为古老的以演出莎剧而为人熟知的"老维克"（OLD VIC）剧团（院）。

1. "老维克"

英国"老维克"剧院现坐落于英国伦敦市南部兰贝斯区（Lambeth）的滑铁卢车站东南角，卡特路和滑铁卢路的交口处。"老维克"的前身可以追溯到 1818 年成立的时名为皇家科堡剧院（Royal Coburg Theatre），当时它只是个很小的剧团，常常演出一些插科打诨的喜剧，并不上演重大题材

的戏剧作品。但是在 1824 年，剧院由乔治·伯威·戴维哲（George Bolwell Davidge）经营时，他成功地引入传奇演员埃德蒙·基恩（Edmund Kean），进行了连续 6 晚演出 6 部莎剧的活动，从此将"老维克"剧院的演出方向引向高雅艺术的主流倾向。1833 年 7 月 1 日，"皇家科堡剧院"改名为"皇家维多利亚剧院"（Royal Victoria Theatre），从此得到英国皇室的赞助和保护，据说当时只有 14 岁的英国未来的维多利亚女王和她的妈妈还曾到此看过一次戏剧演出。在此后半个世纪中，"皇家维多利亚剧院"历经沧桑，几度易主经营，直至 1871 年剧院关闭。虽然在同年 12 月新建的"皇家维多利亚宫"开放，但是不久又因经营不善而关闭。1880 年，新的经营者艾玛·科恩（Emma Cons）将剧院里外装饰一新，开放了"皇家维多利亚大厅"和咖啡馆，自此以后，这里就被称作"老维克"。1912 年，艾玛·科恩去世，她的侄女丽莉安·贝利斯（Lilian Baylis）接手管理"老维克"，她把这里变成了莎士比亚戏剧演出的重要场所，并于 1929 年成立了老维克剧团（OLD VIC COMPANY）。

老维克剧团致力于莎士比亚的戏剧演出，其中，《哈姆雷特》《暴风雨》等剧目十分知名；同时，也造就了一些著名的戏剧演员，劳伦斯·奥利弗（Laurence Olivier）就是其中之一。但是"二战"期间，在 1940—1941 年德国发动的"闪电"行动中，老维克剧院受到炮轰而严重损毁，不得不又一次关闭，剧团演员也只能到英国其他城市巡演谋生，直到 1950 年再次修缮开放。1963 年，老维克剧团解散。此后很快出现了一个新剧团——国家剧团（National Theatre Company），艺术总监就是在"老维克"成长起来的著名演员劳伦斯·奥利弗。1976 年，在泰晤士河南岸滑铁卢车站附近又重建了"老维克"剧院及剧团。1979 年，剧团出访丹麦、澳大利亚和中国，演出了《哈姆雷特》一剧，它成为英国第一家在中国上演话剧的剧团。

1977 年，老维克剧院的汤姆·沃恩（Tom Vaughan）依托"老维克"组建了"老维克青年剧院"（The Old Vic Youth Theatre），招收和培养 12—20 岁的年轻演员，在这里莎士比亚戏剧是年轻演员学习的必选内容。1977 年春，在专业戏剧导演露西·帕克（Lucy Parker）和弗里德里克·庞德（Frederick Proud）的执导下，青年剧团进行了大约 40 场的演出。1977

年夏，青年剧院的演员又在乔治客栈庭院进行了名为"仲夏夜之梦"的莎士比亚戏剧公益演出，这也成为南华克（伦敦自治市）"莎士比亚戏剧节"的一个重要组成部分。"老维克"不仅是剧院、剧团，它已经成为作家、专业演员、导演、制片人、音乐家、舞蹈家、诗人、舞台经理等专业人士的摇篮。

表演莎士比亚戏剧是老维克剧团的传统。1952—1957 年，老维克剧院开展了演绎所有莎士比亚戏剧的 5 年计划，大量引入优秀的戏剧演员，将一部部莎剧展现在老维克的舞台上，包括《亨利八世》在内的 10 部历史剧也都有过排演。演员中有得到锻炼成长起来的劳伦斯·奥利弗，1922 年，他 15 岁第一次登台演出的就是莎士比亚的戏剧《驯悍记》。1935 年，奥利弗在老维克剧院连续 6 个月演出《罗密欧与朱丽叶》。另外，麦克白、夏洛克、哈姆雷特都是他擅长的角色。历史剧也不例外，出演过亨利五世、理查三世……奥利弗还分别在 1944 年和 1955 年导演并主演了这两部历史剧电影，将莎士比亚的戏剧留在了银幕上。

传奇女性朱蒂·丹奇女爵士（Dame Judi Dench）在她的传记 *"And Furthermore"* 第二章中，记录了她在 1957 年 20 出头的年纪时受聘在"老维克"当女演员时的经历。她参加过《哈姆雷特》《仲夏夜之梦》《一报还一报》《李尔王》《第十二夜》等作品的演出，还出演过《亨利八世》和《亨利五世》《亨利六世》中的女性角色。同时，朱蒂还参演了 BBC 的电视版 "The Age Of Kings"，饰演法国公主。[1] 这些都表明莎士比亚的历史剧在"老维克"同其他戏剧作品是同样受到重视的。1964 年，为庆祝莎士比亚诞辰 400 周年，"老维克"剧团带着《亨利五世》一剧，参加了莎士比亚家乡埃文河畔斯特拉福德镇上的莎士比亚艺术节，与"皇家莎士比亚剧团"一同演绎了莎士比亚的历史剧。[2]

进入 21 世纪，"老维克"依旧活动在戏剧舞台上。2003 年，"老维克"剧院邀请凯文·史派西（Kevin Spacey）出任艺术总监。此后 12 年间，凯

---

[1] *And Furthermore*：http：//blog. sina. com. cn/s/blog _ 66791e3501016qiq. html。

[2] 宗白、李清德：《皇家莎士比亚剧团纵横谈》，《戏剧艺术》1982 年第 2 期，第 127 页。

文不仅在每个演出季亲自出演，还作为导演执导话剧，将英国和美国最优秀的戏剧演员邀请到这个舞台上，使这座伦敦最古老的剧院重现生机，光芒四射。除了演出奥尼尔、贝克特等20世纪现代戏剧家的作品，莎士比亚戏剧依然会位列其中。2011年，"老维克"的舞台上，演出了由山姆·曼德斯（Sam Mendes）导演的《理查三世》，其中的主人公国王理查是由凯文亲自出演的。[①]

2. 皇家莎士比亚剧团

颇具盛名的皇家莎士比亚剧团（Royal Shakespeare Company；简称RSC）成立于1961年，是英国最具有影响力的剧团之一，也是目前世界上规模巨大、组织健全、经费充足、演出水准极高的职业剧团之一。在莎士比亚戏剧的演出方面，皇家莎士比亚剧团的历史悠久，权威性举世公认。虽然"皇家莎士比亚"这一称号是从1961年开始的，但是它的前身是有着100多年历史的"莎士比亚纪念剧院"（Shakespeare Memorial Theatre）剧团，它于1875年成立于莎士比亚的出生地埃文河畔的斯特拉福德小镇，一直以演出莎士比亚戏剧而闻名。在斯特拉福德镇上，此剧团拥有3个长年演出的场地："皇家莎士比亚剧院"（Royal Shakespeare Theatre）、"天鹅"（The Swan）和"另一处"（The Other Place）。1960年，在霍尔任剧团导演期间，他在伦敦的奥尔德维奇剧院为剧团建立了一个演出点，剧团除了莎剧，也上演现代的先锋派剧目，如布莱希特、品特和其他当代作家的作品。1961年，"莎士比亚纪念剧院"承女王伊丽莎白二世之命更名为"皇家莎士比亚剧院"，并由政府的艺术委员会进行资助。1964年，为了庆祝莎翁诞辰400周年，斯特拉福特镇演出了莎士比亚8部历史剧——《理查二世》《亨利四世》（上、下）《亨利五世》《亨利六世》（上、中、下）和《理查三世》。1968年，剧团年轻导演唐·纳恩从霍尔手中接任剧团的艺术导演，他在伦敦的巴比堪剧院又建立了一个新的伦敦演出点。现在，皇家莎士比亚剧团在斯特拉特福和伦敦两地不仅拥有较大的剧院，还建立了小剧院，进行实验性的演出。皇家莎士比亚剧团"每年从国家艺术委员会得

---

① THE OLD VIC：参见 https：//en. wikipedia. org/wiki/The_Old_Vic。

到高达数百万镑的补助金，这些钱用来供养 10 个导演、100 多名演员、4 个剧院，并用来支付每年 10 个新剧目的上演费用"。① 由于得到高昂的赞助费，皇家莎士比亚剧团几乎不需要考虑票房的问题，他们可以把全部精力用来排戏，最大限度地体现艺术价值。"这个剧团的主要长处之一，就在于我们是一个由十名导演组成的紧密的结合体，每个人都有各种不平凡的趣味、经历和经验，大家都能为共同的目标在一起工作。最明显的就是大家对表现莎士比亚作品的强烈爱好"。②

皇家莎士比亚剧团非常强调戏剧传统，而他们最大的传统就是莎士比亚戏剧。莎士比亚戏剧所有剧目都是皇家莎士比亚剧团熟悉并经常演绎的，每当重要的场合和代表国家进行出国巡演之际，莎士比亚历史剧是皇家莎士比亚剧团的必演剧目，特别是《理查二世》《亨利四世》（上、下）《亨利五世》这组"四部曲"，如 2016 年是莎士比亚逝世 400 周年，在全球如火如荼的纪念活动中，英国作为莎士比亚的故国从 2015 年开始就由国家文化部牵头，与包括中国在内的世界多个国家签订了文化合作的项目，皇家莎士比亚剧团的演出是此项目中的主要内容，在 2016 年皇家莎士比亚剧团开展了全球巡演，"亨利剧"四部曲是必演剧目。

英国皇家莎士比亚剧团能够长盛不衰除了雄厚的资金支持，更主要是因为它汇聚了英国最为出色的戏剧演员。在不同时期剧团总有巨星闪现，促使莎士比亚戏剧常演常新，从 20 世纪 40 年代的奥利弗到 80 年代的布拉那，再到 21 世纪的田纳特，这些演员的出色表演以及誉满全球的知名度，让英国皇家莎士比亚剧团成为莎士比亚戏剧表演的标杆。奥利弗与布拉那两位在本书的其他章节还会详细论述，在此，我们简要地了解一下大卫·田纳特（David Tennant）。

田纳特，1971 年出生在苏格兰，1991 年毕业于苏格兰皇家音乐学院，1995 年离开苏格兰到伦敦发展，同年参演皇家国家剧院（Royal National

---

① 希拉里·德夫里斯：《今日的皇家莎士比亚剧团》，徐斌、晓阳编译，《世界文化》1984 年第 3 期，第 29 页。

② 希拉里·德夫里斯：《今日的皇家莎士比亚剧团》，徐斌、晓阳编译，《世界文化》1984 年第 3 期，第 32 页。

Theatre）制作的"What the Butler Saw"，1996年加入皇家莎士比亚剧团。此后，他参演了众多莎士比亚戏剧作品，包括《皆大欢喜》（1996年，饰演Touchstone）、《罗密欧与朱丽叶》（2000年，饰演Romeo）、《错误的喜剧》（2000年，饰演Antipholus of Syracuse）、《仲夏夜之梦》（2001年，饰演Lysander/Flute）……2008年，他因主演《哈姆雷特》而受到盛赞并获多项戏剧奖提名（BBC于2009年将其搬上电视屏幕）。此后他还参演了《爱的徒劳》（2008年，饰演Berowne）和《理查二世》（2013—2016年间演出，饰演Richard II）。田纳特是一个多面手，在电影、配音等领域也大展拳脚，他在《哈利波特与火焰杯》《神秘博士》《小镇疑云》等多部电影中出演角色，并获得多个奖项以及提名；同时，他还是个出色的配音演员，为多部动画片例如《驯龙记》等配音。

正是一代代戏剧表演家在舞台上的精美奉献，让皇家莎士比亚剧院一直位列世界顶级戏剧团的行列。此处顺带要提到的是，英国还有一家目前很有影响力的剧团——TNT剧团。相对"老维克"与"皇家莎士比亚"，TNT十分年轻，它成立于1980年，但是在当今世界戏剧舞台上，TNT十分活跃，可以作为新生代戏剧的代表。与"老维克""皇家莎士比亚"等老牌的英国演出团体不同的是，TNT在英国打下一片天地的同时，就开始走了"国际风"，它是全球巡演国家和场次最多的英语剧团，演出足迹遍布世界各大洲。在欧洲，它几乎占据了德国的全部英语话剧市场，自1982年起每年在德国巡演500余场，足迹遍布德国所有大中城市，曾获得慕尼黑双年艺术节、爱丁堡戏剧节、德黑兰艺术节大奖和新加坡政府奖等多项大奖。TNT也是在法国和俄罗斯演出最多的英语剧团；在奥地利、瑞士、瑞典、芬兰、挪威、荷兰、比利时、卢森堡等国家戏剧舞台上，TNT也是常客。TNT也在美国以及科威特、阿联酋、巴林和迪拜等国家留下巡演的足迹。另外，TNT非常在意亚洲市场，曾到访日本、新加坡、中国等地区进行巡演，中国的香港、台湾、北京、上海等城市的观众有幸目睹了这一剧团的风采。

与它的"年轻"相符的是，TNT的演出以活力著称。它的演出舞台布景十分简洁，但是演出过程中特别注意激发观众的想象力，让观众成为戏剧的参与者；另外，在其戏剧表演中歌舞与音乐特别突出，通常每个剧目都会邀请知名的作曲家为其量身创作音乐，作品中有很重的音乐和舞蹈元素。自 2007 年 TNT 登陆中国大陆之后，每年到中国巡演已经成为其必备的行程，特别是在 2010 年 10 月，30 岁的 TNT 在中国大陆 16 个城市进行了巡演，不仅是北京、天津、广州、深圳、成都、重庆、杭州、苏州、武汉、长沙等大城市的观众，也包括惠州、温州、泰州、常州、烟台等中小城市的观众都有幸分享了 TNT 精彩的表演。TNT 每次来华巡演都会走入中国高校，在北京大学、中国传媒大学、对外经济贸易大学、天津外国语大学、中山大学珠海校区等高校进行过演出，其纯正的英语与精湛的话剧表演，赢得了高校学生的热爱与追捧。

TNT 演出的戏剧很多，《坎特维尔城堡的幽灵》《雾都孤儿》《哈姆雷特》《麦克白》《仲夏夜之梦》《罗密欧与朱丽叶》和《驯悍记》等，迄今已在全球 30 多个国家演出 1 000 余场。在莎士比亚戏剧演出上，也许是为区别皇家莎士比亚剧团的正宗与传统特色，TNT 追求现代与创新，更青睐莎士比亚的喜剧与悲剧，遗憾的是它一直不太关注历史剧作品。

在英国，不仅有著名的本国剧团坚守着莎士比亚戏剧演出的阵地，同时也吸引其他国家的优秀剧团来英国进行交流演出。来自世界各地的优秀剧团以他们特有的方式表达对莎士比亚的敬意，特别是在 2012 年伦敦举办奥运会期间，在伦敦夏季奥运会开幕的前夕，斯特拉福德小镇一年一度的"莎士比亚戏剧节"于 4 月 23 日如期开场。这个节日早已成为英国文化艺术的一个传统项目，每年从 4 月持续到 11 月，大约吸引 60 万游客前来观看。2012 年的这次格外隆重，英国方面邀请到不同国家的剧团，分别以各自的语言和方式来排演莎剧。在伦敦莎士比亚戏剧节的高潮中，37 部莎翁剧作以包括斯瓦西里语、汉语普通话、粤语在内的 37 种语言以及手语表演方式来解读莎士比亚戏剧。这一名为"环球对全球"（Globe To Globe）的活动于莎翁诞辰日正式推出，但这只是伦敦莎士比亚戏剧节的一部分，她还将在莎翁故乡埃文河畔斯特拉福德、纽卡斯尔、盖茨海德、伯明翰、爱丁堡等地上演，一直持续到 11 月份。人们在这个盛会上看到白俄罗斯语演出的莎翁名剧《李尔王》立陶宛语重新演绎的《哈姆雷特》和《奥赛罗》，用汉语普通话演出的《理查三世》以及用粤语表演的《泰特斯》等莎剧。

本次活动创造了令世界瞩目的莎士比亚戏剧表演的空前盛况，特别是英国聋人剧院（Deafinitely Theatre）为观众奉献了一部手语莎剧《爱的徒劳》。2002 年成立的聋人剧团是英国唯一一家聋人主创的专业戏剧公司，里面汇聚了许多颇具才华的聋人艺术家。在成立以来的 16 年里，这家公司已经陆续排演 30 余部优秀作品。2012 年手语版的莎士比亚戏剧《爱的徒劳》在著名的莎士比亚环球剧院上演后，让世界观众在无声的世界里重新审视莎士比亚留下的文化遗产。2014 年，他们还推出了手语版的《仲夏夜之梦》。各种语言各种形式的表演同时汇聚在一位作家的戏剧作品中，在世界文学的行列中，也只有莎士比亚获得了如此殊荣。

二、英国剧团在世界各地的莎剧巡演活动

英国剧团不仅在本国常年演出，戏剧的舞台一派热闹繁华，也经常出国进行巡演。前文我们提到的 3 个代表性剧团——"老维克""皇家莎士比亚剧团"以及代表新生力量的 TNT 剧团等，它们在世界各地的巡演活动都十分活跃，受到很多国家的热烈欢迎，不仅给剧团带来声誉和收益，也为英国国家文化传播作出巨大贡献。例如，朱蒂·丹奇女爵士（Dame Judi Dench）在她的传记 "And Furthermore" 中有所记录：1958 年 "老维克" 去美国进行了为期 6 个月的巡演，剧团回到伦敦后迈克尔·本索尔（Michael Benthall，当时 "老维克" 剧院的艺术总监）又接到了来自南斯拉夫的请柬，又赴贝尔格莱德（Belgrade，当时的南斯拉夫首都）、萨格勒布（Zagreb，南斯拉夫西北部城市）和卢布尔雅那（Ljubljana，现斯洛文尼亚共和国首都）等地进行演出，观众完全为他们的到来而疯狂。①

2011 年 9 月中旬，"老维克" 剧团还应香港艺术节邀请，来中国香港地区进行了现场公演，剧目是《李察三世》（《理查三世》），这也是该团的 "文化桥梁" 项目（Bridge Project）的世界巡回演出剧目。此次巡演可以称得上是该年的国际剧坛盛事，当时的导演曼德斯（Mendes）和男主角史

---

① *And Furthermore*：http：//blog. sina. com. cn/s/blog _ 66791e3501016qiq. html.

柏西（Spacey）两人在戏剧界如日中天，引发众人注目。

莎剧巡演已经成为英国文化的一个品牌，作为重要的莎剧演出团体，英国皇家莎士比亚剧团也常常代表国家进行国外巡演。2016 年为纪念莎士比亚逝世 400 周年，皇家莎士比亚剧团开展了世界巡演活动，也包括中国。剧团在北京、上海等地进行了多场演出，除了《亨利四世》（上、下）《亨利五世》之外，还演出了莎士比亚的《威尼斯商人》等几部喜剧。2016 年 11 月 11—27 日期间，由英国导演欧文·霍斯利执导，上海话剧艺术中心与英国皇家莎士比亚剧团首次联手共同演绎了《亨利五世》一剧。

第二节　法国当代莎士比亚历史剧演出

欧洲国家在历史发展中彼此有着千丝万缕的联系，加上文化的同源性，这些都是莎士比亚戏剧在欧洲许多国家兴盛的良好基础。对于莎剧，欧洲各国的观众都不陌生：一方面是英国剧团频繁的出国巡演；另一方面是因为本国的剧团也经常演绎莎剧。比如在丹麦，哈姆雷特既是莎士比亚笔下的王子，也是丹麦历史上的王子，因此，丹麦已经举办了 20 多年的"哈姆雷特戏剧节"。2005 年 1 月，中国上海京剧团还受邀参加了这一戏剧节，为此特意排演了京剧《哈姆雷特》。丹麦观众对哈姆雷特如此熟悉，虽然听不懂京剧唱词，但一点也不影响他们对这出京剧的理解，所以京剧《哈姆雷特》受到极其热烈的欢迎。在欧洲的其他戏剧节上，如法国的阿维尼翁戏剧节、德国柏林戏剧节、奥地利维也纳戏剧节等，也常常看到来自世界各地的剧团演出的莎士比亚戏剧剧目。

尽管英国剧团也不断探索变化，但是每次都或显或隐地传达着"莎士比亚是英国的莎士比亚"这样的潜台词，而其他国家的莎剧演出则尽力打破这一局面，法国的剧团即是如此，她表现了文化自信，展示了法国人民对莎士比亚的理解。

法国最为知名的"阿维尼翁戏剧节"于 1947 年设立。在第一届的戏剧节上，上演了由维拉尔（JeanVilar）执导的《理查三世》。维拉尔的导演风格令人想起了莎剧最初演出的情形：露天演出的剧场，有坐有站的观众。虽然场地看似极其简陋，但是演出同样获得了成功。此后一年一度的"阿维尼翁戏剧节"上，莎士比亚戏剧常常出现在演出剧目单上，历史剧也在其中，如导演理查德·拉伏唐（Richard Lavaudant）在 1984 年"阿维尼翁戏剧节"上推出了《理查三世》，大受欢迎。还有几位法国导演也值得一提：舍罗（Patrice Chéreau）于 1971 年导演了《理查二世》；洛尔卡则在"卡尔卡松（Carcassonne）戏剧节"上，以《国王们》为总剧名推出了《亨利六世》三部曲。

法国最为知名的戏剧团体当属太阳剧团（Theatre du soleil），成立于 1964 年，其前身是由阿里亚娜·姆努什金（Ariane Mnouchkine）在巴黎索邦大学成立的"巴黎学生剧场协会"，从那时起这个团体就开始演出莎士比亚等大师的经典剧作，直到今天，剧社仍然在姆努什金的率领下保持着这一传统。剧团成立之初的一段时间里条件十分艰苦，他们居无定所，全体人员过着共产主义公社式的生活，① 共同生活，共同排戏，逐渐形成了集体创作和即兴表演的特色。这一特点使其每次的演出都是全体演员的共同创造，并令观众充满期待。1970 年年底，太阳剧团进驻巴黎近郊的废弃弹药车间，排演了以法国大革命为主题的《1789》，这部戏一炮走红，给剧团带来了极大的声誉，扩大了在法国的影响，也受到法国文化部的重视，之后将他们收编为"常设剧团"，给予演员政府津贴。此后剧团有了一定的物质保障，"弹药库剧场"和姆努什金也成了"太阳剧团"的标志。

从 20 世纪 80 年代起，姆努什金试图率领太阳剧团进行革新，逐渐放弃了即兴表演的方式，开始借鉴东方戏剧形式改编一系列古希腊和莎士比亚的戏剧。太阳剧团一直拒绝使用现代的声响特效手段来吸引观众，而是特别注重通过演员的表演来打动观众，引发思考。姆努什金的戏剧改革理念主要是受到阿尔托和布莱希特的影响，她对阿尔托的"戏剧的

_____

① 剧团至今保持着全体人员领相同的薪水的传统。

未来在东方"① 的断言十分认同，认为戏剧的源头在东方。姆努什金对许多亚洲的民族戏剧十分感兴趣，亲自到亚洲一些国家访问、学习。她发现了东方一些民族戏剧表演中程式化的表演方式中体现出的仪式感，在亚洲一些国家如日本的能剧、歌舞伎表演形式上得到启发，认为这种看似简单但却表达明确的东西是戏剧中不可或缺的。在姆努什金执导的作品中，她创造性地吸收了东方特色的那种程式化的表演方法，于 1981 年导演了《理查二世》，并在子弹库剧场公演。该剧明显借鉴了日本戏剧的传统，很像是歌舞伎和能乐，"舞台设计完全是风格化的，只有一些简单的道具和风格化的景设象征性地表现剧中的场景和地点，如城堡和理查的监牢等，整个舞台就是一个名副其实的'空的空间'。演员的表演具有歌舞伎或能乐的程式化和风格化的特色，演员跳跃着经由类似于歌舞伎'花道'的坡道进入空空的舞台。姆努什金认为用传统的西方戏剧的方式，特别是'第四堵墙'的舞台形式演出莎剧不仅是不够的，而且是致命的。她要求演员直接面对观众说台词，因为她深信莎士比亚的文本原本就应该这样说"。②

　　该剧颠覆了长期以来欧洲的莎士比亚戏剧舞台话剧表演的主流方式，具有划时代的意义，对英国和其他国家的当代戏剧表演产生了很大的影响。之后姆努什金又排演了《亨利四世》（上）。

　　1984 年，美国洛杉矶奥运会开幕的前夕，在赛场上首先举办了"奥林匹克艺术节"，姆努什金又率太阳剧团参加了此次盛会，剧团参演的剧目是莎士比亚的三部作品：《理查二世》《亨利四世》和《第十二夜》，她和她的太阳剧团向世界人民传达了法国当代人对莎士比亚戏剧的理解和喜爱。

---

① 田民：《"戏剧是东方的"：法国戏剧导演姆努什金与亚洲戏剧》，《文艺研究》2006 年第 11 期，第 91 页。
② 田民：《"戏剧是东方的"：法国戏剧导演姆努什金与亚洲戏剧》，《文艺研究》2006 年第 11 期，第 95 页。

第三节　德国当代莎士比亚历史剧演出

2016年6月30日晚，在天津大剧院歌剧厅，观众有幸欣赏到了来自德国柏林的邵宾纳剧院带来的耳目一新的《理查三世》。

邵宾纳剧院是在欧洲的演出团体中颇负盛名的一支，有着德国戏剧"梦之队"之称。每年各大国际戏剧节上——阿维尼翁戏剧节、萨尔茨堡戏剧节、布宜诺斯艾利斯戏剧节、伊斯坦布尔国际戏剧节等——都有邵宾纳剧团的身影。伴随着屡次获得国际奖项，剧院声势与日俱增，邵宾纳剧院渐渐成为柏林西部唯一的大型话剧剧场，每年获邀至世界各地巡演，场次超过百场，演出地点遍布世界各大洲。邵宾纳剧院演出的剧目既有当代戏剧如布莱希特的《母亲》，斯特林堡的《朱丽小姐》，实验性戏剧《兵营》等，也有经典作品，如莎士比亚、莫里哀、易卜生的戏剧作品。先锋实验性探索与传统经典戏剧的演绎在邵宾纳剧团的演出中几乎是平分秋色，充分表现出德国在戏剧领域探索中的传承性与开拓性理念。

邵宾纳剧团的前身是成立于1962年的一所私人剧院——哈勒河岸剧院，位于哈德逊河岸，现在坐落于列宁广场中。剧院每年获邀至世界各地巡演，剧院目前在奥斯特玛雅的带领下创造了许多令人记忆深刻的极高成就，其所属导演、剧院制作、剧团屡获国际奖项及荣耀，也使得剧院声势与日俱增，渐渐成为德国剧院的佼佼者，代表着德国当代戏剧表演的最高水准。剧院现在的艺术总监托马斯·奥斯特玛雅（之前曾是法国阿维尼翁戏剧节的艺术总监）生于1968年，是一位年轻有为位列欧洲当代一流的戏剧导演。他导演的作品以扎实的现实主义风格为基调，但是在表演的方式上又作了极为大胆的现代风格的尝试，如肢体动作谱系化，特别强调戏剧节奏，集表演、歌舞于一体，体现出鲜明的现代实验戏剧的特点，作品表现出强烈深刻的象征意味。托马斯·奥斯特玛雅早期作品集中表现当代生活中的真实与残酷，关注社会边缘，如《玩偶之家》《丹东之死》这样的现实主义经典戏剧。随着他改编的成功及演出的影响力增加，他所涉猎的戏剧领域越来越广泛，莎士比亚也进入他的视野。

在托马斯·奥斯特玛雅的带领下，邵宾纳剧院排演的戏剧作品独树一帜，展现出形式新颖又具有鲜明的政治批判性的特色。对于经典的莎士比亚戏剧，托马斯·奥斯特玛雅也敢于大胆改编和重构，体现出反传统的特点。如在 2015 年 6 月，剧团曾应邀来华演出过喜剧版《哈姆雷特》，这一版的哈姆雷特一改往日舞台上英俊潇洒、风流倜傥的形象，变得大腹便便，还在舞台上大唱 rap，完全颠覆了人们心目中的王子形象。

在历史剧的排演中，邵宾纳剧团也将反传统的尝试大胆进行下去。在2015 年法国阿维尼翁艺术节的闭幕演出中，邵宾纳剧团艺术总监托马斯·奥斯特玛雅亲自执导，推出了莎士比亚的《理查三世》。邵宾纳剧团的《理查三世》从舞台布景到演员的表演方式再到戏剧情节的处理改编上，都进行了大胆的革新，令人耳目一新，引发了观众热议。2016 年 6 月 30 日晚，柏林邵宾纳剧院的《理查三世》在天津大剧院歌剧厅进行了中国的首演，为中国观众带来了震撼人心的令人五味杂陈的"坏蛋"形象。

在莎士比亚的笔下，理查三世是丑陋的，是个跛足、驼背的早产畸形儿。他憎恨整个世界，以凶残报复人类。在玫瑰战争的战场上，约克家族的爱德华正是在他跛足弟弟一系列刺杀行动的帮助之下成功即位。然而，理查三世（当时的葛罗斯特）的战争并未平息，既然他已经将身体的兽性在战场上释放而出，那么无论是他的对手还是自己的兄长，都是他的敌人。他肆意杀戮，扫除一切有可能阻挡他夺得王位的障碍。如果命运不能让他获得福运的庇佑，那么他就要控制命运。他以政治诡计使敌人相斗，不择手段地利用他人的野心达到自己的目的，在血流成河的战场上扫平对手直到登上王位，以敌人、盟友、亲人的死亡为代价换来自己的胜利，终于登临王座。但是战争教会他的是以恶至胜，并没有告诉他如何以善治下，暴虐导致的胜利不能治愈他与生俱来的孤立本性，成为国王的理查最后的敌人就是自己。

邵宾纳剧院的《理查三世》是在对现代社会批判与剖析的前提下，对莎士比亚戏剧的大胆改编，给世界莎剧观众带来一出熟悉而震撼的视觉盛宴。舞台上孤独求败的理查三世让人厌恶、嫌弃，又会在宽厚仁慈的心怀中搅动一点恻隐之心，因为在他身上，我们看到了生活在城市边缘地带对社会充满仇视、愤懑并恶意报复的畸零人的身影。他们来到了这个世界，却被排斥在美好生活之外，不公、不平、挣扎与反抗以及不择手段地达到所谓的成功，这些是很多身心不健全的畸零人的直接反映。导演托马斯·奥斯特玛雅在莎剧原作的基础上进行新的创作，他大量删减剧中其他人物的台词，加重理查三世独白、旁白的分量，将一台皇亲国戚争夺王位的历史事件变成一出玩弄权谋的篡位者不无自炫、不无自嘲的人性内心挖掘。

剧中理查三世的扮相格外引人注目，他头戴类似扑克牌中老 K 那样的一顶王冠，脸上涂白，为了表示他身体的畸形，他脖子上戴着现代医疗设施的颈托，背上系着一个隆起的背心，突出他驼背的模样。他上身身着束胸背心，下面露出大腿，在这样怪异的装束外边，他套上西装，混迹于衣冠楚楚、光鲜亮丽的男男女女之间，花言巧语骗取女人的心，心狠手辣夺走男人的命。在舞台呈现中，演员通过肢体动作凸显表演的爆发力，又通过与观众直接对白，加重滑稽、荒诞的色彩，将血肉杀夺的历史悲剧，变成一出小丑出乖露丑的滑稽戏。

2016 年 6 月 30 日晚，柏林邵宾纳剧院的《理查三世》在天津大剧院歌剧厅进行了亚洲首演。导演对演出场地进行了很大的改革，突出体现了现代实验戏剧的"剧团剧场"的理念：在舞台后区是一栋两层的廊房结构，两层之间通过一条长长的走廊和斜梯联接，楼上楼下也通过直梯和滑柱可以打通使用，舞台空间四通八达，演员可能通过这些设施实现迅速的登场，每当场景转换，演员或从空中滑下，或经长廊穿插奔跑；舞台前区是向前突出的半圆形，观众坐席布置在周围，但是有走廊插入到坐席之中，这样演员在演出中间可以直接来到观众中进

德国邵宾那剧院《理查三世》（2016）剧照

行互动，演员、戏剧人物和戏剧场景融为一体，成为邵宾纳剧院舞台的中心。

在邵宾纳剧团的《理查三世》里，从戏剧一开场，在礼花、香槟和摇滚乐的喧嚣中，演员们身着现代礼服从四面八方涌进舞台中央，开始了一场现代家族的派对狂欢。然而，在这欢乐的气氛之中却现出了一个不和谐因素——黑色的头套、惨白的面容、隆起的背部、脚上脏兮兮的马靴的理查三世。模样怪异的理查三世混迹于俊男靓女之中，他体形扭曲行动怪异，在一群身着正装的人群中格外扎眼。空中悬吊着一支麦克风，理查三世对着麦克风说出莎剧中那段著名的内心独白，抱怨自己天生的丑陋，这尘世的一切欢乐都与自己绝缘，只有通过对权力的追逐来填补内心的空虚。这个从众多演员中跳脱而出的理查，仿佛化身于这一出人生戏剧的导演，他蔑视一切既有的法则，行使着人生舞台上导演至高无上的特权，任意改编和安排情节。在他眼中，那些所谓拥有幸福的人，无论是他的兄长还是那些虚荣的女性，抑或是追名逐利的大臣，还有他的两个侄子——那两个幸运的投胎高手，都不过是他手上的牵线木偶。他可以随时毁灭，也可以与之调情，或翻云覆雨，让这些傀儡的命运起起伏伏，而他从中感受到权力带来的快感，补偿他天然的缺失。

对于邵宾纳剧团的导演奥斯特玛雅来说，他的《理查三世》重点不是英国的玫瑰战争与都铎王朝的开创，也不是在历史中寻找什么规律以资借鉴，他的戏剧就是对人性深处善恶的探寻。如果说莎士比亚剧中的理查竭力隐藏起自己的野心与阴谋，把自己扮成亲兄重友的好人，那么奥斯特玛雅的理查则一反常态，他彻底放弃了掩饰，直接将内心的想法向观众大声诉说，好像是表明"我是这样想的，你不也是吗"。他嘲笑自己，也嘲笑他人，他表现的这份坦诚和透彻打通了演员与观众的界限，甚至在某一瞬间消弭了观众的厌恶感，使得在场的每一位既是这场杀戮的见证者，也是纵容罪恶出现的同谋。戏剧的结尾处也对莎剧作了很大的改编，删去了理查三世与里士满爵士（未来的亨利七世）决一死战的一大段，直接让理查三世在睡梦中演示了自己的毁灭。当几近赤裸的理查三世丑陋变形的身躯高高悬挂在舞台中央，对观众的视觉感受形成了强烈的冲击：这是梦境还是现实？是舞台的渲染还是历史的真相？

邵宾纳剧团的《理查三世》在演出方面取得了成功，几乎一票难求，但是评价是褒贬不一的。评论的焦点集中在对莎剧的改编和现代实验性的表演方面。有评论认为，这是商业性戏剧的娱乐性与先锋戏剧的实验性很好地结合在一起的演出，在两个半小时的舞台表演中，一改传统的表演与观看方式，情节一气呵成，理查三世穿越时空，夸张谐谑，粗犷不羁，情感饱满，活力四射。狂欢的鼓乐，夸张滑稽的表演，还在现场运用了多媒体放映，并与观众作即兴互动，营造出类似当下某些综艺节目的娱乐效果。但也有评论认为，演出中时时出现的游戏化，减弱了悲悯与同情，消解了道德义愤，使得戏剧的批判性和悲剧性大打折扣。总之，无论人们对这种表演方式肯定与否，导演显然通过这样的方式表达出他并不看重"挖掘原作所蕴含的"，但是在情节发展中又存在大量与原作一致的细节，这种在游离之中又有契合的呈现使新剧形成一种张力，给观众欣赏和解读创造了一个空间。

如果我们将莎士比亚笔下的国王置于历史的发展中进行评判，无论是篡位的约翰、亨利四世和理查三世，还是合法的理查二世、亨利五世和亨利六世，他们都是英国封建制度进程中的一环，其封建君主的本质是相同的。所以，丑陋恶毒的理查三世与英俊干练的亨利五世也是表面大相径庭，而实质是相同的，无论是天生残疾、相貌丑陋的理查三世，还是英俊勇猛、叱咤风云的亨利五世，他们都是封建君主，两人对王冠的渴望是相同的。亨利五世还是王子时，虽然表现得放荡不羁，与福斯塔夫之流的市井平民混迹一处,称兄道弟,但是他也表露过这些都是故意遮挡"太阳光芒"的乌云,果然,亨利五世一即位,立即驱逐了福斯塔夫,暴露出封建君主与下层平民百姓对立的本质特征。这些都与理查三世同出一辙,只不过亨利五世做得冠冕堂皇,理查三世则是直白的、赤裸裸的。

别林斯基曾评价说:理查三世是个穷凶极恶的大怪物,他以一种极其巨大的精神伟力激起人们对自己的同情。但是人们为什么会同情恶人呢?回顾历史的进程,无论哪个民族,哪个国家,由制度造成的"恶"是一样的。封建社会的等级观念和世袭制度,必然造成人与人的不平等与不公平,所以资产阶级在推翻封建制度的革命中提出了进步的"自由、平等、博爱"的口号。当人人平等的观念深入人心后,当资产阶级的个人奋斗甚至不择手段都被涂上一层"合理"的面纱时,"将心比心",人们对理查三世天生残疾予以了同情,对他的野心和欲望表示理解,对他在通往国王宝座的漫长的道路上的艰辛与勇敢果断表示认可,为他很快就破灭的国王梦以及悲剧的结局掬一把同情的泪水。德国的邵宾纳剧团就是在这种心理的基础上重新演绎了一个"合理"存在的理查三世。

第四节　美国当代莎士比亚历史剧演出与研究

作为一个新兴的有众多移民的国家,美国文化呈现出多元融汇的鲜明特色。美国最初的居民本是印第安人,但是由于他们文字不发达,语言又不统一,大多是一个部落一种语言,各不相通,随着欧洲各国的殖民入侵以及对当地印第安人的排挤和屠杀,美国土著印第安的文化遭到打击,在美国的文化中如同他们的居住领地一样,迅速地缩减和边缘化。美国的不同族裔的早期移民,不仅将他们原来的生活方式带到新大陆上,同时也将他们所受到的教育和文化积淀一同移植到美洲。由于早期移民中的英裔人数众多,美国早期文学也自然直接受到了英国文学的影响,加上英语为美国的官方语言,英国文学也迅速在美国传播,莎士比亚戏剧在这片新大陆上的存在也十分自然。随着当代美国政治经济等方面的世界崛起,在文化方面也逐渐发挥了主导作用，其中，对莎士比亚的接受和传播也令人关注。

　　由于清教的影响，戏剧最初在美国受到冷遇。"在美国独立战争以前、殖民地时期的新大陆上，戏剧演出视为非法并受到禁止"。① 不过，只要是有人的地方，就有文化，就有文化的载体文学作品出现。只要有观众观看的需求，演员们总会找到办法，绕开法律的禁区，找到进入市场的正确出口，达成戏剧舞台演出的结果。虽然起始的条件不怎么好，但是莎士比亚戏剧还是很自然地得到了舞台的青睐，其中，历史剧也很快登陆美国戏剧舞台，早在1778年，美国费城还是在英国海军的占领期间，南华克剧院就上演了《亨利四世》第一部。1786年，在美国弗吉尼亚州里士满的魁奈学院礼堂，上演了《理查三世》，这是由全新的美国剧团演出的一部历史剧作品。1792年，在波士顿第一届戏剧节上，演出了3部莎士比亚历史剧作品：《理查三世》《约翰王》和《亨利四世》。"《理查三世》是在俄亥俄州和密西西比州拓荒者日演出期间最受欢迎的一部作品，在加利福尼亚州，理查三世与亨利四世被认为是中世纪帝王中的两位拳王"。② 约翰·狄金斯、约翰·亚当斯等一些出版人认为，历史剧还具有现代政治导师的特殊作用，"林肯在内战期间，不仅将《理查三世》《亨利八世》列入他最喜爱的五部作品中，同时《亨利六世》还是他睡前的朗诵读物"。③ 可见，美国对莎士比亚的态度也是"拿来主义"，为我所用。

　　进入20世纪，美国的莎士比亚戏剧演出越来越普及，现在一年一度的"莎士比亚戏剧节"遍及美国各个洲，成为一种常态的文化活动。美国"莎士比亚戏剧节"的出现要感谢俄勒冈市的一名戏剧教师安格斯·鲍墨。1935年，他排演了《威尼斯商人》，为了吸引观众还特意在戏剧演出前组织了一场拳击比赛。不过他发现，莎士比亚戏剧很受观众喜爱，根本不需要拳击比赛充噱头，于是，"莎士比亚戏剧节"便在这个只有2万人口的小

---

① 吴辉：《影像莎士比亚》，中国传媒大学出版社2007年版，第54页。

② Norman Sanders，"American Criticism of Shakespeare's History Plays"，*Shakespeare Studies*，Vol. 9，1976，p. 11.

③ Norman Sanders，"American Criticism of Shakespeare's History Plays"，*Shakespeare Studies*，Vol. 9，1976，p. 13.

镇上生根发芽。自 1996 年比利·阿佩尔开始担任"莎士比亚戏剧节"艺术总监以来，戏剧节的影响越来越大，每年上演 11 出戏，推出 750 场完全专业的演出，还有免费的露天"新手表演"，演出季长达 10 个月，观众多达35 万人次。

在大量的莎士比亚戏剧演出中诞生了一批优秀的莎士比亚演员。斯塔西·基齐（Stacy Keach），美国电视剧《越狱》中典狱长亨利·波普的饰演者，他除了在电影、电视上的巨大影响外，在戏剧舞台上的表演也持续了半个世纪。他的身影经常出现在纽约莎士比亚戏剧节、俄勒岗州莎士比亚戏剧节、林肯中心剧院、耶稣大剧院等处，塑造了不少莎士比亚戏剧中的经典人物。基齐是美国当代舞台上的哈姆雷特和李尔王，也对福斯塔夫、理查三世十分痴迷，他曾在回忆录"*ALL IN ALL*"中写到福斯塔夫在《亨利四世》中与哈尔演了一场戏中戏，他们俩互相饰演亨利四世和哈尔王子，通过对话表明处事态度，当福斯塔夫扮演哈尔王子本人，而王子扮演亨利四世时，福斯塔夫（哈尔）请求（亨利四世）不要抛弃可怜的福斯塔夫，但是哈尔王子（亨利四世）明确地说："不，我要抛弃他。"这是戏剧表演的一种策略，是以笑话的方式表明残酷的事实、两人心中都明了的事实。[①] 1990 年，基齐在莎士比亚剧院主演了《理查三世》，他不仅展示了理查三世在攫取王冠的道路上心如蛇蝎的阴险狡猾的一面，同时也将他内心的受伤和气愤表露出来，并且在两者之间寻找一种平衡，向观众展示了一个独特的理查三世。

尽管莎士比亚历史剧被广泛流传和受到称赞，但是有人认为他笔下的历史世界很难与新的美国政体相调和，时代的差异导致观念的改变，旧的制度是不适合在新的环境中复制使用的。有人认为，"莎士比亚的诗剧是艺术家和歌者对日暮西山的封建制度唱颂的一首挽歌，对于当代的美国人民的高贵与自尊的思想以及民主的新鲜血液来说则是一剂毒药"。[②] 它产生的

---

① Role Call, "Notes on Playing Shakespeare", Stacy Keach, *American Theatre*, Vol. 30, Issue 9, Nov. 2013, pp. 60 - 61.

② Norman Sanders, "American Criticism of Shakespeare's History Plays", *Shakespeare Studies*, Vol. 9, 1976, p. 12.

条件、时代、价值标准、政治观念等是基于东半球的，而这些在西半球的美国从来没有出现过。这种声音表明：美国对莎士比亚的接受与理解是有争议的，批判性的，是在理性批判中吸收与创造。

随着莎士比亚戏剧在美国上演，莎士比亚研究也逐步开展起来。在 19世纪二三十年代，美国的莎士比亚研究通常是个人行为，而不是一个专业范围，之后渐渐地在专业和学术性的研究领域莎士比亚开始受到关注。H. H. Furness 的集注本《理查三世》和《约翰王》分别在 1908 年和 1919 年于费城出版，人们发现，他在文中特别强调了莎士比亚历史剧在民族史诗方面的构建，这对美国 19 世纪的莎士比亚研究产生了很大影响。

美国现代莎士比亚历史剧批评主要集中在三个领域：文本解读、历史剧体裁特性研究、历史内容选材与戏剧中不变的道德观、政治观之间的关系。在对莎士比亚历史剧文本的研究中，早期学者比较关注的内容是莎士比亚历史剧中的秩序与权威的问题，例如有学者在《莎士比亚的建构》一文中指出，在针对中世纪的问题讨论时，可以说当时最进步的观点是"莎士比亚可以为所有的情况负责"。[①] 这种评价高度肯定了莎士比亚历史剧的真实性与丰富性以及深厚的内涵。美国学者对莎士比亚历史剧题材的取材以及这些作品的作者身份认定问题也进行了辨析，如《亨利五世》和《理查三世》题材来源问题，《亨利八世》的作者问题等。

20 世纪三四十年代，莎士比亚的不少历史剧剧本在美国纷纷再版，同时对其进行了新的注释。《理查二世》和《亨利四世》（上、下）这三部作品的集注版出版，在社会上产生了很大影响。[②] 这一时期美国学者评价莎士比亚的历史剧是民族爱国主义史诗，但是也有学者如 C. F. Tucker Brooke 在他的《都铎戏剧》（*The Tudor Drama*，New York，Houghton，1911）一书中，把莎士比亚历史剧称为政治戏剧。在亨利五世身上完美体现出皇室责任和治国之才，同时他认为，正如 E. E. Stoll 所评论的"莎士

---

① Norman Sanders，"American Criticism of Shakespeare's History Plays"，*Shakespeare Studies*，Vol. 9，1976，p. 14.

② S. B. Hemingway，Part 1 of HenryⅥ，1936. M. A. Shaaber Part 2 of HenryⅥ，1940. M. Black RichdrdⅡ，1955.

比亚自己是一个政治中立者，而政治斗争中的循环现象并不能有力地证明什么是有罪的"。① 许多学者围绕这些观点进行了争论，有的学者论证了莎士比亚历史剧对政治以及他自己及所处时代的政治的极大关注，而另外一些学者则在英国编年史中寻找线索，试图证明其主题所暗示的内容以及在字里行间中当代美国人的理解。

围绕莎士比亚的研究和演出 20 世纪的美国渐渐形成了"莎士比亚产业"（Shakespeare Industry）②。这一个庞大的产业今天已扩及欧洲国家，每年都有多达 5 000 种与莎士比亚有关的著述发表。"莎士比亚产业"是美国对世界文化的贡献与深远影响的体现。

虽然从文化源头上来看，美国与欧洲是同源的，但是作为一个以多民族移民及其后裔为主体的国家，美国文化体现出兼容并包五色纷呈的特色。在莎士比亚戏剧的表演与理解上，美国既有明显地与欧洲特别是英国相似之处，同时又展现出自己的理解。他们更关注类似于《亨利八世》这样具有戏剧性人生的作品，面对亨利五世的国家象征性意味的作品敬而远之，刻意保持着距离。

第五节　中国当代莎士比亚历史剧的改编和演出

中国对莎士比亚戏剧的引入与演出自 20 世纪初就已经开始了，最早可以追溯到 1904 年林纾与魏易先生合作翻译出版的莎士比亚戏剧故事《吟边燕语》，里面分别以《肉券》（《威尼斯商人》）、《驯悍》（《驯悍记》）、《铸情》（《罗密欧与朱丽叶》）、《仇金》（《雅典的泰门》）、《蛊征》（《麦克白》）、《医谐》（《仲夏夜之梦》）、《狱配》（《一报还一报》）为标题，以文言文的方式改写了莎士比亚戏剧故事，这本书成为"五四"时期"文明戏"的蓝本，

---

① Norman Sanders，"American Criticism of Shakespeare's History Plays"，*Shakespeare Studies*，Vol. 9，1976，p. 15.
② 所谓"莎士比亚产业"是指二战结束以来，在美国大学里逐渐形成的一个机制，生产关于莎士比亚作品的论文、文章和书籍。

在全国范围内多次上演。1916 年，林纾先生又与陈家麟先生合作，同样以文言文方式翻译出版了《雷差德记》（《理查三世》）《亨利第四记》《亨利第六遗事》《亨利第五记》，这是最早的历史剧的汉译本。1921 年，田汉先生揭开了以白话文翻译莎士比亚戏剧的大幕。1936—1944 年，朱生豪先生在战乱之中，翻译了 32 部莎士比亚戏剧（其中一部在朱先生临终前未完成），包括《亨利六世》《亨利八世》《理查三世》《亨利五世》（未完成）。此后，1957 年，吴兴华先生翻译出版了《亨利四世》（上、下）；1959 年，方重先生所译的《理查三世》出版；1967 年，梁实秋先生翻译的《莎士比亚全集》在台湾地区发行，莎士比亚 10 部历史剧位列其中。

莎士比亚戏剧的翻译为其戏剧在中国的演出奠定了基础。在 20 世纪，莎剧在中国的演出以中国本国戏剧团体为主，分为话剧和戏曲两种形式。20 世纪初伴随中国新文化运动，"文明戏"大量出现在舞台上。这种以话剧表演为主的形式与西方戏剧十分吻合，莎士比亚戏剧许多的内容出现在"文明戏"的表演中，如《威尼斯商人》（剧名或称《肉券》，或为《一磅肉》《女律师》《借债割肉》等）、《黑将军》（《奥赛罗》）、《姊妹皇帝》（《李尔王》）、《新南北和》（《麦克白》）、《仇金》（《雅典的泰门》）、《怨偶成佳偶》（《无事生非》）、《从姐妹》（《皆大欢喜》）、《李误》（《错误的喜剧》）、《飓媒》（《暴风雨》）、《指环恩仇》（《辛白林》）等剧目都曾出现在中国戏剧舞台上，这些成为后来运用中国语言严格遵照西方舞台样式进行莎士比亚的剧本改译和演出的先决条件。

20 世纪初期，中国传统的戏曲表演也开始了对莎士比亚戏剧的改编演出。1914 年，王国仁先生将《哈姆雷特》的情节改编成川剧《杀兄夺嫂》，高亢的唱腔和川剧特有的变脸表演技巧，使这部戏曲深受观众的喜爱。之后陆陆续续有少量的戏曲莎剧上演：1933 年，马师曾先生进行了两部莎剧粤剧的创作，分别将《驯悍记》《威尼斯商人》改编为《刁蛮公主》和《一磅肉》；1941 年，解洪元先生创作了沪剧《窃国盗嫂》（《哈姆雷特》）；1942 年和 1944 年，出现了两部由《罗密欧与朱丽叶》改编的戏曲作品，分别是袁雪芬先生创作的越剧《情天恨》和赵燕士创作的沪剧《铁汉娇娃》；1946 年和 1949 年，《李尔王》与《奥赛罗》也有了中国越剧版本。

回顾莎剧进入中国的百余年历程，在不同时期呈现出不同的方式与特色，笔者将此归纳为"引、承、转、合"。所谓"引"就是引入，通过翻译等方式将莎剧引入中国。20 世纪初，首先有一些以文言文翻译介绍莎士比亚戏剧的故事作品问世：1903 年，上海达文社出版了《澥外奇谭》；1904 年，商务印书馆又出版了林纾和魏易用文言文合译的《英国诗人吟边燕语》。1921 年，田汉以白话文翻译话剧形式的《哈姆雷特》，至 20 世纪 50 年代，中国出现了一批翻译莎剧的大家，如曹未风、梁实秋、卞之琳、朱生豪、孙大雨、方平等人，出版了颇具影响的莎剧全集，如 1978 年人民出版社出版的《莎士比亚全集》（朱生豪等人翻译），1967 年商务出版社出版了梁实秋翻译《莎士比亚全集》。一代接一代的翻译家和学者们呕心沥血的付出，为莎剧在中国流传作出了重要贡献，也为莎剧的演出和研究提供了良好的条件。

所谓"承"就是继承，通过各种戏剧演出，包括中国本土的中文或英文班的话剧排演以及外国剧团来华的演出，对莎剧加以推广和普及，使莎剧为国人熟知。早在 1902 年，上海圣·约翰书院学生就开始尝试以英语排演《威尼斯商人》。之后的 100 多年，中国众多的职业和业余演出团体以话剧、戏曲、广播剧、芭蕾舞剧、歌剧、木偶剧等多种方式演出莎剧，运用英、汉、藏、蒙、粤语方言等多种语言。中国改革开放之后，国际化交流加强，经常引入国外剧团来华进行莎剧的演出，其中有世界知名的莎剧演出剧团英国莎士比亚皇家剧团、英国的 TNT 剧团等。中国大陆在 1986 年开办了莎士比亚戏剧节，自此每年都有一次莎剧上演的盛会。同时，莎剧早已进入到中国中学、大学特别是戏剧院校的教材中，成为中国教育教学的内容，莎士比亚这个名字已在中国家喻户晓。

所谓"转"即转换，通过对莎剧的改编，进行二次创作，以一个新的剧种或剧本出现。早在 1947 年，李健吾就以中国历史人物阿史那为人物原型，以唐代的历史、文化、社会现实为背景，将莎士比亚的悲剧《奥赛罗》改编成中国化莎剧剧本《阿史那》。"《阿史那》是在对《奥赛罗》的建构与解构之中完成的。这种对《奥赛罗》中国式、民族化的重读，是在原作与创作、偏离与更新、删节与浓缩、挪移与翻译、建构与解构中建立起了两者之间的互文性。"① 人们在改编莎剧方面的努力持久不断，1986年4月，在首届"中国莎士比亚戏剧节"上同时上演了五部戏曲莎剧：越剧《第十二夜》和《冬天的故事》，昆剧《血手记》，京剧《奥赛罗》，黄梅戏《无事生非》，点燃了中国戏曲对莎剧改编的热情，使"戏曲莎剧"出现了井喷态势，引发了一次以中国传统戏曲来改编演绎莎士比亚戏剧的小高潮。这种探索取得了很大成功，不仅在国内进行演出，昆曲《血手记》、京剧《王子复仇记》等也走出了国门，到西方许多城市进行巡演，并引发了强烈的反响。

所谓"合"即合流，合作与共同流传，这是进入21世纪莎士比亚中国化的新特点。它以莎剧传播为契机，以多元、多样的方式将中国戏剧与莎剧搭在一起，混合演出，《梦》《冠流兰与柳梦梅》等这样的新创作品就是"合"的产物。在这些作品中，混搭、穿越、时空穿梭往返以及多种语言同时使用等方面都勇于尝试，在戏剧创作和演出方式上进行了大胆地探索，使中西文化交织碰撞，产生奇妙的艺术审美效果，引发人们对新世纪莎剧传播与民族戏剧发展的新思考。

越来越多的莎士比亚戏剧以中国戏曲的形式展示在戏剧舞台上，知名度较高的是昆曲《血手记》（《麦克白》）和京剧《王子复仇记》（《哈姆雷特》），这两部作品多次受到邀请在西方许多国家进行巡演。不过，相比而言，中国对莎剧最感兴趣的是其四大悲剧，无论是学术研究还是话剧演出与改编等都集中在这一领域，其次是喜剧作品，而对于历史剧中国戏剧团体并不怎么感兴趣，无论是学术研究还是舞台演出，相对涉及较少。为什么会出现这种情况呢？笔者认为主要原因有二：一是中国与英国相隔遥远，国体不同，在历史上交集也很少，中国观众对英国的历史并不熟悉；二是鸦片战争爆发后，西方列强以大炮轰开了中国紧闭的大门，英国把殖民统治的屠刀挥向中国，英国这个国家和民族在中国人的传统印象中并不好，因此，英国那种民族英雄主义和自豪感在中国观众这里受到压制，无法引

---

① 李伟民：《〈阿史那〉：莎士比亚悲剧的互文性中国化书写》，《海南大学学报》（人文社会科学版）2014年第4期。

起共鸣。

《理查三世》是莎士比亚历史剧为数不多的受到中国剧团关注的一部作品，导演尝试对剧中异国的丑陋国王的性格、思想和命运发展进行了中国式的解读。2001 年，导演林兆华排演了这部作品，2 月 22 日在北京首演。此剧在国内演出了 12 场，当年 9 月赴欧洲参加国际戏剧节的巡演。林兆华版的《理查三世》进行了大胆的"装置行为艺术"的尝试：简单透明的白色幕布的舞台背景，身着嬉皮士的服装的演员，爵士乐的背景音乐，让观众有耳目一新的感觉。剧中演员的对话全部是莎士比亚的原话，有删减但并没有改动。除了演员的对话和表演，戏剧还采用了费用高昂的声光影渲染氛围：当红色的灯光映衬过白色幕布，人物的影子在幕布后若隐若现，爵士乐响起，幕布悄然舞动——宫廷的阴谋、幕僚的争斗和血腥的暗杀就这样完成了。林兆华借鉴了大量中国戏曲的表现手段和理念，对舞台空间进行了切割和转换，投影、影像与演员表演的视觉叠加，形成强烈的视听效果和全新的戏剧语言，"借用莎剧文本的主要内容和情节，其舞台叙事形式则以皮影式戏仿与戏仿所要达到的隐喻效果，为当代观众带来了异样的视觉冲击"。[①] 这部作品引发了很大的争议，有人为之喝彩，也有人直言看不下去。

时隔 11 年，即 2012 年 4 月，中国国家话剧院导演王晓鹰再次尝试改编排演《理查三世》。他带领中国演员，以汉语普通话打造了话剧《理查三世》，并赴伦敦参加了空前盛大的"环球莎士比亚戏剧节"，这是中国专业团体对莎士比亚历史剧的又一次关注。王晓鹰版《理查三世》展示出鲜明的中国元素，舞台的中国汉字布景和京剧的表演方式，令国外观众感到十分新奇。在伦敦演出当天，三面三层观众席基本满座，还有观众捧着厚厚的莎士比亚剧本，对照着演出和字幕提示，边读边看，即使是露天庭院区域也满是穿着雨衣的观众（当天下雨），他们一直在雨中站着，一直看得津津有味。观众以英国当地人为主，也有不少华人留学生和其他国家客人。演出结束谢幕时，观众鼓掌欢呼，经久不断，热情之高出乎演员们的预料。

---

① 李伟民：《光与影中的戏仿与隐喻叙事》，《四川戏剧》2014 年第 1 期，第 19 页。

导演王晓鹰版《理查三世》，理查三世：张东雨　安
夫人：张鑫　2012 年 7 月 4 日

　　导演王晓鹰虽然在《理查三世》一剧中保留了原作中英国皇室故事背景和人物名字，但是整体特色是鲜明的中国风。中国戏曲的舞台设置与戏剧表演讲究简约写意，道具"一桌二椅"即可表示宫殿房屋，手持马鞭，摇曳行走，便表示长途跋涉，走过了山山水水。导演王晓鹰吸收中国戏曲的表现方式，在三星堆文化符号（加注汉字和英文）的舞台布景下，在青铜质地的石柱装点的英王宫殿里，身着汉装的葛罗斯特公爵和安夫人以话剧形式表演，一招一式，"中味"十足，剧中穿插着木鱼外形的中国民族打击乐器的伴奏，鲜明地呈现出东方与西方、戏曲与话剧的混搭风格。"戏没开场，那个横在台口的匾上，就是用英文字母拼成方块汉子形状（这个著作权要保护）的剧名，让人联想到戏曲的'水牌子'。在激烈的打击乐声中，开始约克家族和兰开斯特家族的战争，两边各上一个士兵，手举写有自己家族姓氏（当然是英文字母）的大旗，就像戏曲中两员大将手持刀枪杀个'幺二三'，兰开斯特家族便被打败，倒拖旗下场而去。接着，在雄沉的号角声中，金色帝王大旗引着黄袍加身的爱德华和众大臣圆场，在山呼'万岁'中开始了登基大典。戏的结尾处，对比地表现理查三世和里士满两个人的战术布局和对胜利的期望，这些实际是发生在相距几里的战场两边的营帐中，演出却在同一个舞台场面里，采用了一个人表演，同时另一个

人'虚下'的戏曲调度手法。王晓鹰的这些叙事空间的转换衔接很戏曲化，简洁灵动"。① 尽管这是一出话剧，但是剧中人物运用中国戏曲的脸谱、韵白、武打等多种方式，呈现出东方戏曲的程式化特色。

对于混搭风的《理查三世》，外国观众表示出极大的兴致，"环球莎士比亚戏剧节"的主办方英国莎士比亚环球剧院的院长尼尔·康斯特博看后也表示：与英国非常著名的舞台和影视剧演员相比，中国的《理查三世》在它们当中也是非常出色的，这是他看过的最好的《理查三世》之一。

王晓鹰的《理查三世》成功演出回国后，剧团主创人员又以这部作品参加了"北京人艺"建院60周年庆祝活动，于2012年7月在北京首都剧场公演，终于让中国观众一饱眼福。

中国版的《理查三世》得到国内外的普遍认可，这是在中西文化交流的深入与广泛的基础上实现的。经历了一个多世纪的学习与借鉴，中国人对西方文化并不陌生了，而随着当今中国的国力的增强、各方面的大力发展，世界对中国也表现出越来越多的关注。中国文化的许多元素已经为世界所了解，如长城、功夫、熊猫、京剧、象形文字……所以王晓鹰的汉语普通话版《理查三世》，虽然在某些评论中被看作是"不伦不类"——这种评论一直伴随着中国戏曲对莎士比亚戏剧改编过程——但是当代的莎士比亚戏剧已经成为世界各国演员的各种表演方式的文化资本，它呈现出一种全然开放的态势，改编、批判与传播使莎士比亚戏剧在今天已经成为一个自足的文化生态圈。

王晓鹰执导的《理查三世》更大的一个特色是向世界呈现了一个体形全然不同于之前的理查三世的人物形象。自莎士比亚的《理查三世》戏剧出现后，躯体残疾，性格孤僻，冷血残酷，独夫民贼，这些通常是理查三世的不可缺少的标签，而且莎士比亚在剧中说明，理查三世的身体残缺与心理上的变态是具有一定因果关系的，所以之后舞台上或银幕上出现的理查三世都明确地在外形上展现出与正常人不同的样子。但是当他出现在王

---

① 李春喜：《浸润在戏曲艺术精神中的话剧〈理查三世〉》，《中国戏剧》2012年第9期，第40页。

晓鹰的中国戏剧中时，不驼不瘸，正常的身形，正常的思维。这种形态的理查三世首先解构了原剧中因身体畸形而引起心理失衡的解释，表明导演想在此剧中探讨的是在权力欲望的驱使下普遍存在的心理机制；并非身体的残缺一定会导致心理的不正常，体态正常且健康的人也可能成为一个十恶不赦的坏蛋，也就是说，身体与心理存在着联系，但并不存在必然的规律。人性是复杂和矛盾的，向善的神性与作恶的兽性时刻交织在一起，具体呈现出来的是什么样的人，它最终是由众多因素导致的。其中有个人的主观意愿，也有外在条件的引发和刺激，当这些因素在一定环境中汇集，一些因素可能从物理堆积的量变而产生化学反应的质变。当人邪恶的兽性一步步被释放，人的底线一点点被突破，人呈现出的邪恶绝不会因相貌好看而变得可爱。不过，人们"好色"的心理趋向，往往使人对相貌难看的人形成一种固有反感，以貌取人是很多人常犯的错误，王晓鹰在通过《理查三世》塑造一个中国版的残暴狡诈的封建君主的同时，也传达了一个"且勿以貌取人"的常识，纠正人们对长相不佳的人形成的内在偏见。

2015年11月，上海戏剧学院在上海的话剧艺术中心演出了一场特别的独角戏《理查三世》。演出时长1小时，中文对白，英文字幕，导演大胆地抛弃了剧本中主人公理查三世之外的所有角色，进行了一场独角戏的形式探索：一个人，一张桌，一出戏。舞台上理查三世独自一人，或悲或喜，是少年时意气勃发，是青年时踌躇满志，是壮年时果敢决绝，还是暮年时满目疮痍……聚光灯下，理查三世孑然一身，他将如何把这人生的独角戏唱完。尽管这种尝试是非常小众的，演出的场次和欣赏的观众数量都十分有限，但是却是有意义和有价值的，令人耳目一新。

综观中国的莎士比亚戏剧演出和改编，其中历史剧的剧目还只占少量，但是它表现出的文化自信是有目共睹的，这也是中国莎剧改编历程中新时代的特色。借莎士比亚戏剧在世界传播的东风而弘扬中国传统文化，是莎剧中国化进程中"合"这一特点的实质。莎剧中国化百余年的历程，"引"与"承"对西方文学文化主动接受，而"转"体现了中国以"拿来主义"的精神对外来文学、文化加以改编利用，创造新的文学作品，表达本民族的文化观念和审美方式，间接传播了中华民族的文化传统。而现阶段"合"

的特色，则更多体现了我国民族意识在文化方面的崛起及文化的自觉。从"引进来"到"走出去"再到"同期声"，这是中国文化自我更生、图强发展的一个侧影，中国戏剧的优秀文化传统同莎士比亚戏剧经典合流，产生出新的文化价值和审美意味，一同汇入世界文化的海洋中。

　　除了中国以外，日本、韩国、印度等东方国家都表现出对莎士比亚戏剧的喜爱，并且都以特有的民族风格表演方式来演绎莎剧，突出表现了东方文化对西方文化的接受与融汇。如日本，也是在 20 世纪开始引入莎士比亚戏剧；到 70 年代时，出现了对莎剧改编热，戏剧舞台和影视方面都进行了很多尝试。80 年代，"东京出现了专门演出莎剧的剧场——东京环球剧场。在东京平均每天都有一部舞台莎剧上演，莎剧的演出形式多样，既有传统的莎剧演出，也有融合了当代舞台表现手段的莎剧演出；既有完全日本化的莎剧演出，也有引进外国成熟的舞台莎剧、融入了现代元素的莎剧演出"。① 影视改编的最为知名的当是黑泽明拍摄的电影《蜘蛛巢城》《乱》等影片。在历史剧方面，导演蜷川幸雄 1999 年执导上演了《理查三世》。

　　印度曾在 20 世纪沦为英国的殖民地，英语及英语文化强势进入印度文化中，莎士比亚戏剧也在印度被人熟知。②

　　① 李伟民：《日本莎剧演出与研究》，《高校社科动态》2014 年第 3 期，第 25 页。
　　② ［印］拉文德·卡尔：《莎士比亚戏剧在印度》，潘源译，中国社会科学网，http：//art.cssn. cn/ysx/ysx_xjx/201506/t20150626_2048959. shtml。

第二章　20 世纪以降莎士比亚历史剧的影视改编

第一节　银幕上的莎士比亚历史剧

　　自 1895 年法国卢米埃尔兄弟发明了电影，电影这门汇集文学、摄影、表演、科技等多种元素于一身的艺术形式已有 120 多年的历史了。从开始的黑白默片电影到 1927 年有声电影诞生，再到 1935 年进入彩色电影制作时代，如今电影风靡全球，戛纳、柏林、奥斯卡等一年四季世界各地的影视节此起彼伏，各领风骚。

　　2013 年度的劳伦斯·奥利弗奖（Laurence Olivier Awards）① 最佳男演员和最佳复排剧提名中有两部是来自莎剧，分别是《麦克白》（*Macbeth*）和《第十二夜》（*Twelfth Night，or What You Will*）。2014 年度的劳伦斯·奥利弗奖提名公布的时候，《每日电讯报》以《莎翁英雄与反派一同竞争最佳男演员》为题作了报道，因为提名最佳男演员的四位演员中，又有 3 位是来自莎士比亚戏剧的。近年来，莎剧多次在重量级戏剧奖项中大放异彩；在舞台之外，莎剧的身影也始终活跃在影视银幕上，且在影视领域的莎剧改编更具有创意和多样性。

　　电影自诞生就把文学名著当作一座宝藏，通过改编搬上银幕的文学作品不胜枚举。而莎士比亚的戏剧改编电影——1899 年《约翰王》、1929 年

---

　　①　劳伦斯·奥利弗奖是英国戏剧及音乐剧最高奖项。

有声电影《驯悍记》、1956 年彩色电影《罗密欧与朱丽叶》等作品也见证了这一过程。现在，莎士比亚戏剧作品早已全部被搬上了银幕，有的被多次翻拍：片断与整部，黑白与彩色，无声和有声，忠实原剧与反讽、互文的，真人的与动画的，各种各样、五花八门。莎士比亚戏剧电影可以成为电影中的一个独立的分支，值得深入探讨。目前，中国已有学者在此方面作出了贡献，张冲的《视觉时代的莎士比亚》、吴辉的《影像莎士比亚》等专著都对莎士比亚戏剧的电影改编进行了系统的研究。

全览莎剧的影视改编，我们发现，莎士比亚的悲剧、喜剧的电影改编居多，《哈姆雷特》在电影默片时代就被不同国家的导演翻拍了 10 余次，喜剧《驯悍记》也是各国导演很喜爱改编的一部作品。莎士比亚历史剧的电影改编最早出现，但是相对悲剧和喜剧的改编而言，数量并不多。值得欣慰的是，在这为数不多的莎士比亚历史剧电影中，有些在艺术上与思想上都颇具深度，为莎士比亚戏剧电影增添了不少的光芒。

纵观莎士比亚历史剧的电影改编，大致可以分成四个时期。

一、默片时代的莎士比亚历史剧电影

1899 年，莎士比亚的历史剧《约翰王》其中一个片断被改编后拍成了仅仅 90 秒的电影。在这部短暂的电影胶片中，一共出现了四位演员，其中一位坐在银幕中间的椅子上，表情痛苦、身体抽搐，他就是由维多利亚时代名气很大的演员赫伯特·比尔鲍姆·特里（Heebert Beerbohm Tree）饰演的约翰王；另外三位演员分立在两边，饰演约翰身边的仆从。胶片上呈现的是戏剧《约翰王》结尾处约翰中毒将死的那个片断。这个胶片严格地说并不能称之为"电影"，它只是将舞台演出的一个场景用新的技术复制在胶片上，但是它体现出电影可以随时方便地重复播放的特点，这恰恰是舞台剧不能做到的。尽管十分粗糙，电影《约翰王》还是意义非凡，它拉开了莎士比亚戏剧电影改编的大幕，随后出现了大量的莎士比亚戏剧电影。据不完全统计，仅在 1908 年就有 15 部莎士比亚电影问世，[①] 其中有《理查

---

① 张冲、张琼：《视觉时代的莎士比亚》，北京大学出版社 2009 年版，第 8 页。

三世》《亨利八世》等历史剧电影。

在默片时代的莎士比亚历史剧电影中，《理查三世》受到高度关注，1908年美国导演Ranous、1911年英国导演Barker、1912年美国导演Keane、1913年美国导演Benson、1919年德国导演Reinhardt都进行了《理查三世》的改编拍摄。

1911年，由英国导演Barker拍摄了《亨利八世》；次年，美国导演Trimber也将《亨利八世》呈现于银幕之上。

默片时代的莎士比亚历史剧电影作品受到当时技术的限制，一般是10分钟左右的"单盘片"，大多是从戏剧剧本中选取一个情节片断来加以演绎，并不能完整地再现戏剧内容。尽管如此，导演还是利用电影特有的优势，表现出自己的创造力，比如1911年Barker执导的《理查三世》选取了最后一场混战的剧情，但是在大战来临前，电影中先出现了理查三世身处梦魇的情景：理查三世横躺在银幕中央的床榻上昏睡，有人依次登台站在他面前比比划划，似乎在控诉着什么，他们代表被理查三世迫害的冤魂。后面的背景是遥远的战争场面。当理查三世从梦中醒来，高喊着"一个国王换一匹马"，投身战场之中，随着理查三世突然倒地，电影戛然而止。

历史剧的电影改编中，1912年Keane拍摄的《理查三世》时长达到了55分钟，它是由5个单盘片共同完成的，这是早期莎士比亚戏剧电影中为数不多的、比较完整的再现戏剧情节的一部作品。

二、20世纪中期莎士比亚历史剧电影的第一次高潮

1927年，电影进入有声时代，同时也进行着彩色电影的尝试。1937年，英国导演欧福奥（Oferrall）第一次尝试将《亨利五世》打造成一部电影作品。7年之后即1944年，著名的莎剧演员劳伦斯·奥利弗（Laurence Olivier）再次将《亨利五世》搬上了银幕，它也是第一部彩色的莎剧电影，产生了极大的反响。奥利弗既是一名伟大的莎剧戏剧演员，也是电影界成就与声望极高的导演和演员。他一生无数次地在舞台上出演莎士比亚戏剧的各种人物，也将莎士比亚的作品改编成电影展现在世人面前。舞台上的奥利弗化身为银幕上的罗密欧、哈姆雷特、理查三世、亨利五世、麦克白、

奥赛罗、夏洛克……每个形象都塑造得游刃有余、入木三分。在拍摄《亨利五世》取得成功后，奥利弗又于 1955 年拍摄了《理查三世》，同样反响巨大，这部电影还开创了首次在影院和电视台同时播放之先河，电视台的收视率极高，成功地再现了另外一种普及莎士比亚历史剧的新途径。

在奥利弗执导并主演的电影《亨利五世》和《理查三世》中，他分别塑造了两位英国历史中的国王形象。这两个人物性格对比鲜明：一个英俊霸气、叱咤风云；一个丑陋狠毒、谋算权术。观众难以置信地看到，这两个反差极大的人物竟然是由同一个演员出演的，可见奥利弗表演技艺之精湛。

20 世纪中期，美国的联播电台（Demonstration for Affiliates）也尝试拍摄了《亨利五世》（1949）。这些莎士比亚的历史剧影视作品与奥利弗的《哈姆雷特》、黑泽明的《蜘蛛巢城》等，共同打造了莎剧电影的第一次高潮。

20 世纪 70 年代，市场上依然陆续有改编的莎士比亚戏剧电影上映，但是观众反响平平，莎士比亚戏剧影视进入一个相对平静的调整时期。值得一提的是英国的麦斯那（Messina），他与吉斯（Giles）合作拍摄了《理查二世》（1978）和《亨利五世》（1979），还与威斯（Wise）合作拍摄了《亨利八世》（1979）。

三、20 世纪末期莎士比亚历史剧电影改编

1978 年，英国广播公司（BBC）开启了一场庞大而辉煌的事业，陆续将莎士比亚戏剧全部改编成电视电影，被称为《BBC 莎士比亚戏剧精选》。BBC 的莎剧电影虽然不是部部精品，但是从情节发展到人物的台词，从背景布置到人物的衣着，处处体现出推崇原作、忠实原著的拍摄主旨。在《BBC 莎士比亚戏剧精选》中，莎士比亚的 10 部历史剧也全部完整地亮相银屏，成为莎士比亚历史剧电影的一座里程碑。

20 世纪末期，英国又诞生了一位可以与奥利弗相媲美的莎剧演员——肯尼思·布拉纳（Kenneth Branagh），他的莎剧电影改编同样产生巨大的影响，特别是电影《亨利五世》在艺术上与商业上双双取得成功，将莎士

比亚历史剧电影推上了第二个高潮。

布拉纳的人生经历与前辈奥利弗有些相似，他也是先成为优秀的莎士比亚戏剧演员，而后又在银幕创作上熠熠生辉的。布拉纳曾是皇家戏剧艺术学院的一名学生，毕业后在舞台上演出过很多莎士比亚戏剧角色，26岁时他自己组建了"文艺复兴剧团"。除了戏剧演出，他投身影视，改编拍摄了五部莎士比亚戏剧电影——《亨利五世》（1989）、《无事生非》（1993）、《哈姆雷特》（1996）、《爱的徒劳》（2000）和《皆大欢喜》（2006）。目前他是拍摄莎士比亚戏剧电影最多的导演，同时他也是5部电影的编剧，并在前4部中担任主演。这些成就使他在当代莎士比亚戏剧史上占据了重要一席。

观看布拉纳导演并主演的《亨利五世》，人们常常会想到奥利弗的《亨利五世》。两位都是出色的莎剧演员，对这部戏剧作品了如指掌，又都有着丰富的舞台表演经验，在编剧方面也表现出忠实原剧的相同改编原则。布拉纳显然从前辈的创作探索中汲取了营养，但是他并不想成为奥利弗第二，在塑造这个莎士比亚笔下唯一"完美"的国王时，布拉纳更关注亨利五世的内心世界，塑造了一个既是国王又是一个普通年轻人的亨利五世。

1995年和1996年，有两部《理查三世》改编的电影相继问世。1995年，导演朗克莱因（Loncraine）聘请了著名的莎士比亚演员麦克莱恩，又一次重拍了《理查三世》，这部作品与其说是再现莎士比亚戏剧中的暴君，不如说是对"二战"战争狂热分子的鞭挞，其鲜明的时代特色引发了人们的关注和讨论。而由阿尔·帕西诺导演并主演的《寻找理查》在1996年10月公映，这部电影具有鲜明的后现代色彩。它在电影中以"除兄""娶后""计陷政敌""战前梦魇""以国换骑"这些碎片化的情节来展现《理查三世》，同时又将街头随机采访、朗读剧本、学者访谈、导演说戏和拍摄过程中的情景插入这些碎片化的情节中。电影充分运用后现代叙事手法，通过随意的插入、将碎片化的情节内容和大量的外来因素拼接起来，沿着"寻找"这一关键词，既为观众寻找历史中的理查三世，也在寻找莎士比亚创作的足迹，寻找莎剧的流传和变迁的足迹。虽然影片上映后评价褒贬不一，但是这种新颖的表现手法为莎剧在新世纪的电影改编提供了可以借鉴的方法和深入探讨的空间。

四、21 世纪的莎士比亚历史剧影视作品

2001 年，在 21 世纪刚刚拉开帷幕之际，美国"萨博罗萨制作室"（Sub Rosa Studios）推出了电影《理查二世》。电影情节基本遵循原作，虽然电影中人物都是现代风格，穿着当代的军装，手持现代化武器，在表现残酷的政治斗争时，响起隆隆的枪炮声，但是这些在莎剧电影中已不是新鲜的元素，人们对它的关注主要集中在这种新的制作方法与发行方式上。导演法雷尔在电影制作技术方面进行了新的探索，"先用数码摄像机拍下整部电影，再转到 35 毫米的胶片上，并制作成 DVD 光碟发行"。① 这种方式实为首创，但是从观影效果上来看，与影院宽银幕相比，这部电影更像是网络下载剧，虽然它很符合当代青年人的观看习惯，但是观赏效果差强人意。另外，电影的演员表演也流于表面，所以这一尝试效果并不很好。不过，通过 DVD 的发行，扩大了作品观看的领域和人数，比起院线的排片，这种传播方式更具优势。

2007—2010 年，由美国电视网 Showtime 出品并陆续播放的 4 季（每季 10 集）电视连续剧《都铎王朝》，将英王亨利八世的传奇一生再现于荧屏。本剧最大的亮点是聚焦这一国王的情感，以其 6 次婚姻作为电视剧的全部主线，通过婚姻关系透视其背后错综复杂的家族关系、宗教派别、外交利益，将都铎王朝的第二位国王亨利八世演绎为一个强悍、率直、在政治角逐中逐渐成熟的男性。在王位上 40 年的亨利八世，最终在权力的追逐和女性的美貌随着时间的流逝而消亡中感受到生命的无常和对世间的厌倦，终于在最后的时光与充满母爱的女子平静地度过最后的婚姻生活，并与前妻生下的孩子和解，给她们以合法的地位。这部电视剧的播放影响很大，获得了可观的收视率。

21 世纪 10 年后，莎士比亚历史剧电影迎来了第三次高潮。有两个特别意义的年份让莎士比亚历史剧的演出与影视重拍再次高调闯入观众的视

---

① 张冲、张琼：《视觉时代的莎士比亚》，北京大学出版社 2009 年版，第 59 页。

野，造成了强烈的视觉冲击，在世界范围内产生了极大的反响。

一个年份是2012年。这一年英国借着举办伦敦奥运会的东风，大打文化牌。4月23日，在莎士比亚的故乡斯特拉福德镇，一年一度的"莎士比亚戏剧节"照常拉开大幕。不同往年的是，这一次的戏剧节格外星光灿烂。小镇迎来了来自世界各地的不同国家的剧团，以38种形式演绎了莎士比亚的37部戏剧，以迎接2012年伦敦奥运会的到来。这些语言包括英语、法语、德语、阿拉伯语、西班牙语和乌尔都语等，还有中国的汉语普通话和粤语。在表演形式上有话剧、歌剧，也有民族风情的融汇演出，还有以手语表演的莎剧作品，真是令人大开眼界。同年7月，在时隔30年之久，莎士比亚历史剧再次登录BBC播放平台：由莎士比亚历史剧的一个四部曲——《理查二世》《亨利四世》（上、下）《亨利五世》重新翻拍的"空王冠"迷你系列剧，在奥运会举办期间重复播放，引发了人们在新的历史时期对英国历史与莎士比亚历史剧的重新审视。这次的翻拍BBC继续表现了坚持忠于原作的理念，在剧中以中世纪时代为背景，演员也依旧说着莎士比亚原剧的台词（中国有评论称之为"文言文版"莎剧电影）。

另一个重要年份是2016年，是莎士比亚逝世400年。BBC又借此东风，在5月份推出了"空王冠"第二季"玫瑰之争"系列，将莎士比亚历史剧的另一个四部曲《亨利六世》（上、中、下）和《理查三世》搬上了银幕，其中，理查三世是由英国知名的演员本尼迪克特·康伯巴奇（网称卷福）饰演，一时"吸粉"无数，同样取得了不错的收视率。

一些成功演绎莎士比亚戏剧作品的演员也再次受到强烈的关注，如英国著名演员伊恩·麦克莱恩于2016年6月来到中国，参加第19届上海国际电影节组委会与英国电影协会以及英国文化教育协会合作举办的"莎翁影史"展映启动，作为与由英国文化教育协会举办的"永恒的莎士比亚"活动的重要代表和文化大使，他亲自启动了展映单元。此次"莎翁影史"展映单元共展出8部莎剧，包括伊恩·麦克莱恩主演的《理查三世》、奥丽维娅·赫西主演的《罗密欧与朱丽叶》、劳伦斯·奥利弗自编自导自演的《王子复仇记》和《亨利五世》、彼得·布鲁克导演的《李尔王》、罗曼·波兰斯基导演的《麦克白》、肯尼斯·布莱纳爵士主演的《哈姆雷特》，还有

2016 年全新默片合集《开演！默片中的莎士比亚》——这部作品是从 28 部莎翁经典默片中选材剪辑，并由被认为是"史上最杰出的默片伴奏家"的史蒂芬·霍恩在展映现场为电影钢琴伴奏，为中国观众带来超乎寻常的艺术享受。

也许中国影迷对伊恩·麦克莱恩较为熟悉的是他所扮演的"甘道夫""万磁王"等电影角色，其实伊恩·麦克莱恩 12 岁就开始演绎莎士比亚戏剧，一生演绎过绝大部分莎士比亚的作品，比如《第十二夜》《无事生非》《哈姆雷特》《李尔王》《奥赛罗》《冬天的故事》等。1969 年，他带着《亨利五世》《爱德华二世》参加了爱丁堡艺术节；1976 年，他又和朱迪·丹奇合作拍摄了电影《麦克白》；到了 2012 年，在伦敦残奥会开幕式上他亲自演绎了《暴风雨》中的男主人公普洛斯彼罗。无论是舞台还是银幕，他诠释的莎士比亚戏剧中的人物都给观众留下深刻的印象。在接受记者采访时，他对莎士比亚表达了深深的尊敬与热爱，"自从我在 8 岁时第一次看了莎士比亚的戏剧后，莎士比亚一直都是我生命的一部分，作为一个观众、一个演员，莎士比亚一直是我生活和心上的重要部分。几个世纪之后，莎士比亚的话依然可以温暖人们的心灵。如果我信仰上帝，那么莎翁就是我的上帝"。①

对于中国人对莎士比亚的热情和喜爱，他感到欣慰也大加赞赏，特别是对中国观众能够理解和接受他演的"理查三世"感到极为高兴。在颁奖礼上，麦克莱恩与中国著名演员焦晃共同表演了莎剧片断，中西艺术家对莎士比亚的理解和表现既有融通又有比拼，这种国际文化交流和推广活动，充分展示出莎士比亚是属于所有时代的，也是属于所有民族的。

克罗齐说一切历史都是当代史，借用这句话来评价历史剧也比较适用——一切历史剧都是当代剧。从莎士比亚的戏剧来看，其全球化、当代化已经十分明显，世界各地穿着不同时代的、不同民族服装的、操着不同语言的演员都在演绎莎剧。莎士比亚的历史剧不仅让英国民众记住

---

① 伊恩·麦克莱恩来华开启莎翁影史：凤凰艺术，http：//ent.sina.com.cn/m/c/2016-06-14/doc-ifxszkzy5222778.shtml。

自己民族的历程，也让当代各民族的人来思考人类进程中共同面临的问题与解决的办法。无论是戏剧还是电影，形式不同，但是给人的思考是相同的，好的戏剧与好的电影相映生辉，带给观众美的享受与思想上的震撼。

第二节　《亨利五世》的影视改编

莎士比亚的每部历史剧作都已经被影视改编多次，以下以不完全的历史剧作影视改编作品的统计为基础，分别对每部历史剧作品进行梳理和简要的评论。

首先，我们关注莎士比亚的《亨利五世》。

表 2　莎士比亚历史剧《亨利五世》的影视改编

改编时间	出品国	导　　演	片　　名
1937	英国	Oferrall	《亨利五世》
1944	英国	Olivier	《亨利五世》
1949	美国	Demonstration for Affiliates	《亨利五世》
1979	英国	Messina/Giles	《亨利五世》
1989	英国	Kenneth Branagh	《亨利五世》
2012	英国	Richard Eyre Rupert Goold	《空王冠：亨利五世》

除了写于 1612 年的《亨利八世》，莎士比亚的其他 9 部历史剧都是他在早期创作的 10 年中完成的。而《亨利五世》写于 1599 年，是莎士比亚的第 9 部历史剧。全览莎翁的 10 部历史剧，《亨利五世》只是一部并不长的五幕戏剧，但是从某种意义上说，这部作品其实是莎士比亚历史剧创作的一部总结式作品。这样评价《亨利五世》，不仅仅是由于它的创作时间，更源于它在莎士比亚整个历史剧创作中的重要性。

在《亨利五世》中，曾经的哈尔王子在亨利四世病亡之后，按照当时的王位继承法，已经名正言顺地成为英国国王——亨利五世。《亨利五世》围绕"英法百年战争"中 1415 年阿金库尔战役展开情节，塑造了一位勇敢伟大的国王：他身体力行，与将士共同进退，率领英军，以少胜多，取得了关键性的胜利，最终迫使法王签订和约，以与法国公主联姻的方式，将法国未来纳入英国国王的统治之下。可惜亨利五世英年早逝，英国未能续写辉煌。

在塑造这位伟大的英国国王之前，莎士比亚通过历史剧已经为观众展现了 5 位英国历史上的国王：约翰王、理查二世、亨利四世、亨利六世、理查三世。莎士比亚最早写的是《亨利六世》。大约 1590 年，莎士比亚的《亨利六世》一剧演出成功，给莎士比亚带来了声誉。他趁热打铁，将《亨利六世》一剧中的故事续写，创作了一个新的剧本，上演后同样受到欢迎。第二年，他又追写了第一部《亨利六世》的前面的情节，这部作品就是我们现在看到的《亨利六世》（上）。此后 10 年间，他几乎每年都有历史剧作品上演。在莎士比亚笔下的英国国王形象中，找到一个"好国王"并不容易，7 位国王，有约翰王、亨利四世和理查三世这种属于"名不正言不顺"的篡位者，也有理查二世和亨利六世这样的年幼即位成年惨死的君主。

约翰王史称"无地王"或"失地王"，当时的英国国王是他的兄长"狮心王"理查一世。由于理查一世长年滞留在法国（因为他也是法国的阿奎丹公爵），并热衷于十字军东征，约翰有机会直接插手英伦三岛的地方统治。其间，约翰几次谋反，欲取代理查一世成为英国国王，结果被理查一世挫败，但是他得到了宽恕。直到理查战死，约翰终于称王。但是他的三哥的儿子亚瑟得到法国国王的支持，宣称自己比约翰更有资格继承王位，于是在约翰与侄子亚瑟之间兴起了一场为争夺王位而进行的战争，最终约翰俘获并杀死了亚瑟。这一历史内容再现于莎士比亚的戏剧《约翰王》中。

另外一位"篡位者"亨利四世，在称王之前他是勃林布洛克公爵，后褫夺其表兄弟理查二世的国王封号，自立为新君。而他的这一行为为后来两个家族爆发长达 30 年的红白玫瑰战争埋下祸根。

莎士比亚戏剧中的英国国王中最丑陋不堪的是理查三世，他不仅外表难看、身体畸形，同时心如毒蝎、凶狠毒辣。当时兰开斯特家族的亨利六世在位，而作为约克家族的一员，理查三世（当时葛罗斯特公爵）不仅在红白玫瑰战争中对表兄当时的国王亨利六世一家进行屠戮杀掠，同时为了自己能登上王位，就连自己的亲兄长也算计陷害，并软禁了自己的侄子爱德华五世和他的弟弟，后来这两个侄子就莫名失踪了。从君王继承法则来看，理查的排位几乎没有称王的可能，但是他却实现了这一目标，因此，历史上称他为"造王者理查"。他一步步清理了通向王位之路的绊脚石，终于在1483年加冕称王。

在莎士比亚笔下的7位国王中，理查二世和亨利六世的命运有许多相似之处。理查二世9岁即位，亨利六世更是未满周岁还在襁褓之中被冠以王权，两人都是年幼即位，在摄政王的帮助下治理国家的。他们都在成年后同样面临了祸起萧墙、兄弟相残的境遇，年纪轻轻就死于王权的争斗中：理查二世被废黜，死于非命，权力易主于亨利四世；亨利六世陷于"红白玫瑰之争"，战死沙场，王位被约克家族的爱德华四世占据。

在日夜痴心王权的约翰，终日为"篡位"所困扰的亨利四世和外貌丑陋、心狠手辣的理查三世，以及狂妄自负的理查二世和笃信宗教无力治国的亨利六世之后，莎士比亚和他的观众都迫切地需要一位名正言顺且英名伟大、治国有方的英国国君，亨利五世正是这一个。

《亨利五世》写于1599年，是莎士比亚的第九部历史剧作品。曾经的哈尔王子，在亨利四世病亡之后，按照当时的王位继承法，成为名正言顺的英国国王亨利五世。莎士比亚在《亨利五世》剧本中，围绕"英法百年战争"中1415年阿金库尔战役展开情节，塑造了一位勇敢伟大的亨利五世。

亨利五世既无篡位之嫌疑，又具中世纪骑士之侠义勇武之能和荣誉观，上治理国家孔武有力，贵族、教士阶层都能驾驭，下能体察民情，与普通士兵打成一片。虽然《亨利五世》本身剧情不长，但实际上，亨利五世这个形象是作家用了3部作品才完成的，在《亨利四世》（上、下）中，还是王子的亨利五世就已经成为中心人物，他的许多品性都是在这两部作品中展示出来的，可见为了能够塑造一位"像样"的英国国王，莎士比亚可谓颇费心思。

《亨利四世》中哈尔王子表面上浪荡不堪、混迹市井，实则时刻关注国事，关注王权的动态。尽管与福斯塔夫一伙市井之徒称兄道弟，厮混打闹，但是一旦父亲的统治地位受到威胁，他便立刻主动请缨，投入到保护王位的斗争中，并通过实际行动，证明自己的军事才华和统治能力，赢得父王的信任。《亨利四世》剧情的发展，已经把未来的亨利五世性格树立起来，他擅于伪装、深谋远虑，同时又能够审时度势，把握恰当的机会脱颖而出，将权力和大局掌控在自己的手上。

《亨利四世》（上、下）两部戏剧，莎士比亚将哈尔王子这个未来国王颇有心机、审时度势、创造条件、顺势谋取王位的过程艺术地再现出来。而到了《亨利五世》一剧中，又通过英法战争，进一步塑造出一个文韬武略的贤明的理想君主形象。

哈尔王子曾经的"荒唐"岁月，使得他对英国社会特别是下层人民的生活状况有了深切的了解，为他以后的执政提供了参考。《亨利五世》一开篇，意欲对法国发动战事的亨利五世请来大主教，引经据典，找到了对法出战的"合法"依据，拉开了封建扩张的大幕。对于与欧洲大陆海峡相隔的岛国，英国向外扩张的欲望是强烈的，历史上"日不落帝国"也非一朝一夕成就的，追溯起这种扩张的起点，就会理解为什么对于英国人来说，亨利五世是一位重要的国王。莎士比亚选择了他，后代的英国人也选择了他。

在莎剧电影改编中，《亨利五世》是重要的、改编次数较多的一部。对于银幕上的"亨利五世"，有 3 位演员令人印象深刻：劳伦斯·奥利弗、肯尼思·布拉那和汤姆·希德勒斯顿，他们分别是 1944 年、1968 年和 2012年影片中的"亨利五世"扮演者。

一、奥利弗的《亨利五世》

1907 年出生于伦敦的劳伦斯·奥利弗堪称一代莎剧表演大师。他从小喜爱戏剧表演，学生时代便展露出他的表演方面的才华，15 岁初登舞台演绎莎剧，据说他的处女秀是演《驯悍记》中的一位小姑娘。奥利弗曾在伯明翰剧院习艺，他一生钟爱莎剧，对于莎剧中所有的重要角色都悉心研究，精到演绎。他的表演并不止步于戏剧舞台，还延伸到20世纪迅速发展的电影领域。1938年，已经凭借《罗密欧与朱丽叶》《哈姆雷特》等剧作的表演获得盛名的奥利弗，应邀来到美国的好莱坞，参加了《呼啸山庄》的拍摄，在电影中扮演男主角希斯克里夫。凭借这一角色他获得了奥斯卡最佳男主角的提名，从此在好莱坞立足。之后，他在希区柯克导演的《蝴蝶梦》与琼·芳登合作，再次将他与生俱来的贵族气质展现得淋漓尽致，在电影的演艺生涯上更进一步。1944年，奥利弗一人身兼编剧、导演、主演、制片的《亨利五世》上映，斩获奥斯卡最佳影片；随后，于1948年他又导演和主演了《哈姆雷特》，终于在1949年实现了奥斯卡影帝的夙愿。

奥利弗一生几乎诠释过所有莎剧重要角色，被公认为20世纪最伟大的莎剧演员，有"莎士比亚戏剧王子"之称。他不停地把英国经典搬上好莱坞银幕，扮演了莎士比亚重要作品中的几乎全部主角，人们赞美劳伦斯·奥利弗是"当代对莎士比亚戏剧作品贡献最大的人"。他曾获得过11次奥斯卡金像奖提名，也凭借电影中的形象获得过多个奖项，也称得上是"20世纪最伟大的电影演员"。在他执导改编的莎剧电影中，他将亨利五世、哈姆雷特、麦克白、奥塞罗、理查三世、罗密欧等人物形象留在了银幕之上，成为戏剧历史上和世界影坛上一个又一个不朽的形象。

《亨利五世》是奥利弗初次尝试自己改编、导演的电影作品。因为他对莎剧的了然于心和在戏剧舞台上的丰富表演经验，以及之前"触电"已经取得的成绩，使得他的电影处女作大获成功。1945年，奥利弗凭借《亨利五世》获得了第19届奥斯卡荣誉奖、奥斯卡奖最佳影片提名、奥斯卡奖最佳男主角提名、奥斯卡奖最佳艺术指导提名及奥斯卡奖配乐奖提名，树立了他在影坛导演的地位，也将莎士比亚戏剧电影改编推上了一个高潮。

《亨利五世》成为莎剧电影的一个标杆，令后人景仰，亨利五世的银幕高大形象也是从奥利弗身上被树立起来的。在莎士比亚戏剧《亨利五世》中，虽然通过"英法百年战争"重要的"阿金库尔战役"，将亨利五世本人体察士兵、足智多谋、英勇善战的一面展示出来，同时，也毫不避讳的暴露其封建国王的本性：一继位就与福斯塔夫这些下层市井之流划清界限；

寻找借口发动对法战争，目的是扩大自己的封建势力；逼迫法王签订条约，并与法国公主联姻，实质是要侵吞法国，扩大自己的封建统治势力。所有的一切表面冠冕堂皇，实际上厚颜无耻。

莎士比亚戏剧通过 3 部作品——《亨利四世》（上、下）中的哈尔王子和《亨利五世》的国王，塑造了一个多面的完整的形象，既是人们期待的强大的国王，又有着人性的弱点和封建国王必然的劣根，展示了莎士比亚这位伟大的现实主义作家的品质与技艺。而在奥利弗这里，他有意回避那些不利于表现英明君主的情节，比如删除了亨利五世在哈弗娄城扬言要在破城后奸杀掳掠、血洗全城的威胁，也没有出现他下令处死所有战俘的情节。对于他在战前曾内心愧疚，忏悔为谋取王冠曾做过的那些"恶行"，这一独白被来人打断，不了了之，而为挑起对法战争，请两位主教寻找理由（借口）的丑陋一幕，因扮演主教的人在影片中忘词而引发台下观众的哄笑而被消解。影片中着重突出了亨利五世年轻有为、果敢坚决、不畏险阻、不屈不挠的君主形象。37 岁的奥利弗英气逼人，以自身高贵的气质和莎剧表演的娴熟技艺将亨利五世打造成一位"英格兰之星"。

在戏剧《亨利四世》下部结尾处，哈尔王子与父亲亨利四世出征平定了北方的叛乱，班师回朝的路上，亨利四世重病不起，遂将王位传给了哈尔。在《亨利五世》中，新继位的年轻国王，为了证明自己的治国能力，在主教提供的十分牵强的证据下，决定发动对法战争，夺回"属于"英国的法国北部疆域。英军在哈弗娄城受到法军的强烈抵抗，严峻的形势考验着年轻的君王。亨利五世深夜深入军营，微服私访，了解士兵们的想法，并激励士兵为国家而战，为荣誉而战。在英法决战即将开始之时，亨利五世发表了慷慨激昂的演讲：

> 亨利王：好朋友们，再接再厉，向缺口冲去吧，冲不进，就拿咱们英国人的尸体去堵住这座城墙！在太平的年头，做一个大丈夫，首先就得讲斯文、讲谦逊；可是一旦咱们的耳边响起了战号的召唤，咱们效法的是饥虎怒豹；叫筋脉喷张，叫血气直冲，把善良的本性变成一片杀气腾腾；叫两眼圆睁——那眼珠，从眼窝里突出来，就像是碉

堡眼里的铜炮口；叫双眉紧皱，笼罩住两眼，就像是险峻的悬岩俯视着汹涌的大海冲击那侵蚀了的山脚。咬紧牙关，张大你的鼻孔，屏住气息，把根根神经像弓弦般拉到顶点！冲呀，冲呀，你们最高贵的英国人，在你们的血管里，流着久经沙场的祖先的热血！就在这一带，你们的祖先，一个个都是盖世英雄，从早厮杀到晚，直到再找不见对手，才收藏起自己的剑锋。别羞辱了你们的母亲；现在，快拿出勇气来，证明的确是他们——你所称做父亲的人，生养了你！给那些没胆量的人树立一个榜样，教给他们该怎样打仗吧！还有你们，好农民们，你们从英格兰土地上成长起来，就在这儿让大家瞧一瞧祖国健儿的身手。让我们发誓吧，你们真不愧是个英国人——这一点，我毫不怀疑；因为你们都不是那种辱没自己、短志气的人，个个都是眼睛里闪烁着威严的光彩。我觉得，你们挺立在这儿，就像上了皮带的猎狗，全身紧张地等待着冲出去。这一狩猎开始啦。一鼓作气，往前直冲吧，一边冲，一边喊："上帝保佑亨利、英格兰和圣乔治！"①

——《亨利五世》第三幕第一场

这段话极大鼓舞了英军的士气，将士同心，一举攻下了哈弗娄，继而挺军加莱港，直至阿金库尔，以少胜多，打了一个载入战争史册的大胜仗，亨利五世也在战斗中名声大振，成长为令人瞩目的国王。在戏剧结尾，亨利五世不仅迫使法王签订了屈辱的停战条约，还抱得美人归——娶了法国公主为妻，从此与法国化解矛盾，接续历史上本来就存在的深厚友情，毕竟从英国开国之王威廉一世起，英国国王名义上也是法国某地的公爵。

如同《简·爱》中简·爱对罗切斯特的表白，这亨利五世的"战前动员"也成了《亨利五世》的经典片段。《亨利五世》影片中战马上身披戎装的奥利弗（亨利五世）耸立在士兵中间，慷慨激昂地演绎了戏剧中大段的爱国宣言，表现了昂扬的斗志和必胜的决心。影片传达出一种信念：大不列颠人是勇敢刚毅坚强不屈的民族，让战火涤荡软弱和忧郁，锻造钢铁般

---

① 圣乔治是英国人眼中的保护神。

的意志，光荣和胜利属于正义的人们。影片传达的这种精神有着重要的现实意义。1944 年，在欧洲的"二战"战场上，英国及其协约国的盟友们与德国等轴心国的战斗正是关键节点。当时的英国还笼罩在敦克尔克战败的阴影中，对是否与德军决战一直犹豫不决。另外，在这部电影上映之前，即 1942 年，有一部电影《伟大的国王》上映，影片讲述了 18 世纪统一了普鲁士的弗里德里希国王的事迹。这部影片有意识地将希特勒的形象与国王重叠，美化纳粹的侵略扩张行为。而"《亨利五世》的拍摄与当时英国战时情报部的授意和支持有关，因此也有特定条件下意识形态的宣教作用"。①《亨利五世》的拍摄是对这种行径的一种强烈的反击。亨利五世一个伟大的中古时期的英国国王身先士卒，为了国家和荣誉奋勇战斗，不畏牺牲，永不屈服。他极大地鼓舞了战场上的英军士气，让"阿金库尔"的精神再现于现实中，也预言了盟军的必胜。"影片在伦敦公映长达五个月，并创下百老汇连映 46 周的纪录"。②

奥利弗的《亨利五世》的现实作用与莎士比亚当时的创作极其契合。16 世纪末即伊丽莎白一世统治后期，英国戏剧艺术崛起，产生了"大学才子派"等众多的戏剧从事者，他们在戏剧创作与演出方面进行了探索与实践。莎士比亚以历史剧成名，他并不是当时唯一进行历史剧创作的剧作家，但是他的历史剧创作与上演恰好与当时的英国国情密切相关。1588 年，英国在海上打败西班牙的无敌舰队，表明英国的海军力量壮大，不仅全国上下士气大增，而且开始拥有了自主的治海权，从此突破了欧洲大陆对英国的封锁，拉开了殖民扩张的序幕，英国也开始由一个穷远偏僻的岛国，逐步变成"日不落"帝国。海战的胜利激发了英国民众的民族自豪感与爱国热情，使得英国观众对自己的历史进程也表示出极大的兴趣，莎士比亚的历史剧受到欢迎，反过来又促进了莎士比亚的创作灵感，他一口气写了 9 部有关英国历史的戏剧作品。莎士比亚通过 4 部戏剧完成亨利五世的形象，把他少年老成，心机深藏，表面玩世不恭、胡作非为，实则内心渴望权力、

---

① 吴辉：《影像莎士比亚》，中国传媒大学出版社 2007 年版，第 62 页。
② 张冲、张琼：《视觉时代的莎士比亚》，北京大学出版社 2009 年版，第 81 页。

心谋大略的形象立体地展现给观众。

虽然奥利弗的影片《亨利五世》"肩负着某种使命",有着很多的政治意味,但是作为一部精致的电影艺术作品,奥利弗还是"运用巧妙的艺术手段,尽量在影片中淡化政治色彩"。① 奥利弗准确地把握了艺术作品的教诲作用,将宣教隐藏于情节的发展与形象的塑造之中,让观众在审美中思考现实,用艺术形象传达鼓舞的力量。同时,展示出他对电影拍摄的高超技艺,利用电影的蒙太奇技术,在时空转换与虚实结合方面大展拳脚,将"戏中戏""戏外戏"演绎得淋漓尽致。电影一开场,一张戏剧演出的海报随风飘动,将观众的视线带入到1600年英国泰晤士河畔的戏剧演出的场景中:白色的剧院升起旗子,吹起喇叭,召唤市民前来观看;观众从四面八方蜂拥而至,剧院内演员也在后台忙碌地进行演出准备。影片中展示出莎士比亚时代的剧院真实场景:舞台上下三层,三面而围的观众席,观众有的在正面的楼座落座,也有在台前两侧的板凳上看戏,还有随意而站的人。大幕徐徐拉开,致辞人走上前台,清清嗓子,开始了演说,于是戏剧正式开场了。主教配合亨利五世的野心寻找出兵法国的理由,暴露了英法之间的长期积怨,法国使者的傲慢无视,王权与教会势力的争斗暗流涌动,在简陋的舞台上一一呈现在观众面前。而随着戏剧剧情的发展,英法士兵短兵相接,背景由搭建的演出舞台过渡到真实的场景中:电闪雷鸣,瓢泼大雨,泥泞的野地上英军艰难地前行,法军出现,双方士兵厮杀在一起,混战中战马嘶叫与受伤的呻吟夹杂在一起……当英军取得胜利,迫使法王接受了条约内容时,美丽的法国公主凯瑟琳出现了,背景又重回剧院,舞台上亨利五世向男童扮演的法国公主凯瑟琳求婚,喇叭奏起花腔,大幕徐徐合拢,戏剧结束了,电影也结束了。这部作品借鉴了莎剧《哈姆雷特》的"戏中戏",在电影中演出戏剧,同时将戏剧化为更为"现实"的电影,而区分戏剧舞台与现实背景的只需一个细节:莎士比亚所处时代从事戏剧演出的全部是男性,舞台上的女角均是由相貌清秀的男童或者男青年扮演的,奥利弗将自己对戏剧舞台的熟悉与对电影艺术的掌握精妙地结合在一起,

---

① 吴辉:《影像莎士比亚》,中国传媒大学出版社2007年版,第62页。

令人拍案叫绝。

奥利弗以精湛的表演和电影技艺的精巧运用，将《亨利五世》从舞台推上银幕，也将莎士比亚戏剧的电影改编推上了一个高潮。

二、威尔斯与"亨利五世"

就在奥利弗探索戏剧与电影互通与共进的同时，美国的导演也在莎士比亚戏剧电影的改编方面取得了不俗的成绩，历史剧也在改编的范围之内。1949 年，美国的 Demonstration for Affiliates 制作发行了电影《亨利五世》；1966 年，美国导演威尔斯（Welles）的电影《午夜钟声》（Chimes at Midnight）上映，这部电影改编自《亨利四世》。

在莎士比亚戏剧电影的改编史上，威尔斯可以算是美国的"奥利弗"：他也醉心于莎士比亚戏剧的电影改编，创作时间与奥利弗同期，而且同样是一位集编、导、演于一身的多面手。1948 年，在奥利弗拍摄《哈姆雷特》的同期，威尔斯拍摄了《麦克白》，大获好评；随后，他又紧锣密鼓地筹拍了《奥塞罗》，于 1952 年上映。在 1966 年的《午夜钟声》中，威尔斯亲自扮演了电影中的福斯塔夫一角。

《午夜钟声》虽然改编于莎剧《亨利四世》，但影片中的主角是未来亨利五世。在莎剧《亨利四世》中，有两条线索平行又交织的推动情节发展：一是亨利四世平定北方贵族的叛乱，二是哈尔王子与下层市井之徒交际胡闹。宫廷生活与市井生活形成两个空间，通过哈尔王子的游走，将上层贵族与下层人民的状况全面展现在舞台上。威尔斯的《午夜钟声》只选取了哈尔王子混迹市井，与福斯塔夫一伙打成一片，"胡作非为"的情节，展现的是哈尔王子的成长与选择。

《午夜钟声》的情节非常紧凑，威尔斯去掉了亨利四世平叛战乱的那条线索，将焦点汇聚在哈尔王子一个人上面。年轻的哈尔王子出入宫廷与"野猪头"酒店，表面上与福斯塔夫之流瞎混胡闹，内心却对宫廷的各种势力争斗明察秋毫。亨利四世是他的父亲，可以给他王冠与权力，但是同时要求他肩负责任；福斯塔夫如同他精神上的父亲，引导他释放欲望和自由，享受世俗的快乐。哈尔王子试图将两者融和，但是现实却逼他作出选择。

哈尔王子选择了王冠，并不是因为他不重友谊，道貌岸然，而是一种历史的必然。作为王子，哈尔选择了自己的责任，这是理性的选择。他效仿亨利四世，拉拢民心，体察民情。在这个过程中，他敏锐认识到时代在变化，阶层在分化。他虽然继承了王位，但是抛弃了父辈的过时观念，没有做另外一个霍茨波，因为他清醒地认识到这样旧式贵族已经跟不上时代的车轮，尽管英勇善战，一时风光，但是站在时代潮流的对立面，只是螳臂挡车，必然被时代的车轮碾压得粉身碎骨。同样像福斯塔夫之流的破落贵族，处于时代的变革中，他们失去了分享政治特权的资格，也远离了财产与物质的掌控，在时代的变革中也是毫无前途的。哈尔王子认识到统一国家并让民族发展壮大是其统治的长久之计，他主动请缨，打败了北方的分裂势力，赢得了亨利四世的信任，终于得偿所愿，成为英国的新君主。马上他开始了对外扩张，把国内的阶级矛盾引向国外，化解敌对的势力，将各种变革力量凝聚在民族壮大国土扩展的过程中。当然，他无法做到完美，他对福斯塔夫的抛弃，表现出两者之间不可跨越的阶级鸿沟：封建制度下上层贵族与下层人民的本质对立是无法以友情来弥合的，这是时代的悲剧，亨利五世也无法超越。尽管以人性的美德来评判，亨利五世对福斯塔夫的抛弃是冷酷无情的，但是这恰恰是符合现实的，莎士比亚并没有因为要塑造一个英国伟大的国王而刻意美化哈尔王子，这也是作为现实主义作家的莎士比亚的伟大之处。

威尔斯善于在电影中利用对比的手段来表达观点，这种对比体现在视觉画面与形象塑造等方面。哈尔王子出入宫廷与"野猪头"酒店，一面是高大威严的石头宫殿，一面是普通平凡甚至有些破败的木头小屋：石头的冰冷，宫殿的高大，传达着理性的残酷与责任的重大；木头的温润、酒店的喧闹，表现出人性中热切与温馨的情感需求。在理智与情感中，哈尔两者不可兼得，他选择了前者，去完成自己的历史使命。在人物形象的塑造上，哈尔王子与亨利四世、福斯塔夫、霍茨波等人形成多方位的对比。他拥有了王冠，但是他比他的父亲幸运，没有"篡位"的困扰，并且在登上王位之前就平息了国家分裂的危机，这些优势使得他可以超越父辈，把目标定的更为远大。他曾与福斯塔夫交往甚密，但是福斯塔夫是被时代抛弃的一类人，在亨利五世前进的道路上，注定与之分道扬镳。他与霍茨波年龄相仿，财富地位也不相上下，但是霍茨波因循守旧，目光短浅，只顾自己家族的利益，空有匹夫之勇，在意已经过时的"骑士荣誉"；哈尔王子相反，他审时度势，注重国家大计，顺应时代潮流，平衡多方利益，推动国家统一与发展，所以深得民心，才能在国内统治与对外战争中取得成功。

与奥利弗的"光荣伟大"的亨利五世相比，威尔斯的"亨利五世"更注重内心的思考与理性的选择，突出表现了作为身为王子同时又是普通人的丰富立体的性格。

三、布拉那的《亨利五世》

1989 年又一部《亨利五世》上映，让观众的目光再次聚集在这一人物形象上。英国的戏剧演员肯尼思·布拉那（Kenneth Branagh）改编、导演并主演了这部作品。与奥利弗等前辈相比，布拉那在戏剧表演及电影创作方面取得的成绩毫不逊色。他早年在皇家戏剧艺术学院求学，毕业后成为一名职业演员，一生在舞台上扮演角色无数，其中包括莎士比亚戏剧中的重要人物。26 岁他创建了自己的剧团——"文艺复兴剧团"。29 岁时，他开始尝试拍摄莎剧电影，先后改编并执导拍摄了《亨利五世》（1989）、《无事生非》（1993）、《哈姆雷特》（1996）、《爱的徒劳》（2000）和《皆大欢喜》（2006）5 部莎剧的电影作品。[①] 除了《皆大欢喜》，他在另外 4 部电影中还担任主角。

与前辈奥利弗相比，布那拉无论年龄还是面相都是年轻的，但他的年轻恰好与莎剧中的亨利五世一致。他的演绎最终得到观众的认可，初次将莎剧《亨利五世》改编为电影作品，就受到高度的评价，票房成绩也颇佳，可谓艺术和商业双双成功。有学者评论，"布拉那的《亨利五世》对之后至少 20 年的莎士比亚电影改编产生了积极的影响，从这一点上足以与前辈奥

---

① 　布拉那是迄今为止独立拍摄莎士比亚戏剧电影数量最多的一位导演。

利弗相媲美"。①

无论是奥利弗还是布拉那，他们对莎士比亚戏剧的深爱渗透在改编创作的电影中。两人都力图忠实原作，以电影的方式再现莎士比亚戏剧的精髓。同时，身为后辈的布拉那，无论是在表演方面，还是电影改编与导演上，都会向前辈奥利弗学习，从前人的成果中汲取营养。但是，布拉那并不愿意成为"奥利弗第二"，两人的《亨利五世》有诸多相似又相异的地方。例如，奥利弗的《亨利五世》是从莎士比亚的"环球剧院"开始的，首先致辞人登场演讲，展开戏剧情节，然后从剧场过渡到实景；布拉那也保留了致辞人的角色，不同的是，他将这个人的身份设置为一个 CNN 的战地记者，电影由摄影棚开始，当一道火光照亮了摄影棚中的道具，记者大喊："请评判我们的戏剧"，开始了对战争的现场报道，观众也随着他的报道，由摄影棚进入到战争的实景中去。

布拉那扮演的亨利五世是这样出场的：在昏暗狭长的长廊中，一个背景缓缓前行，从容地穿过大厅两边站立的贵族，目光（镜头）掠过朝臣们的脸庞，将他们紧张、怀疑、惶恐、期待等复杂的表情收入眼底。终于，这个背景在王位的宝座前停下，转身，淡定地落座。镜头定格在一张年轻的面容上，一个全新的、陌生的、"非典型莎士比亚"的亨利五世呈现在观众面前。如果说奥利弗的"亨利五世"是通过电影手段解读了莎士比亚戏剧，突出"正统典范"，那么布拉那则是用电影方式来重构莎士比亚的戏剧，意欲打造一个新的亨利五世。

在电影中，布拉那将"致辞人"的身份设置为一个战地记者，带观众一同领略战争的浩荡与残酷，大大增强了作品的现实感。亨利五世不仅面孔清秀，而且摆脱了父辈的"篡位"阴霾，轻松上阵，直面对法战争。电影中的致辞人身份被设定为战地记者，带领观众领略了战争的残酷，这种改编增强了电影的时代感。结尾向法国凯瑟琳公主求婚时的亨利五世，不再是奥利弗那种作为战胜者将战利品霸道地纳入囊中，而是以坦率真诚略带俏皮的方式与公主交流，两人从试探到拥吻，电影中表现出亨利的男性

---

① Samuel Crowl, *Shakespeare Obsercod*, Ohio University Press, 1992, p. 168.

魅力，他最终征服了公主，这个结尾大大化解了电影的政治意味，将亨利还原到一个普通人的视角。

在电影风格上，由于时代的变化，两部作品也有很大差异。如果说奥利弗的"亨利五世"是战时的宣言书，极力突出强调大不列颠的民族主义和爱国情怀，展示的是英雄的浪漫主义风格，那么和平时期的布拉那则高扬反对战争，歌颂和平的大旗。另外，在表演的风格上，奥利弗的电影明显流露出戏剧舞台的特点——许多场面就是在舞台上表演，而布拉那则大大减少和压制了舞台表演的夸张，让影片中的亨利五世更加自然真实。总之，布拉那的《亨利五世》并不是取代了奥利弗，但是他拍出了自己的特点和味道，成为莎剧电影史上重要的一笔。

四、汤姆·希德勒斯顿的《亨利五世》

2012 年作为伦敦奥运会时的文化输出作品，一部云集了各大男神的 BBC 剧集赚足了观众的眼球，这就是"空王冠"（The Hollow Crown, BBC, 2012）系列剧：《理查二世》、《亨利四世》（上、下）和《亨利五世》。影片中的亨利五世由汤姆·希德勒斯顿扮演。

被网友称作"抖森"的英国帅哥汤姆·希德勒斯顿 2005 年毕业于英国皇家戏剧学院，他出演"空王冠"中的亨利五世并不令人感到意外，他的成名与莎士比亚也有渊源——2007 年与伊万·麦克格雷格合作了莎剧《奥赛罗》，2008 年他凭借《辛白林》获得劳伦斯奥利弗奖最佳新人奖而成名。这位外形俊郎的男演员也是个多面手，2013 年他在电影《唯爱永生》中饰演了一名吸血鬼，同年他凭借《复仇者联盟》中洛基这一角色获得 MTV 电影奖最佳反派奖。

汤姆·希德勒斯顿的亨利五世风流倜傥，个性鲜明。他既桀骜不驯、不守封建皇室的礼教，又深明大义，担当国家大任。可惜命运弄人，亨利五世注定是盛名之下难以久活的君主，他的英年早逝使得英国丧失了一个扩张并主宰欧洲的良机——对于英国人来说，这是无比遗憾的。汤姆·希德勒斯顿将这一人物前后性格的变化演绎的比较成功，由放荡不羁的哈尔王子转为身担重任的亨利五世，其中身份的改变与角色性格的变化相辅相成。但是笔者感到美中不足的是，他的俊朗帅气的外形既是他的优点，也总是让人感到"跳戏"：穿着剪裁得体皮装的他在一群中世纪长袍的人中总是格格不入，仿佛是穿越而来的现代人。

从20世纪上半叶到21世纪初，从奥利弗到希德勒斯顿，《亨利五世》的银幕旅程十分精彩。对于1944年劳伦斯·奥利弗以自编、自导、自演兼监制的战争片《亨利五世》，有评论家把该片定义为西部影片或宣传片，该片强调了盎格鲁-撒克逊价值观在"二战"时期欧洲战场的作用。那么布拉那和希德勒斯顿的《亨利五世》何尝不是宣传片？更为有趣的是，无论哪个导演或演员，都十分强调对莎剧的忠实，原作与改编作品存在必然的联系，后者是否与前者相符这个问题也自然被人们关注，甚至以此作为一个改编标准或宣扬的内容。但是怎样忠实于原作和故剧却在不同导演和演员眼中是不一样的。奥利弗看似对原作进行了大量的删减，但从拍摄手法到表演细节，都带着严谨的学院气息，人们甚至可以想象到隐藏在奥利弗那些脸部特写和肢体动作之下的学院派的密密麻麻脚注，银幕上露天外景与剧院舞台穿插交织，时刻将观众拉回到莎剧中；而布拉那与威尔斯的亨利五世则将焦点汇聚在亨利五世这一人物上，将他放置在中世纪那个背景下，展现这一人物的喜怒哀乐和历史功过；至于希德勒斯顿的亨利五世，尽管他操着一口中古英语，但是俊朗的外表和时尚的穿着让人物隐去了特定时期国王的概念，如果把这一人物换成其他名字，也依然是风流倜傥的悲情王子——表面上亦步亦趋地模仿原作既限定了新作品的创造力，也未必达到"忠实于原著"之实效。

第三节　《理查三世》的影视改编

如果有人问在莎士比亚的10部历史剧中，哪部作品被改编成电影的次数最多？答案是《理查三世》。它贯穿了整个的电影莎剧改编历程，从电影诞生之初的默片到今天有声有色多维度的现代电影，跨越两个世纪，在不同时期都会出现它的名字。

表3　莎士比亚历史剧《理查三世》的影视改编

改编时间	出品国	导　演	片　名
1908	美国	Ranous	《理查三世》
1911	英国	Barker	《理查三世》
1912	美国	Keane	《理查三世》
1913	美国	Benson	《理查三世》
1919	德国	Reinhardt	《理查三世》
1955	英国	Olivier	《理查三世》
1983	英国	Sutton/Howell	《理查三世》
1995	英国	Loncraine	《理查三世》
1996	美国	Pacino	《寻找理查》
2016	英国	Richard Eyre Rupert Goold	《空王冠：玫瑰战争之理查三世》

　　在电影的最初阶段即默片时代，《理查三世》已经开始为导演所关注，分别在1908年美国导演Ranous、1911年英国导演Barker、1912年美国导演Keane、1913年美国导演Benson、1919年德国导演Reinhardt的执导下5次被拍成电影上映。大名鼎鼎的英国皇家莎士比亚剧团的奥利弗，不仅在舞台与银幕上演绎了"哈姆雷特""亨利五世"这样的英俊的国王、王子，还对理查三世的角色十分倾心。在1995年和1996年，英国与美国的导演相继出品了《理查三世》的改编电影，各有千秋，在20世纪末再次引发了观众对这位历史（历史剧）人物的关注。自2012年出品的电视电影空王冠系列，先是将莎士比亚的《理查二世》、《亨利四世》（上、下）、《亨利五世》这一系列的四部曲重新送上银幕，接着又在2016年以延续空王冠电视电影系列的方式，拍摄了"玫瑰战争"：《亨利六世》（上、中、下）、《理查三世》四部曲，以此纪念"莎士比亚逝世400周年"。《理查三世》这部莎士比亚的历史剧作品到底有什么魅力会穿越时代与时空的界限，让这些著名的导演、演员产生这么大的兴趣呢？

莎士比亚的历史剧《理查三世》大约写于 1591 年，是作者早期的一部历史剧作品。在莎士比亚写过的 7 位国王中，从理查三世即位时间来看，他是莎士比亚笔下 7 位英国国王的倒数第二位，即他是英国金雀花王朝（约克家族）的最后一位国王。在英国历史上，他死后是由亨利七世统一英伦三岛，开始了都铎王朝统治时代。但是莎士比亚并没有写亨利七世的剧本，只是在晚年时期与弗莱契合作完成了《亨利八世》，即亨利七世的儿子的事迹。在莎士比亚戏剧中所塑造的英国国王形象中，理查三世无疑是最丑陋的一位：他不仅长相难看，且劣迹斑斑，虽然出身于贵族家庭，但他是金雀花王朝的约克公爵 8 个子女中最小的孩子，是存活下来的 4 个儿子中的第 4 个。这样的位置似乎真的没有什么可以与国王这个高贵的称号挨上边，但是他却凭借自己的诡秘心机和不择手段，跨越一个个障碍，一步步踏上了国王的宝座，因此，在英国历史上有"造王者"之称。

对于理查三世本人的相貌和性格，莎士比亚运用独白加以明确地作了表现。当时是亨利六世称王，理查三世还是葛罗斯特公爵，他的独白一方面表明他自己的长相丑陋与身体残疾，同时也从心理上解释了造成他内心扭曲、心地歹毒的一个原因。但是也有学者指出，莎士比亚历史剧中丑化了理查三世的相貌，其实他本人只是略微有些驼背和跛行，莎剧的这样处理，使人物形象更加鲜明突出，更具戏剧化。

莎士比亚笔下的理查三世被塑造成一个典型的马基雅维利主义者，是乱世出"英雄"的范例。1455 年至 1485 年长达 30 年的"玫瑰战争"，不仅使英国民众生灵涂炭，也让贵族阶层生活在动荡不安之中。身处两大家族之一的葛罗斯特公爵也卷入这场残酷斗争的中心，他是约克家族的一员，与他的哥哥们一起对抗以他的表兄"亨利六世"为首的兰开斯特家族。在战争中，葛罗斯特双手沾满鲜血，他亲手杀死了亨利六世的儿子，也就是自己的表侄。内战的结果是以亨利六世死亡宣告兰开斯特家族的失利，约克家族的大哥登上了国王的宝座，称爱德华四世。残酷的战争让我们看到流血牺牲、亲族相残的人间惨剧，既然可以通过杀人流血夺得王位，那葛罗斯特公爵怎么能够就此罢手，既然哥哥可以由臣子变成国王，自己为什么只有再次成为臣子？葛罗斯特公爵不甘心自己的屠杀只为他人做了嫁衣。

战争已经把人性所有的恶释放出来，为了自己能够称王，葛罗斯特早已经不在乎什么亲情，在自己通往国王宝座这条路上，所有的绊脚石都必须剪除，哪怕是亲兄弟。于是他先设计除掉了自己的三哥，又耐心等待大哥身体不行。当然，即使是爱德华四世驾崩，按照当时英国的王位继承原则，依然是轮不到他的，但是爱德华本人的王位又不是继承而来的，那么凭什么他就可以顺理成章地传给自己的儿子？游戏规则一旦被破坏，混乱中的既得利益者，转眼可能就要付出代价。爱德华四世一死，他的两个还未成年的儿子成为新国王的人选。对于两个乳臭未干的贵族子弟，王位的继承一事看似运气，实则使两人身处险境。果然，葛罗斯特巧言善辩，以莫须有的罪名处死了支持小王子继位的黑斯廷伯爵，然后将两位小王子安排在伦敦塔休息。两人还期待第二天的加冕，但是这只能在睡梦中实现了。第二天两位小王子离奇地不见了，于是出现了大臣推举葛罗斯特为国王，而葛罗斯特再三推辞，直至推辞不过只好应承下来的一幕。其实这些都是葛罗斯特自编自导掩人耳目的一场戏罢了。不管手段如何卑劣，过程如何残酷，葛罗斯特冷酷无情地踏着亲人的尸首，一步步走上了国王宝座，从葛罗斯特公爵变成了理查三世。

戏剧中的这些情节在史实的基础上展开，但是并不是与史实完全一致，比如当时的爱德华四世的确是以叛国罪处死了他的弟弟克莱伦斯公爵，并剥夺了其后代的王位继承权，又在遗言中封葛罗斯特公爵（后来的理查三世）为护国公。不过，理查三世在即位前是以爱德华婚姻不合法为由，宣布两位小王子为私生子，剥夺了他们的合法继承权。由此，王位合情合理地由他来继承了。

在莎士比亚戏剧中是通过 4 部作品的连续的、多个事件的展示，塑造了一位心狠手辣、狡诈多端的理查三世，当然这样的人也不会有好的结局：理查三世在位时间是 1483 年至 1485 年，仅仅两年，理查三世就处于众叛亲离的情境中，而流亡法国的兰开斯特家族的亨利·都铎趁机拉拢人心，羽翼渐丰。1485 年，亨利·都铎绕过英国的半个海岸线，在米尔贝登陆，向理查三世发出挑战。双方在英格兰中部的博斯沃斯进行了决战。理查三世头戴王冠与敌军展开最后的死战，虽然他依旧很勇敢，但是最终战死。

他的王冠在战斗中跌落在树丛中，被托马斯·斯坦利勋爵找到，献给了亨利·都铎。这一幕被莎士比亚艺术地再现在三尺戏台上，化作"一匹马换一个国王"的经典台词。

钟爱莎士比亚戏剧的演员，无疑都对哈姆雷特十分痴迷，同时他们对理查三世也同样迷恋，许多优秀的莎剧演员，都同时演绎过这两个形象，比如奥利弗、布拉那、本尼迪克特……理查三世虽然是一个坏国王的典型，但是他也是一个人。在短短的一部莎剧中，丑陋的形象和丑陋的灵魂被钉在耻辱柱上，历史中他存在的 33 年里，他经历过什么，他又有怎样的内心世界，他的悲剧是个人的野心还是时代的不幸？

一、奥利弗的《理查三世》

《理查三世》是劳伦斯·奥利弗自导自演的第三部莎剧制作，与《亨利五世》和《哈姆雷特》相比，《理查三世》同样获得了不错的声誉，奥利弗凭借该片获得第 29 届奥斯卡奖最佳男主角提名、第 9 届英国电影和电视艺术学院奖最佳英国男演员以及第 6 届柏林国际电影节银熊奖国际奖。这些奖项足以说明奥利弗扮演的理查三世的成功，得到了电影界的高度认可。还要提到的是，在 1956 年这部电影发行时，当时的制作方柯达公司将版权卖给了美国电视网 NBC，使得《理查三世》成为第一部同时在影院和电视上放映的电影。该片在 NBC 上获得了极高的收视率，有人推断，通过电视观看这部电影的人数将多于历史上观看舞台版《理查三世》的总和，这种作法无疑成为电影商业运用的一种新探索。

通过《亨利五世》和《哈姆雷特》两部电影，奥利弗树立了他在影坛英俊霸气的国王和忧郁高贵的王子的形象，但是在 1955 年奥利弗导演、主演了《理查三世》，颠覆了之前自己英俊潇洒的王子形象。据说电影在西班牙拍摄战争的一个场面时，一名弓箭手的箭误中了奥利弗的脚踝，导致他很长时间只能跛行，而在电影中的理查三世正好是一个瘸子，不知这是巧合还是天意。于是我们看到了一个不一样的奥利弗：面容阴暗，背部隆起，一瘸一拐走上舞台的理查三世，他面向观众，开始了他的独白。与之前的《哈姆雷特》不同的是，理查三世的独白不是自言自语的，而是经常直接对着镜头，他在向观众诉说，似乎也是在与观众探讨商议。奥利弗将理查三世处理为内心坦露式人物，将所有的阴谋都暴露给观众，"是电影观众与摄影机之间的一种'合谋'，或称之为'共谋'的关系"。[①] 观众不再是幕外的旁观者，而是感受到参与其中，与理查三世共同策划并分享经历。在理查三世的带领下，观众看到他内心的对现实的愤恨不满，动荡的政治生活中野心与欲望的一步步的发酵膨胀。也正是因为如此的直接坦露，观众对理查三世既有憎恶反感，又有理解与同情。在时代的更替中，野心与理想谁又能说得清楚？谁甘心一辈子只为他人做嫁衣，谁不渴望达到权力的顶峰？理查三世一次次的阴谋，也是他一次次的挑战，他这个典型的马基雅维利者代表着文艺复兴时代在人文主义的勃发中，暗流涌动的无限欲望将会突破道义的底线与束缚，不择手段与唯利是图将在社会上盛行，一切可能发生的即将以合理的面貌存在。

奥利弗将电影开篇设置为一个王冠，以此来表明作品对王位合法性问题的重新思考。爱德华四世与亨利六世同属于金雀花王朝，是兄弟之间的争斗，而结果是王冠旁落于外姓之手，亨利·都铎最终坐收渔翁之利。如果说理查三世是一位篡位者，他的王冠是以非法的手段得到的，那么亨利七世的合法性来自哪里？如果君王不合格，就应该被推翻和取代，那么爱德华四世与理查三世的行为又有何罪呢？在电影的末尾，主教为新君亨利七世加冕，戴在头上的王冠又与电影开场时的王冠图片重合，并定格在这一刻，电影结束。"导演奥利弗完成了一次循环：即通过一顶王冠的影像象征，提示了从合法国王到暴君再到合法国王的这一历史过程"。[②] 不过在我看来，这只不过是封建王朝的又一个阶段，只要封建制度存在，为了王冠而争斗的历史还将一次次地循环下去。奥利弗的影片中开场与结尾可谓用心良苦，王冠的象征意味也颇具深意，这也对后世的电影创作产生了深远的影响，比如 2012 年的剧作"空王冠"系列剧，这个名称可能也是受奥利弗的启发而来。

---

① 吴辉：《影像莎士比亚》，中国传媒大学出版社 2007 年版，第 67 页。
② 吴辉：《影像莎士比亚》，中国传媒大学出版社 2007 年版，第 69 页。

二、朗克莱因的《理查三世》

1995 年由英国导演朗克莱因执导、伊恩·麦克莱恩主演的《理查三世》上映，引发了一阵骚动。

前文中我们已经介绍了 2016 年伊恩·麦克莱恩作为文化大使来到中国的情况。他也是一位热爱并擅长表演莎士比亚戏剧的演员。从 8 岁看到莎士比亚戏剧产生喜爱，到 12 岁尝试表演，直到老年，麦克莱恩自己塑造了许多莎剧中的角色，辛白林、麦克白、罗密欧……他在 1995 年电影中塑造的理查三世是众多演员的理查三世中极为特别的一个——穿着现代军装的理查三世。这部电影直接将故事发生的时间转移到 20 世纪 30 年代，即"二战"期间。剧中的人物全部身着现代军装，约克家族与兰开斯特家族的争斗也全部采用现代武器，坦克大炮飞机应有尽有。时间的移植使得情节发展的背景也发生巨大的变化：亨利六世是在钢筋水泥建造而成的军事指挥部布置作战计划；理查三世向安夫人求婚一幕是发生在一个现代建筑的地下室；理查三世的兄长被谋杀于一个浴室中；理查三世是驾着吉普车高喊"A horse，A horse，My kingdom for a horse"。当约克家族打败亨利六世一伙，在宫廷中庆祝时，场景如同纳粹的集会，特别显眼的是中间主席台上悬挂的红黑相间的旗子，明显是对纳粹党旗的模仿，这些让观众直接感受到对现实的影射，即将电影中的理查三世暗喻希特勒。"二战"中英国对德的政策与做法与历史上理查三世的权力扩张形成对应关系，让人们感受到历史的相似，看到权力的欲望穿越时空，制造着阴谋与屠杀。

如果说奥利弗对理查三世的塑造方式是面对镜头直接暴露、步步剖析，那么朗克莱因导演的《理查三世》恰恰相反，电影的很多情节都是发生在密室之内，他把理查三世的阴谋置于封闭的空间，让观众透过镜头，像偷窥一样去发现理查三世的真面目。其中，向安夫人求婚这一重要情节也发生在狭小的停尸房内。正是这种冷酷与压抑的氛围，让安夫人清醒地认识到自己的处境，不消几个回合的舌战，安夫人就由对咬牙切齿地憎恶转为乖乖就范答应了求婚。

朗克莱因的《理查三世》具有强烈的现实感，影片"调动了一切视觉和听觉的手段，将莎士比亚的理查三世塑造成法西斯德国的希特勒，将伦敦笼罩在党卫军阴影之下，也把英国历史上两大贵族集团自相残杀的玫瑰战争，变成了纳粹党徒攫取权力的一系列政治和军事活动。理查三世的扮相，一眼就能认出是模仿了希特勒；其亲信白金汉公爵，无论是鼻子上架的那副眼镜还是脸上那副笑容，无法不让人想起臭名昭著的盖世太保头子希姆莱和纳粹党的宣传部长戈林；就连枢密大臣黑斯廷斯，不仅其官衔再明显不过地暗指当年的英国首相张伯伦，其对理查自姑息养奸始，以自食其果终，也与张伯伦对希特勒德国的'绥靖政策'最终养虎为患如出一辙"。① 影片在揭露理查三世的同时，也以这样的方式提醒人们去发现现实中狂热的好战者和阴谋家希特勒之流，认清他们的真面目，时刻警惕，避免历史的重演。这一点似乎与当年奥利弗的《亨利五世》相似，让人们再次看到历史剧的当代性和现实意义。当然，这也成为本片的一个诟病，有学者批评指出："这种影射只是表面的相似，缺乏历史的真实，让我们离历史的真实更远了一些"。②

作为文化大使，麦克莱恩于 2016 年 6 月来到中国，亲手启动了第 19 届上海国际电影节组委会与英国电影协会以及英国文化教育协会合作举办的"莎翁影史"展映活动，在这一活动中所展播的 8 部莎士比亚作品中，就有 1995 年的这部电影《理查三世》。时隔 21 年后，对于这部作品在中国再次播映并受到观众的认可，麦克莱恩感到非常开心。

三、帕西诺的《寻找理查》

1996 年，正当人们还沉浸在对朗克莱因现代版的《理查三世》进行褒贬不一的评判时，又一部与理查三世有关的实验性电影诞生了，它就是由美国导演阿尔·帕西诺（Al Pacino）导演并主演的名为《寻找理查》的电影。

这部作品的关键词是"寻找"，它通过两个部分构成，一部分内容是大

---

① 张冲、张琼：《视觉时代的莎士比亚》，北京大学出版社 2009 年版，第 65 页。
② 张冲、张琼：《视觉时代的莎士比亚》，北京大学出版社 2009 年版，第 67 页。

量的采访和对史料的重新发掘，来重新解读理查三世这一历史人物；另外一部分内容是帕西诺主演的莎剧《理查三世》，这也是他"寻找"和"发现"的结果，既是莎士比亚的理查三世，也是他自己理解的理查三世。

理查三世是谁？他真实样子到底是什么？为什么人们对这个"坏人"如此着迷？这是许多现代观众心中的疑惑。带着这些问题，导演展开了一部别开生面的具有实验性特点的电影拍摄：实地采访＋演员表演。为了给问题一个答案，导演帕西诺可谓用心良苦，他花费了4年之久的时间，进行了达80个小时的采访，采访的对象有大学的教师，有演员、导演，有路上的行人各色人等。通过这些采访，帕西诺告诉观众，"理查三世是谁？莎士比亚离我们有多远？"帕西诺将这些采访素材进行精心剪辑，与莎剧剧本《理查三世》的朗读和演员表演交织在一起，构成了这部奇异的电影。

电影一开场，导演帕西诺就提出了问题："我们对莎士比亚熟悉吗？究竟是什么东西使莎士比亚与我们隔开了？"带着问题，他走上街头，直接向路人发问，由此开始了电影拍摄。"你知道莎士比亚吗？你读过莎士比亚吗？你认为当今莎士比亚还重要吗？"路人的回答五花八门，但是基本上向观众展现了一个现状：在美国，莎士比亚已经被许多人淡忘了。之后，帕西诺又走进学校，对大学生和老师以及一些专业的导演、演员进行采访，进一步从他们的身上寻找对莎士比亚的记忆。帕西诺还带着剧组工作人员去莎士比亚的故乡斯特拉福德镇进行了实地考查，并将这些记录下来。对于该怎样在电影中演理查三世，他与电影的主创人、导演、演员们探讨剧情以及剧组如何选景和拍摄等，另外，还穿插了莎士比亚剧本朗读的片断，这些内容呈现，使这部电影俨然是一部纪录片。

可是就是在这种纪实风格的拍摄中，莎剧《理查三世》的故事浮现其中。帕西诺亲自主演了理查三世，他从莎剧原作中提炼出几个代表性的片断——流言除兄、说娶安妮、计陷攻敌、战前梦魇、以国换骑——通过对这些片断的表演，来展现出理查三世的虚伪、阴险、冷酷、癫狂、诡计多端、能言善辩等性格特征，"由于帕西诺在纪录片模式和故事片模式之间的切变相当频繁而且突然，经常是一句台词，上半句是纪录片的演员在念，下半句就切到了排练厅、舞台或银幕上，故事情节就在这种生活—舞台—

银幕，即现实—虚构的高速蒙太奇中发展，难怪有人称此片为'意识流纪录片'的杰作"。①

帕西诺以这种奇异的方式体现了"寻找"这一关键词，寻找历史中理查三世的影子，寻找现实中人们对莎士比亚和理查三世的记忆。在寻找中，历史与现实重合在一起，让我们懂得了莎士比亚，理解了他镜头下的理查三世。

四、康伯巴奇的《理查三世》

2012 年 8 月，英国的考古学家在英国莱斯特的一个停车场挖掘到一具遗骸。遗骸被发现时，上面还插着箭头，双手被绑。通过放射性碳的检测认定：此遗骸形成于 1455 年到 1540 年之间，去世时年龄为二三十岁；遗骸的脊椎弯曲，但是手臂没有萎缩迹象；骸骨上有 10 处伤，都是死亡前后形成的，其中 8 处在头部，包括两处致命伤。接着又经过 DNA 比对，最终确认这具遗骸正是 1485 年战死的英王理查三世，这位英格兰"金雀花王朝"的最后一位国王，其遗骸在失踪 500 多年后终被寻回。

理查三世出生于 1452 年 10 月，1483 年即位。理查三世的统治仅仅维持了 2 年。1485 年，亨利·都铎（即后来的亨利七世）发动叛乱，在博斯沃思战役中，理查三世被亨利·都铎杀死。理查三世的死亡标志着金雀花王朝的灭亡，而他也是英国最后一个死在战场上的国王。据说理查三世死后被潦草葬在莱斯特的一家修道院，随着亨利八世上台与宗教改革的推行，英国诸多修道院都被夷为平地，理查的遗骸也随着被毁的修道院而不知所踪。

尽管理查三世在位执政时间仅仅两年，但是他作为一个暴君的形象却深入人心，这一点文学作品的流传是其形象形成的主要原因。在历史学家托马斯·莫尔撰写的编年史中，理查三世第一次被书写成暴君，莎士比亚的剧作《理查三世》又把他描绘成一个跛足驼背的君王，面容扭曲，内心邪恶，甚至为了顺利登基，不惜杀掉兄长的两个儿子。随着莎剧的传播，理查三世作为一个邪恶的阴谋家和篡位暴君的负面形象也不断被放大。

---

① 张冲、张琼：《视觉时代的莎士比亚》，北京大学出版社 2009 年版，第 78 页。

目前，在英国金雀花王朝王室的后裔多达1 700万人，考古学家将挖掘的遗骸与这些王室后裔进行了DNA比对后得出了令人信服的结论。2015年3月26日，英国人在莱斯特大教堂以国王的礼遇对理查三世（遗骸）重新进行了安葬。在去世530年后，理查三世终于迎来了他的国王葬礼。

在这个仪式上，演员本尼迪克特·康伯巴奇（Benedict Cumberbatch）应邀参加并朗读了著名诗人卡罗尔·安·达菲（Carol Ann Duffy）的一首新诗。据说康伯巴奇的血缘与理查三世较近，他也是金雀花王朝的皇族后裔。经研究约克家族、兰开斯特家族、都铎家族的血统问题的专家莱斯特大学系谱学家凯文·舒尔（Kevin Schurer）认定，康伯巴奇的血统可以追溯至理查三世的母亲塞西莉·内维尔（Cecily Neville）一支，同时，康伯巴奇还与英国女王伊丽莎白二世在族谱上也有着某些联系。

康伯巴奇与莎士比亚也有不解之缘。1999年，他毕业于伦敦音乐戏剧学院，正式开始了他的演艺之路。但是开始并不顺利，他一度根本无角色可演，直到2001年，他才开始真正意义上的演出——在摄政公园露天出演戏剧《爱的徒劳》和《仲夏夜之梦》中的角色。2002年，他开始得到电影中的一些角色，同样，他参加了这一年度摄政公园露天剧场的戏剧演出，共演了三部舞台剧——《皆大欢喜》《罗密欧与朱丽叶》和《多可爱的战争》。2004年，他凭借在电影中饰演霍金这一角色获奖，提高了知名度。2010年，康伯巴奇因主演《神探夏洛克》而名声大噪，网上人称"卷福"。当然，他一直没有放弃舞台表演，莎士比亚戏剧依然是他喜爱的内容，2015年他出演林赛·特纳执导的戏剧《哈姆雷特》，引发观众观看的狂潮，超10万张门票一年前就一售而空。此版舞台剧运用胶片将其演出现场进行了记录，形成莎剧LIVE版，后来在世界各地播放，让人们接受了他的"王子"形象。①

2016年，在"空王冠"第二季"玫瑰战争"中康伯巴奇出演了理查三世，得到这一角色当然与他多年浸染于莎剧之中打磨各种角色有直接关系，而他在血缘上恰巧与理查三世有关这一因素是否也起到一些作用，这个就

---

① 英国国家剧院（Royal National Theatre）于在2009年6月开始启动NT Live，将一些舞台演出录像制作成电影戏剧（movie theatres）在全球各大城市的影院、艺术中心等放映。

不得而知了。也许人们会有一点点期许：作为理查三世的"后代"，康伯巴奇可能会在此次出演中改变理查三世的丑陋的形象，毕竟通过考古及高新技术复原的理查三世样子并不那么难看，略微有点脊柱侧弯，但并不是莎士比亚笔下那种类似卡西莫多的残陋。但是电影上映后，人们的这种期许完全落空，康伯巴奇在影片中不惜改变了自己的帅气的外形，极力扮丑，呈现给观众一个弓腰、驼背、瘸腿的理查三世。

康伯巴奇不仅在相貌上没有为理查三世做一点好的改变，对于这一人物的性格特点也没有一点"翻案"的意思。对于他内心嫉妒、觊觎王位、挑拨离间、兄弟相残、杀害亲侄、无耻求婚等丑恶行径，康伯巴奇完全遵循了莎剧的描写，将理查三世丑陋的外貌与心理的阴暗残暴有机地结合在一起，塑造了"表里如一"的丑陋国王形象。

不管怎样，作为一部影视作品，康伯巴奇的理查三世是受到认可的，他的表演是成功的，莎士比亚也再次取得了胜利。

第四节　其他几部莎士比亚历史剧的影视改编

表4　《约翰王》等几部莎剧的影视改编

剧本	改编时间	出品国	导演	片名
约翰王	1899	英国	Dickson	约翰王
	1984	英国	Sutton/Giles	约翰王
亨利八世	1911	英国	Barker	亨利八世
	1912	美国	Trimble	亨利八世
	1979	英国	Messina/Wise	亨利八世
	2007—2010	爱尔兰、加拿大、美国	Ciaran Donnelly 等	都铎王朝（电视连续剧）

续　表

剧本	改编时间	出品国	导演	片名
理查二世	1954	美国	Schaefer	理查二世
	1978	英国	Messina/Coleman	理查二世
	1982	美国	Woodman	理查二世
	2002	美国	John Farrell	理查二世
	2012	英国	Rupert Goold Rupert Goold	空王冠：理查二世
亨利六世	1983	英国	Sutton/Howell	亨利六世
	2016	英国	Richard Eyre Rupert Goold	空王冠（第二季）：玫瑰之争之亨利六世（上、中、下）
亨利四世	1991	美国	Van Sant	亨利四世：我私人的爱达荷
	2012	英国	Richard Eyre Rupert Goold	空王冠（第一季）：亨利四世（上、下）

在现代莎士比亚历史剧的影视改编中，与理查三世和亨利五世相比，其他几位国王有点受"冷遇"，展现他们的故事的影视作品在数量和影响力方面都略逊一筹。

在莎士比亚的 10 部历史剧中，《亨利八世》和《约翰王》是两部在时代上没有和其他历史剧形成联系的作品。《约翰王》虽然是最早的莎士比亚戏剧影视改编的一部，但是之后的 100 多年，只有英国的导演休顿（Sutton）在 1983 年拍摄了电影《理查三世》后，联合吉尔斯（Giles）在 1984 年又拍摄了电影《约翰王》。

《亨利八世》的影视改编也比较少，1979 年英国的麦斯那执导拍摄了完整剧情的《亨利八世》。2001 年至 2010 年陆续上映的 4 季电视连续剧《都铎王朝》围绕亨利八世在位时期王室与贵族、教会错综复杂的权力争斗，以及亨利八世娶妻 6 位的传奇经历和感情纠葛进行了演绎。连续剧以强大的演员阵容，华丽的宫廷背景，加上跌宕起伏的情节，对社会产生了很大影响。不过与莎士比亚的《亨利八世》相比，《都铎王朝》更加地注重当下大众的审美趣味，具有鲜明的消费文化特点。在莎剧《亨利八世》开场白中，莎士比亚通过致辞人表明了他的态度：给列位演一回确凿的实事真情。"今天我出场不是来引众位发笑；这次演唱的戏文，又严肃、又重要，庄严、崇高、动人、煊赫、沉痛……这戏里全是信史"。(《亨利八世》开场白) 这段话清晰地说明莎士比亚力图在剧中客观地评判这位刚刚离世不久的英国国王。但是电视剧《都铎王朝》完全像是一部现代宫斗和情色大戏，它大肆渲染了国王的感情生活，亨利八世与凯瑟琳王后（血腥的玛丽女王的母亲）、安妮·博林（女王伊丽莎白一世的母亲）等女性的情感纠葛，剧中充斥着露骨的情色画面，以此提升收视率，演员的阵容庞大，汇聚了众多"帅哥、美女"，表演方式也比较夸张，突出强烈的情感，体现出强烈的消费主义文化特色。

另外两部历史剧作品《理查二世》和《亨利六世》，① 情况与《约翰王》和《亨利八世》不同，它们在银幕上的出镜率还是较高的，但是单独改编这两部作品上映的电影不多。因为它们分别是两个四部曲的组成部分，② 经常是在四部曲的改编中呈现。但是在四部曲中，作为国王形象，亨利五世与理查三世比较强势，而理查三世和亨利六世总是给观众一种配角之感。

1954 年，《理查二世》第一次出现在银幕上。这是由美国导演斯彻弗（Schaefer）执导拍摄的。1978 年和 1982 年，又有两部电影《理查二世》相继上映。进入 21 世纪，又出现了两部《理查二世》电影：(1) 2002 年上

① 《亨利六世》本身是三部戏剧单独上演的。
② 《理查二世》、《亨利四世》（上、下）、《亨利五世》四部曲和《亨利六世》（上、中、下）、《理查三世》四部曲。

映，美国 Sub Rosa Studios 制作发行；（2）BBC 制作，2012 年上映。

表5　《理查二世》的影视改编

剧本	改编时间	出品国	导演	片名
理查二世	1954	美国	Schaefer	理查二世
	1978	英国	Messina/Coleman	理查二世
	1982	美国	Woodman	理查二世
	2002	美国	John Farrell	理查二世
	2012	英国	Richard Eyre Rupert Goold	空王冠：理查二世

　　21世纪的两部《理查二世》电影在风格上形成鲜明的对比：现代与复古。2001年，美国的"萨博罗萨制作室"（Sub Rosa Studios）独立制片公司制作了一部大银幕上映的《理查二世》，导演是约翰·法瑞尔。这部电影明显受到了1995年朗克莱因执导的电影《理查三世》的启发，也采取了剧情忠实于莎士比亚的原作，但是时代背景直接移植到现代。电影整体上更像是一部好莱坞的枪战片，主要的拍摄地是波士顿的昆西一个废弃的碉堡内，演员穿着现代的军装，拿着长枪、大炮等现代武器，双方的权力争斗伴随着激烈的枪战，理查二世最终也是死于枪杀，王后负隅顽抗，结果也被刺杀身亡。影片以暴力、血腥与死亡等内容给观众造成强烈的视觉冲击。

　　法瑞尔的《理查二世》因其标榜的现代性而可以在服装与道具上大展拳脚，制造现代风格的视听效果。电影是视觉传达的艺术，是以画面和声音表达思想。也许导演是想通过这种现代性风格的拍摄，表达莎士比亚是属于"所有时代"的。但是影片上映后，评论不佳，被批评为"视觉失语"。本影片运用的多种电影拍摄手段让观众感觉到是为了制造效果而运用，而不是传达思想。虽然影片画面火爆、花哨，但是却不能将原作的思想表达出来，也没有传递给观众新的解读内容，加上演员的表演与台词功底差强人意，"对话更像是一段段各自独立的独白，只是在时间上凑巧被拼在了一起"，"剧情发展缺乏内在动力，靠台词提示才能将角色融入情节之中，使影片大部分时间听上去更像是一篇数字版的硕士论文"。①

有学者评论说，这部电影"《理查二世》既未能在其情节中完整地传递原作的基本信息，更未能有益地利用电影手段（镜头语言）来进行多样的传递，导致改编作品在总体上出现明显的'视觉失语'"。② 那么，电影应该传递哪些信息呢？这就需要回到原作的探讨上。

在莎士比亚的历史剧中，探讨王位的合法继承是其中一个主要的内容，这与当时的现实需要相关。因为莎士比亚时代是伊丽莎白一世统治末期，"童贞女王"没有子嗣，年纪已长，谁会继承英格兰的王位这一问题已经摆在全英国民众的面前。曾经因为王位的争夺而发起过的内战令民众生灵涂炭，历史会重演吗？如何避免悲剧的发生，让合法、合格的君主登临王座呢？《理查二世》就是一部直接展现这一主题的剧作。合法的继承者与合格的统治者，对于人民来讲，哪一个更重要？两者的统一是否只是命运的安排，而非人力可为？

理查二世是一位幸运又不幸的英国君主。他 9 岁继承王位，在叔叔约翰摄政下长大。他敏感又自负，号称自己是"天授君权"，从小养尊处优培养了他喜怒无常任意而为的习性。长大成人的理查二世不甘受叔叔的左右，开始收缩摄政王约翰的权力，打击他的势力，将王权逐步控制在自己的手中。这些他做得还算顺利。但是正是生来幸运和执政的顺利，使得他未承受多少磨砺，对现实政治的残酷性判断也有失准确。他敏锐地感觉到约翰叔叔的儿子、自己的表兄勃林布洛克公爵的敌意和反抗，为了铲除隐患，他借机流放了勃林布洛克。但是他太急于求成，试图借约翰叔叔去世之机，彻底铲除这一家族对自己王政的干扰和威胁，所以他没收了约翰叔叔所有的财产（当然这时他也正要进行对外战争，也确实需要经费）。这种冒进直接刺激了勃林布洛克强烈的反击，也使得其他贵族陷于不安全之中。

莎士比亚的《理查二世》看似是王权家族斗争，实际上探讨的是在历史的关键时期一个国家和民族的取舍。戏剧中，作家没有明确说明理查二

---

① 张冲、张琼：《视觉时代的莎士比亚》，北京大学出版社 2009 年版，第 59—60 页。
② 张冲、张琼：《视觉时代的莎士比亚》，北京大学出版社 2009 年版，第 60 页。

世与未来的亨利四世之间的谁对谁错，而是以回顾、反思的目光，探讨这一过程中整个民族的走向。作品鲜明地表达了一种理念：王权的更替有着多种因素促成，但是无论谁做国王，国家的发展都是第一重要的。作品中大段充满爱国主义情结的台词，强烈表达出大不列颠作为一个统一的民族国家的意愿。

孤老的约翰临终遗言：

这一个君王们的御座，这一个统于一尊的岛屿，这一片庄严的大地，这一个战神的别邸，这一个新的伊甸……（《理查二世》第二幕，第一场）

被流放的勃林布洛克，离开英国时慨叹：

那么英国的大地，再会吧；我的母亲，我的保姆，我现在还在您的怀抱之中，可是从此刻起，我要和你分别了！无论我在何处流浪，至少可以这样自夸：虽然被祖国所放逐，我还是一个纯正的英国人。（《理查二世》第一幕，第四场）

理查二世亲征爱尔兰，回到英格兰的土地上，虽然面临勃林布洛克的反叛，自己王权危在旦夕，但是他一踏上英格兰的土地，也忍不住感叹：

我不能不喜欢它；我因为重新站在我的国土之上，快乐得流下泪来了。亲爱的大地，虽然叛徒们用他们的铁骑蹂躏你，但我要向你举手致敬；像一个和她的儿子久别重逢的母亲，疼爱的眼泪里夹着微笑，我也是含着泪含着笑和你相会，我的大地，并且用我至尊的手抚爱着你……（《理查二世》第三幕，第二场）

这些正是凝聚的英国民族精神的体现：英伦岛屿上的民众，不再认为这里是法国或者其他国家的附属地，这是他们自己深爱的国家和土地。之所以王权的争斗令人唏嘘，不仅是因为血亲相残、民生涂炭，更为重要的是无论谁来做国王，英格兰都是英国民族的，所有的内战都是英国民族的不幸。人民希望的君主最重要的并不是什么血统的纯正，而是可以率领英国图强崛起的大不列颠的象征者。正是基于民族精神的形成和爱国主义精神的共识，在对王位的合法性探讨上，莎士比亚才不会拘泥于中世纪封建王权的继承法规，单独强调血统的纯正，而是将王位的传承与英国的命运相关联，与英国民众的福祉相关联，这也正是莎士比亚时代民众的心声。

法瑞尔的《理查二世》在对原作在王权合法性探讨和民族主义、爱国精神表达的这两个重要方面都没有准确地把握并表现，它突出强调的是人与人之间的拼死斗争，将原作改编成一个血腥打斗、惊险刺激、充满娱乐的电影作品，失去了改编的意义，因而被称为"视觉失语"。这部电影对经典的改编可以说是莎士比亚戏剧电影中的一个不成功的、纯粹是消费经典的案例。

如果说法瑞尔的"打斗版"的《理查二世》体现了莎剧改编电影的现代性，那么10年之后的《空王冠》四部曲之一《理查二世》，则突出强调了回到原作的复古特色。导演不仅要求电影中演员之间的对话完全运用莎剧中的台词，还在场景布置、演员服装等细节上尽力回到古代，剧中贵族之间的决斗等场面，也将观众拉回到中世纪时代。但是忠实原作不等于对原作亦步亦趋地模仿或再现，即使是莎士比亚本人再现，在21世纪重新排演他的作品，也一定会有诸多改变，因为时代不同了，人的观念必然改变。"空王冠"系列的《理查二世》，许多方面强调了或者说拘泥于原著，而在现代意识的表达方面缺少创造的空间，使得这部作品的现实意义大打折扣。

第五节　莎士比亚历史剧影视改编方法

在100多年的影视改编中，莎剧电影有不少成功的案例，也存在许多不足。随着时代的变迁，人类思想的改变以及电影技术的发展，相信在此领域还存在着巨大的提升空间。下面我们对文学作品改编成电影时导演所采取的改编方法和呈现出的改编风格两个方面进行探讨。

就小说、戏剧和电影三种艺术样式而言，存在着一个明显的共同之处，即语言文字是其基本元素。小说由（语言）文字写成，戏剧首先要有一个剧本，影视作品也是如此。但是不同艺术体裁以不同的方式（形式）来传达对世界的认识和审美追求，小说是以艺术虚构、典型化等手法，通过阅读者的想象达到批评与审美目的，戏剧则是通过演员的舞台表演与观众现场观看来达成这一目标，而影视最终是以胶片再现的方式来传播。三者之间因其共同的构成要素和最终目标而形成相互改编或改写的可能性。

改编自小说或戏剧的影视作品不胜枚举，可以说，自电影诞生之日，影视文学就加入文学的大家庭，成为其年轻而最有活力的一员。同时，电影、电视也将传统文学当作进行创造、挖掘的宝藏，源源不断地从中汲取营养，寻找素材，形成影视作品。小说、戏剧等文学作品改编成影视，"从本质上说，是用一种特殊的语言来阐释和表现原作，它与文本语言和舞台语言一样具有表述的合法性。'合法'手段的使用与原作信息的紧密结合，不仅是电影改编的成功之道，也是电影改编的概念内涵。超越此限，就不称其为改编，不足此限，改编就不算成功"。① 面对具体的一部戏剧时，为达到改编成功，导演和主创人员则会采用不同的手法和方式来进行改编，以适应（适合）影视的艺术表现方式，传达出对世界、对人生的看法。

戏剧作品看起来似乎更易改编成电影，因为两者都涉及导演的执导和演员的表演。不同的是戏剧以舞台现场呈现，而影视以胶片呈现；舞台的呈现方式考验演员现场表演的功底，而影视的镜头、剪辑、背景音乐等元素共同创造了一个胶片艺术世界，更多体现了导演的水准。莎士比亚的戏剧全部都有影视改编作品，其中一些戏剧已经多次改编，在这些改编中，导演采用不同的方式，也呈现出不同的风格。

---

① 张冲、张琼：《视觉时代的莎士比亚》，北京大学出版社 2009 年版，第 64 页。

一、莎士比亚历史剧的影视改编方法

国内外许多学者都对文学名著电影改编的方法进行了研究和总结，如1975 年，美国学者杰·瓦格纳提出改编有移植式、注释式、近似式 3 种方式；1984 年，美国电影理论家杜德莱·安德鲁明确地使用"改编模式"这一术语，把改编分成 3 种：借用式、再现式（复现式）、转换式；还有苏联电影理论家波高热娃提出的图解式、再现式、自由式等。中国电影编剧学家汪流在他的论著中总结了 6 种文学作品的电影改编方法：移植、节选、浓缩、取意、变通取意、复合。[①] 下面我们以这些方法来关注莎士比亚历史剧的电影改编。

1. 节选

所谓"节选"，就是在原作中选取一些片断，进行表演，形成电影。早期改编的莎士比亚历史剧电影时长很短，效果粗糙。由于那时的电影处于开发期，技术十分不成熟，人们的拍摄手法也很简单，也没有剪辑技术，通常就是对准表演者，将其表演的过程用胶片记录下来。当时一卷胶片长度有限，所以拍摄下来的电影也就 10 分钟左右，所以对莎士比亚的戏剧内容也只能采用节选的办法，从中表演一两个片断，拍摄在胶片上。这时的电影还是无声的默片，比如莎剧改编的第一部电影《约翰王》（1899 年），人们只是从银幕上看到演员表演的影像：一个国王妆扮的人坐在中间的椅子上，旁边分别站立着两名士卫，国王在椅子上作痛苦状，表情狰狞，身体痉挛，然后就死去了——这是莎士比亚历史剧《约翰王》中结尾处约翰王在庙宇中中毒而亡的那个片断，这样的电影表达的情节和思想都是十分有限的，观众要看懂电影，首先要了解戏剧原作。

早期的莎剧改编几乎都是采用节选的方法，只有几分钟到十几分钟。节选式的改编方法在情节上是不连贯的。它仍然需要观众对原作剧情有所了解，帮助完成电影的欣赏，才能感受电影表达的思想。但是随着电影技术的完善，电影时长增加了，在电影中记录的演员表演的片断增多，故事

---

① 汪流：《中国的电影改编》，中国广播电视出版社 1995 年版，第 21 页。

内容也就增加，比如 1912 年美国导演肯恩（Keane）拍摄的《理查三世》影片长度已经达到 55 分钟，在近一个小时的电影中基本连贯呈现了莎剧《理查三世》的剧情，电影所传达的意思和意图也丰满充实起来。

目前，电影时长、电影的镜头、电影的特效等都已经在技术方面日臻完美，早期莎剧电影的这种因技术问题形成的不足已经得到了克服。但是，这并不是说节选的改编方法就已经过时了。例如，在 1996 年美国导演帕西诺拍摄的《寻找理查》中，帕西诺本人在影片中主演了理查三世，节选了原作中"除兄""娶后""计陷政敌""战前梦魇""以国换骑"等情节来表现理查三世的人物性格。这些节选的片断随时插入在纪实采访和莎剧剧本的朗读中，整个电影呈现出后现代的碎片化风格。导演就是以这种方式来表达他的看法：对于一个历史人物的评判，每个人可能都是片面的，通过无数的"面"的组装，是否可以完整客观地再现一个人物？结论当然要由观众来作出判断。

2. 浓缩

所谓"浓缩"，就是将莎剧的情节加以提炼、整合，去除旁枝，突出主线，情节发展连贯，以清晰地传达思想。现在一般情况下，最终剪辑完成的电影时长 100 分钟左右。莎士比亚的剧本表演起来一般是 2 个小时左右，他的戏剧的情节特点是多线索，通常是 2 条到 3 条线索交织在一起，促进情节的发展。比如《哈姆雷特》中，围绕复仇，出现了 3 个复仇者：哈姆雷特、雷欧提斯、小福丁布拉斯；又如《威尼斯商人》，由"一磅肉""三匣选亲""杰西卡（夏洛克的女儿）私奔"等 3 个故事交织在一起展开。而对于电影的改编，导演往往会将主线突出，围绕主人公开展故事情节，而对其他人物，导演通过电影手法处理，一笔带过，或者干脆删除。

在《亨利五世》剧本中，延续了《亨利四世》的传统，依旧存在着两个背景：宫廷贵族的生活场景和市井平民的生活场景，一幕幕戏剧就在两种背景更替交换中展开。奥利弗的电影《亨利五世》还比较明显地展示出两个背景的交替状况，在影片中，他以现实场景（野外）展现对法作战情节，在剧院场景中表现正在演出的莎剧《亨利五世》，两者在影片中切换，以电影的蒙太奇方式展现了莎剧的两个场景的交织。而布拉纳的《亨利五世》则采用了浓缩的改编方法，紧紧围绕亨利五世远征法国的主线，推动电影情节的发展。

3. 移植

所谓"移植"，是指将文学作品尽可能地原封不动地搬上银幕的改编方法。前文提到的导演、演员布拉纳，他的电影《哈姆雷特》（1996 年）采用的就是这种方法。最完整的莎士比亚戏剧《哈姆雷特》的表演长达 4 个多小时，① 而布拉纳的这部电影也长达 4 个小时，尽量将戏剧的每一场再现在银幕之上，并且电影中演员说的也是莎剧中原有的台词，可谓极尽合力地与原作相同。

在莎士比亚历史剧的电影改编中，"空王冠"系列电视电影的拍摄导演可以说是采用"移植"的方法来进行的。导演不仅要求所有的台词都是莎剧剧本原话，还要求演员都用中古英语来演绎。另外，在影片中以话外音和字幕的方式，将剧本中交待舞台转换时的内容展示出来。采用"移植"的方法来处理剧本的电影改编，通常要表示"忠实"于原作。但是是否与原作相合就是好的电影呢？其实也未必。戏剧和电影是不同的艺术方式，都有其自身独特的表达方式，电影改编戏剧，必然是要以适合电影的表达方式来拍出最好的电影，而非以胶片来展现舞台戏剧，这是毋庸置疑的。如《简·爱》这部小说，已经有多部改编电影问世，其中 2003 年改编的《简·爱》电影并没有按照小说的情节发展来进行电影的叙事，它是从简·爱逃离桑菲尔德庄园展开电影叙事的。孤身一人流浪的简昏倒在一间小屋门，被搭救苏醒后，电影一方面描述她之后的生活，另一方面以"回忆"的方式将她童年寄人篱下、少年在寄宿学校生活、成年后选择放弃寄宿学校的任职而去当家庭教师以及她的爱情和不成功的婚礼，一段段交织呈现，在电影时长的 3/4 处，画面与开始的镜头场景重合在一起——失婚的简·爱毅然决然深夜出走；此后电影叙事从两个不同的时间点汇到一处，剧情按时间顺序向下发展，直至简·爱重返桑菲尔德庄园。这部电影改编充分体现了电影的特质和导演的匠心，电影中镜头的运用、色彩与光线的选择

---

① 英国皇家莎士比亚剧团的不删节版本《哈姆雷特》长达 4 小时 15 分钟。

以及蒙太奇手法，成功地以电影艺术手段展现了原作的情节和思想，是一部成功改编的优秀电影作品。

回到"空王冠"系列，在移植方法的运用下，电影对原作的忠实可谓亦步亦趋，每一句台词每一个背景都尽力再现戏剧剧本的内容，但是影片中以大量旁白对剧情的介绍显得十分累赘，也常常打断了情节。其实对于观众来说，一部好的改编电影是否忠实原作并不重要，重要的是有好的观赏体验和观赏之后能够引发深思。

以上这3种改编方法在莎士比亚戏剧改编中是最常见的，除此以外，还有一些方法在现代改编中出现和使用，即"取意""变通取意"与"复合"。"取意"是指从某一作品中得到某种启示，重新构思，但仍保留原作中的人物和情景的改编方式；而"变通取意"是指将异国文学作品中的故事情节重新构思，保留原有的人物关系和情节设置，同时将其移植到本国文化语境下而形成的电影作品；"复合"是指将两部或更多的作品内容融汇在一部电影中，用来表达改编的某种设想。冯小刚的电影《夜宴》应该是采用了变通取义和复合的方法，让人们看到王子复仇的故事，同时又在电影中的王后身上看到了中国历史上唯一的女皇帝武则天的影子，两者整合在一起，形成了一部新的电影作品。

运用"取意"或"变通取意"及"复合"这种手法进行改编的作品，通常是人们现在所说的仿写、反讽或互文式作品，它呈现出后现代解构主义的特点。例如在1968年汤姆·斯托帕德（Tom Stoppard）排演了《罗森格兰茨和吉尔登斯顿之死》（*Rosencrantz and Guildenstern Are Dead*），1990年，斯托帕德又将此剧拍成同名电影上映。无论是戏剧还是电影，《罗森格兰茨和吉尔登斯顿之死》与《哈姆雷特》都没有必然的联系，导演采用了"取意"的方法，使它脱胎于《哈姆雷特》，体现出鲜明的"衍生"性特点。

罗森格兰茨和吉尔登斯顿在莎士比亚的《哈姆雷特》中身份是王子以前的同学，剧中他们献媚于新国王，充当了国王的眼线和耳目，替国王监视和刺探哈姆雷特的行动。后来又被国王克劳狄斯派去陪同哈姆雷特去往英国。哈姆雷特等人在海上遇到海盗，被俘后安然返回了丹麦，而这两个人去了英国，结果做了哈姆雷特的替死鬼。斯托帕德的《罗森格兰茨和吉尔登斯顿之死》选取了《哈姆雷特》中两个小人物作为主角，描写两人受命去见哈姆雷特，安慰这个突然失去父亲和王位的老同学。剧情的展开是以两人在去往王宫的路上的荒诞奇遇为主线的。虽然在剧中罗森格兰茨和吉尔登斯顿看似在表演莎剧，但是两人如同导演手中牵着的木偶，机械地说着台词，并不理解也不融入所演的《哈姆雷特》之中，此剧的重点是：当两人没有戏份时，就在一起探讨生存与处境，直到在剧中糊里糊涂地死掉，两人也没有探讨出个所以然。《罗森格兰茨和吉尔登斯顿之死》是同《等待戈多》一样，以荒诞的剧情表达荒诞的主题，两个莎剧小人物取代了传统悲剧中的王子，并且像哈姆雷特那样从生存哲学的角度来思考自己的命运。"在整个剧中，透过看似荒诞的对白，他们一直试图沿着记忆的长河回到旅程的最初起点找回原来那个自由的'我'，直到剧末才明白他们的悲剧竟是一种宿命，因为其结局早已被莎剧的情节所写定。"① 无论是剧中人还是主演人，都处于一种无意义的生存境地，他们的生存与死亡也同样是无意义的。

范·桑特（Gus Van Sant）执导的《我自己的爱达荷》（*My Own Privte Idaho*，1991）则运用了"变通取意"及"复合"的方法，进行了一次大胆的莎剧电影改编。剧中人物姓名与身份以及生活的时代背景都与莎剧《亨利四世》毫无关联，但是在内在的情节发展与主题思想上两者产生对应。

二、莎士比亚戏剧电影风格

对于莎剧电影，如果以改编作品与原作的关系考察视角的话，改编而成的电影呈现出不同的风格。张冲教授将之总结为 4 类：基本再现、当代化、艺术化以及故事借鉴，② 也有其他学者对此研究探讨，将之总结为"忠实型""借鉴型"和"衍生型"等风格："忠实型，即非常忠实于莎士比

① 陈红薇：《"再写"：战后英国戏剧中的莎士比亚》，《外国文学》2012 年第 3 期，第 63 页。
② 张冲、张琼：《视觉时代的莎士比亚》，北京大学出版社 2009 年版，第 2 页。

亚的原著剧本，不对人物设定、时代背景、台词等作出过大的改动；借鉴型的改编作品通常只是借用故事情节或框架，要么背景、细节、角色等都可能出现较大的改动，要么以突破传统的形式来讲述这个故事，或者两者兼得；衍生型作品是纯粹的再创作，它们可以仅仅从原作中抽出一两个角色来创作出一个全新的故事，我们不妨借用一个目前非常流行的词语，称之为'同人剧'，或者是将整个莎翁戏剧放在一个特定的语境下，不妨称之为'剧中剧'。"①

综合借鉴前人的研究成果，我认为从改编作品与原作关系为切入点进行探讨的话，莎剧电影可以呈现出"忠实型""演义型"和"衍生型"3 种风格。"忠实型"就是尽力与原作相近，向观众传达出"这是正宗的莎士比亚戏剧"的意味；"演义型"是将故事时间转移到现代，以穿着现代服装演绎莎剧的这类作品，如麦克伊恩的《理查三世》（1995 年）、阿尔莫雷达的电影《哈姆雷特》（2000 年）；"衍生型"则是与莎剧有关联但并不是必然相关的作品，即那些互文式的、仿写的作品，如前文提到的《罗森格兰茨和吉尔登斯顿之死》《我自己的爱达荷》这类电影，它们的剧情与原作联系并不紧密，有的只是人物名字相同，有的甚至都与原作看起来不沾边，但是它实际上却是以莎剧为蓝本进行的新创作。

1991 年，导演范·桑特拍摄的《我自己的爱达荷》上映。影片围绕着男妓麦克（Mike）和史考特（Scott）的生活展开，两人虽同为街头男妓，身世背景却完全不同。麦克是一个下层孤儿，因为母亲的乱伦生下的他从小受到歧视，为生活所迫而沦落；而史考特却决然不同，他本是市长的儿子，家境优越，并不需要靠出卖肉体谋生。他的这一做法实际上是为了表达对父亲的不满而采取的行为。剧中的麦克和史考特这两个在出身上有着天壤之别的男妓之间又有着非同寻常的情愫。电影传达了对现代社会的边缘群体以及同性恋题材的关注。而令观众可能无法想象的是，这部电影与莎剧《亨利四世》的关联。实际上，男妓麦克所对应的是《亨利四世》中

---

① 味稀：《搞电影和戏剧的，都在怎样改编莎士比亚》，http://www.15yan.com/story/fY3YBzcoTgc/。

追随哈尔亲王的波因斯，史考特就是哈尔亲王的化身。那个在《亨利四世》中极为受人喜爱的福斯塔夫则在电影《我自己的爱达荷》中变成了流浪汉鲍勃。电影并没有在片名上与原作莎剧产生关联，但是在剧情上却有着对应：史考特抛却富贵的生活和高贵的地位沦为一个男妓，过着放浪形骸的日子，还与那些底层的人关系甚密。但是最终他还是回归家庭，与父亲和解，继承了家产，并对原来的朋友漠然视之，假装根本就不认识。这与《亨利四世》中哈尔王子的经历形成极为相似的映照。

电影《我自己的爱达荷》所表达的"对自我身份的认同和追寻"的这一主题也从现代意义上重新解读了《亨利四世》：哈尔王子回归王廷，是对权力的渴望，也是对自己身份的认同；是对封建制度的妥协，也是对自己的历史使命的追寻。

莎剧改编电影的方法与电影呈现的风格相关，但并不是一种方法的运用必然导致某一风格的呈现。如以"节选""浓缩""移植"的方法改编的电影，可能呈现出"忠实型"的风格，但是，也有可能是"演义型"的，甚至可能出现看似与原剧相同，实则是在解构原剧的情况，形成"衍生型"的作品。对于不同风格的电视改编作品的评价，"'忠实型'莎剧改编作品的精彩之处并不在于其创新，而是在于它们的存在为莎士比亚戏剧培养了一代又一代的观众和爱好者，这些作品以及作品背后的艺术家们为莎剧的传承做出了不可磨灭的贡献，使得莎剧历经四百年仍然经久不衰"。① 这一评价是有一定道理，但是笔者并不能完全同意。一方面，忠实型的莎剧电影虽然尽力遵循原作的内容，但是它依然是传达具有时代意义的新思想，如奥利弗的《亨利五世》，通过影片还原当年莎士比亚生活时代的环球剧场演戏的情景和舞台上表演的内容，但是他借助剧中的爱国主义情感，传达出"二战"中英国士兵战斗不屈的决心，将封建君主之间的欲望之争转化为正义与邪恶的生死对抗；另一方面，忠实型的莎剧改编的确可以让观众通过影视观看来获得戏剧原作的最为接近的内容和思想，但是其他风格的

---

① 味稀：《搞电影和戏剧的，都在怎样改编莎士比亚》，http：//www. 15yan. com/story/fY3YBzcoTgc/。

影视改编未必就对莎剧的传播中没有作用或作用不大，如互文或仿写的作品也同样能激发观众对原型作品的好奇心，去了解原作并加以深入的思考，同样促进了莎剧在新时代的传播。

在各国的莎剧影视改编中，"'忠实型'"的莎剧改编作基本上来自英国，甚至来自同一批创作者。例如名垂影史的演员劳伦斯·奥利弗不仅在舞台上扮演了哈姆雷特、亨利五世等角色，还导演了同名电影，在电影中出演了同一个角色。在奥利弗之后，有着类似成就的当属肯尼斯·布拉纳（Kenneth Branagh），他出演或导演过的莎剧作品包括《亨利五世》《麦克白》《第十二夜》《无事生非》（*Much Ado about Nothing*）等"。① 这一现象说明了英国导演和演员对莎剧改编的基本态度和常用方法及主要风格，这与他们强调的莎剧的"原味"和"正统"等观念一脉相承。

"演义型"的莎剧电影因为不受"与原作一样"这样的标准束缚而有了更大的创作空间，无论是时代背景、服装道具、情节发展等都可以让导演有自主发挥的空间，表达对莎剧的理解，所创作的电影在类型上也五花八门，除了叙事风格的电影，还出现了音乐剧电影、纪录片等各种各样的作品，为莎剧改编电影的大家族增添了无限生机。

"衍生型"莎剧电影的诞生体现出后现代艺术的诸多观念，仿写、互文、反讽、解构以及碎片化等等。这类电影可以被当作一部全新的、独立完整的作品，它们与莎剧的联系是隐含在其中的，看似可有可无——如果观众不理解，并不影响对一部电影的观看；但实则重要而深刻，如果没有与莎剧的千丝万缕的联系，电影就淡然无味了。"衍生型"莎剧电影如同影视圈的"蝴蝶效应"，让人感觉到电影领域中莎士比亚的无处不在。

---

① 味稀：《搞电影和戏剧的，都在怎样改编莎士比亚》，http：//www. 15yan. com/story/fY3YBzcoTgc/。

第三章　莎士比亚历史剧中的政治

　　历史剧虽然写的是过去，但是关注的是当下。英国历史剧的书写并不是由莎士比亚首创的，在莎士比亚之前，"大学才子派"以及一些正在走向职业化的戏剧作家，就已经创作了不少英国史剧。当1590年左右莎士比亚写《亨利六世》时，这种戏剧形式已经有了群众基础，为观众所喜爱，加上1588年英国在海上击败了西班牙无敌舰队，民族士气和爱国情绪大增，对"我们是英国人"的认同和对英国史的了解欲望也空前高涨。

　　莎士比亚以英国编年史为底本创作的10部历史剧，艺术地再现了英国中世纪350年的历史发展，其中探讨的问题也是莎士比亚生活的那个时代亟需解决的问题，比如王位的继承、国家的统一、民族的发展等，这也是莎士比亚时代历史剧盛行的一个原因。当今的英国，虽然时代变迁，许多问题似乎已经不是十分重要，比如王位的继承，但是同样存在着在新的时代如何进行民族发展的问题，如英国的"脱欧"事件。新时期的莎士比亚历史剧演绎，其中传达出别样的意味。

一、国与王

　　莎士比亚历史剧几乎再现了整个英国的中世纪历史，从约翰王到亨利八世，即12世纪至16世纪，这一段历史正是英国民族国家的形成与民族意识的崛起，是现代的"国家"的观念、国王与民众的关系的生成时期。

　　英国，全称为大不列颠及北爱尔兰联合王国（United Kingdom of Great Britain and Northern Ireland），又称联合王国（United Kingdom），它是由大不列颠岛上的英格兰、威尔士和苏格兰以及爱尔兰岛东北部的北爱尔兰地区和一系列附属岛屿共同组成的一个西欧岛国。人们习惯上将大不列颠岛分成英格兰、苏格兰和威尔士三大部分，居民主要居住在英格兰，大约占全国总人口的 83.9%，简称英国。

细长的英吉利海峡将这片岛屿与欧洲大陆隔开，但英国的历史与民族与欧洲大陆有着割裂不断的关联。在这片岛屿上，人类生活痕迹最早可追溯到旧石器时代，不过由于年代久远，大多无法考证。约在公元前 13 世纪，欧洲大陆的伊比利亚人迁居到大不列颠岛东南部。约在公元前 7 世纪，欧洲西部的凯尔特人开始入侵不列颠群岛，屠杀了大部分的伊比利亚人。公元前 54 年，恺撒两度率罗马军团入侵不列颠，均被不列颠人击退。直到公元 43 年，罗马皇帝克劳狄一世率军入侵不列颠，征服了不列颠人，将其变为罗马帝国的一个行省。罗马人的统治持续到 409 年结束。之后，欧洲大陆的盎格鲁-撒克逊人和朱特人等日耳曼部落逐渐征服了不列颠。盎格鲁人（Angels）把不列颠称为"盎格兰"即盎格鲁人的土地之意，谐音 England，这也是英格兰名称的由来，而古英语则是继承了盎格鲁人的语言而来。

盎格鲁-撒克逊人在岛屿上开疆拓土，先后建立起 7 个国家，史称"七国时代"。也是从这一时期，它们从氏族公社制度向封建制度转变。公元 8 世纪，北欧的丹麦人多次入侵不列颠。1066 年，法国诺曼底公爵威廉率军入侵，打败了当时的统治者哈罗德，加冕为英王（1066—1087 年在位），称威廉一世，建立起诺曼王朝，史称"诺曼征服"。从此，岛国不再是盎格鲁-萨克逊人的天地，而成为欧洲的一部分。威廉一世在英格兰建立起强大的中央政府，在此之后，不列颠岛屿再没有受到外族的入侵。

"诺曼征服"加速了英国的封建化进程。通常我们认为，在封建制度下，国王就是国家的代表和象征。中国有句古话："溥天之下，莫非王土；率土之滨，莫非王臣。"（《诗经·小雅·北山》）意思就是所有人都要无条件服从国王。"朕即国家"，这是有"太阳王"之称的法国路易十四的一句话。路易十四是法国封建集权最为显著时期的一位国王，他能够实践这句话并非易事。在欧洲漫长的中世纪时期，国王与国家并不是完全合二为一的，贵族各自为政的封建割据是许多欧洲国家在封建社会很长阶段内的真实状况。由于土地的分封制度，使得农民禁锢在土地上，一切以领主为大，一块地域的农民要完全服从他的领主，国王反而是有些山高皇帝远，未必直接影响普通农民的生活。在西班牙戏剧《羊泉村》中，领主这种至高无上的权力显现得十分突出。

中世纪欧洲国家的国王其实就是拥有更大土地的领主，他拥有自己的土地，维持自己的生活。长期以来，封建君主与其他贵族以及与教会的关系其实是相互支撑同时又相互制衡，权力与实力此消彼长，既共同维护封建等级的制度，以维护自己在这一制度中享有的特权，又想方设法不断地进行权力扩张与物质的更多攫取。国王与贵族以及僧侣阶层之间并不是绝对的隶属关系，他们更像是吵吵闹闹的兄弟，彼此扶持，但是有时也长幼不分，闹得不可开交，甚至刀枪相见。

无论国王还是大臣，他们的势力范围是以自己的辖土为主的，每位领主都是自己辖地的王。综观中世纪大大小小的战乱，无不是跟土地之争相关。获得了土地，也就获得了权力。莎士比亚笔下写到的约翰王，因为他没有从父亲亨利二世那里获得属于他的封地，又在对法战争中失去了在法的控地权，所以被称为"无地王"、"失地王"。虽然身为国王，因为没有领地，只有靠向贵族征税维持开支，结果侵犯了贵族的利益，终于导致王权与贵族之间、教会之间的矛盾爆发，最终促成了英国《大宪章》的诞生。

自威廉一世开始，英国成为封臣制国家，即国王是法国的封臣，国王下面的贵族是封臣的封臣。这种状况使得英国的发展与法国有着割不断的关联。在历史上，不仅英王拥有法国贵族的血统，同时又是法国某地区的领主。英国贵族也经常与法国贵族相互通婚，英国的王也时常居住在法国的领地。例如，著名的狮心王理查一世，他也是诺曼底公爵。在他辉煌的一生中，大部分是戎马生涯，率十字军东征，在征战的空隙时间则在法国的领地休整，而真正待在英国本土的时间非常有限。

但是随着英国的稳定与发展，英国民众的民族意识渐渐形成。英国人把不列颠岛看作是自己的家园，而不是法国的外域之地。在《理查二世》中，冈特的约翰临终前的大段独白，深切表达出对自己家园的热爱，也传达出每个英国人的心声。

刚特：……这一个君王们的御座，这一个统于一尊的岛屿，这一片庄严的大地，这一个战神的别邸，这一个新的伊甸——地上的天堂，这一个造化女神为了防御毒害和战祸的侵入而为她自己造下的堡垒，这一个英雄豪杰的诞生之地，这一个小小的世界，这一个镶嵌在银色的海水之中的宝石（那海水像是一堵围墙，或是一道沿屋的壕沟，杜绝了宵小的觊觎），这一个幸福的国土，这一个英格兰，这一个保姆，这一个繁育着明君贤主的母体（他们的诞生为世人所侧目，他们仗义卫道的功业远震寰宇），这一个像救世主的圣墓一样驰名、孕育着这许多伟大的灵魂的国土，这一个声誉传遍世界、亲爱又亲爱的国土……（《理查二世》二幕一场）

又如在《理查二世》中当波林勃洛克被流放要离开时，也表达了他对祖国的无限眷恋：

波林勃洛克：那么英国的大地，再会吧；我的母亲，我的保姆，我现在还在您的怀抱之中，可是从此刻起，我要和你分别了！无论我在何处流浪，至少可以这样自夸：虽然被祖国所放逐，我还是一个纯正的英国人。（《理查二世》一幕三场）

在《约翰王》中，整部剧是以庶子的话为结尾的，这也是一番充满爱国主义思绪的演讲：

庶子：啊！让我们仅仅把应有的悲伤付给这时代吧，因为它早就收受到我们的哀痛了。我们的英格兰从来不会，也永远不会屈服在一个征服者的骄傲的足前，除非它先用自己的手把自己伤害……只要英格兰对它自己尽忠，天大的灾祸都不能震撼我们的心胸。（《约翰王》五幕七场）

通过剧中人物，明确地传达出英国人渐渐形成的民族与国家的概念。

之前饱受外族入侵的大不列颠岛屿，而今开启了内部权力统一与向外扩张之路：对内，英格兰由于人口众多，英王试图将苏格兰人及威尔士人纳入自己的直接管辖权限中；对外，英国国王逐渐以本土为重，不愿意再接受法国的指手画脚，并且在取得了与法王并驾齐驱的地位后，还试图翻个个，将法国也变成英国人的法国，于是爆发了英法百年战争（1337－1453年）。

英法百年战争期间，在亨利五世称王（1413—1422年在位）时，英国人试图占领法国的雄心差点得以实现。亨利五世于1415年在阿金库尔击败了法国骑士团，法王查理六世被迫签订《特鲁瓦条约》，同意查理六世的女儿与亨利结婚，法国王位将由亨利五世继承。8年后作为法兰西摄政王而进驻巴黎。可惜亨利五世英年早逝，在法国摄政仅一年，便突发疾病，撒手人寰，无法实现他统一英、法两国的大愿。亨利五世的儿子还在襁褓之中，虽然继承了王位，但是长期以来都是大臣摄政。成年后的亨利六世不仅未能实现父亲的遗愿，连英国本土的治理都无法胜任，导致内战频发。持续了30年的兰开斯特家族与约克家族的红白玫瑰战争，严重损耗了英国的内力，最终直到后来的亨利七世平定了内战，并通过婚姻将两个家族联合起来，开创了都铎时代，英国才进入一个新的稳定发展时期。

在英法百年战争中，英国逐步建立起国与王的统一：国王代表的就是国家，就是国家的象征。这种观念不仅是统治阶层大力宣扬的，也渐渐得到下层人民认可，国家的统一与民族的兴盛成为同一概念，这使长期处于三岛分治的英国，在对外战争中形成了团结一致。在《亨利五世》中通过剧情形象地对国与王、民与王的关系进行了探讨。在第四幕一场，英国士兵在与法军即将在阿金库尔生死一决的前夜，亨利五世微服进入兵营，与毕斯托尔、高厄考特、培茨、威廉斯等下层士兵进行了一番交谈。他们对战争谁来负责的问题进行了争论。

　　亨利王：……照我看，我无论死在什么地方，也没有像跟国王死在一块儿那样叫我称心了，因为他是师出有名的，他的战争是正义的。

　　威廉斯：这就不是我们所能了解的了。

　　培茨：啊，或者说，这就不是我们所该追究的了；因为说到了解不了解，只要我们知道自己是国王的臣民，那就够了。即使站在理亏的一边，我们这些人是服从我们的国王，那么也就消除了我们的罪名。

威廉斯：……我说，如果这班人不得好死，那么把他们领到死路上的国王就是罪孽深重了。苦的是小百姓，他们要是违抗了君命，那就是违反了做百姓的名分。

亨利王：照这样说来，假如有个儿子，父亲派他出洋做生意，他结果带着一身罪孽葬身在海里了，那么照你的一套看法，这份罪孽就应当归在把他派出去的父亲的头上……

……

威廉斯：真是这样，凡是不得好死的人，那罪孽落在他自己的头上，国王不负这责任。

培茨：我并不要叫他为我负责，不过我还是决定为他拼命打一仗。

……

亨利王（士兵们下）：要国王负责！那不妨把我们的生命、灵魂，把我们的债务、我们操心的妻子、我们的孩子以及我们的罪恶，全都放在国王头上吧！他得一股脑儿担当下来。随着"伟大"而来的，是多么难堪的地位啊；听凭每个傻瓜来议论他——他们想到、感觉到的，只是个人的苦楚！做了国王，多少民间所享受的人生乐趣他就得放弃！而人君所享有的，有什么才是百姓所享受不到的——只除了排场，只除了那众人前的排场……（《亨利五世》四幕一场）

在亨利五世与士兵的对话中，百姓既有对君王的义务，但也全然不是为此，他们还有自己的判断和主观决定，为国王打一仗；而君主的地位，无非表面光鲜，实则是要承担更多的责任，放弃普通人的安宁与快乐；无论是平民还是贵族，都有对国家的义务和责任，也因此在巨大的阶级差别之间达成共同存在的意义。

从土地与领主到国家与国王，中世纪英国的统治者经历了无数的战乱，英国走向统一和逐步崛起，成为一个强国，这一路途充满艰辛。莎士比亚的两个四部曲，艺术地再现了英国历史的这一进程：亨利五世建立了对外扩张的蓝图，但由于他的早逝而功亏一篑，百年战争结束时，英国全线撤军，只有加莱港还归英军所控；无能的亨利六世与凶残的理查三世的统治，让英国经历了 30 年之久的内战，岛内民不聊生，一切几乎倒退到百年之前的境地。莎士比亚生活在都铎王朝，开创者亨利七世十分务实，他以联姻方式弥合了两大贵族的创伤，保持了和平局面；他平衡各种宗教势力和利益关系，恢复经济生产，为英国在新时代重新统一创造了条件。亨利八世统治时期，不仅强化了国王与国家是一体的观念，还在英国废除了天主教的国教地位，自立安立甘（Anglican）为英格兰宗教，并自己为此教的教皇，极力推行政教合一，向世界宣示：英国完全属于英国人。

二、秩序的破与立

在中世纪发现史中，英国处于建国并发展的进程中。在这一过程中大家要建立起共同认可和遵守的秩序，以保持各方势力的平衡，让社会稳定，继而发展。但是动荡是中世纪英国的关键词。秩序在每个人眼中都十分重要，统治阶级对此尤其重视，因为秩序的变动意味着他们权力的损失，所以在莎士比亚历史剧中，我们看到国王与贵族常常强调的是正统，这就包含着大家都要遵行的秩序观念。但是对于英国这样一个正在形成的民族国家，并非有悠久的传统继承与守护，时代变更着，社会变化着，人们对秩序中规则的看法也在改变。纵观莎士比亚笔下的英国历史，每位国王嘴上都再三强调正统、正规，寻找已有的规则，以证明自己行为的合法。约翰王号称他的王位是"合法权益保障"，理查二世号称天授神权，实际上都在强调已有秩序，以维护自身利益。

在莎士比亚历史剧中，展现了这样一个对现有秩序维护同时又受到破坏和重建的时代。所有国王都努力建立一种秩序，以维护自己的统治，但是在实际行动中，又在以秩序的名义破坏已有的秩序。莎士比亚笔下的国王，依据他们对自身所依附的抽象的国王的概念来看，他们各自有不同，但是他们都热切地希望建立一种稳定的规范的身份特征体系，通过不可动摇的文化体系或者民族叙述来确定自己的皇家身份，将他们认为值得认定的身份特征铸入信仰之中，以达成统治的稳固。①

幼年即位的理查二世，自认为是天赋神权。他出生于波尔多，是黑太子（爱德华三世的长子）的次子，他还有一个哥哥——昂古莱姆的爱德华。1377 年，他的祖父爱德华三世逝世，按照当时的王位继承制度，王位应由长子继承，长子死后由长子家族的年长的孩子继承。此时，理查二世的父亲及兄长都已经早于祖父爱德华三世死去，所以当时年仅 10 岁的理查于1377 年继承了英格兰国王王位，他的叔叔冈特的约翰（爱德华三世的第三子）为摄政王。约翰就是后来亨利四世的父亲。早在 1371 年约翰就因为父亲年老已开始主持朝政，在父亲爱德华三世去世后，约翰维护了当时的继承原则，扶持侄子理查二世继位。但是理查二世不愿意永远生活在他人羽翼的庇护下，更不甘心实权掌控在他人手中。1389 年，理查二世在冈特的约翰的帮助下平定了贵族叛乱，并声称自己已经成年，开始亲政。此后他努力培植自己的力量，与约翰及其他贵族大臣的矛盾日益激化。1397 年，他清除了叔叔托马斯以及其他几个叛乱的贵族。冈特的约翰 1399 年亡故，在此之前，他的儿子勃林布洛克已经被国王理查二世流放到国外。理查二世趁机没收了约翰的庄园，将他的财产据为己有。这一做法受到勃林布洛克的强烈反抗，他潜回英格兰，联合北方的贵族，发动了推翻理查二世的斗争，要求理查归还他的继承权。斗争的结果是理查被迫退位，而勃林布洛克成为新君，即亨利四世。莎士比亚的《理查二世》演绎的就是这一段历史。

在第一个四部曲中，秩序的重建是一个主线。冈特的约翰（亨利四世的父亲）遵从现有规则，维护旧的秩序法则，放弃对王位的争夺，坚定地支持理查二世继承王位并一直辅佐他，履行一个大臣应尽的义务。理查二世既是旧秩序的象征，同时也是旧秩序的破坏者。旧秩序的天赋君权观念，使理查二世成为一个得利者，而正是因为他的君权神授观念，使他认为自己可以任意而为，按自己的意愿重新建立秩序。

---

① Christine Hoffmann, "Biting More Than 'We' Can Chew: The Royal Appetite in Richard II and 1 and 2 Henry IV," *Papers on Language & Literature*, Vol. 45, Issue 4, Fall 2009, p. 361.

　　理查二世敏锐地感觉到了表兄勃林布洛克的危险性，他（勃林布洛克）平日里讨好下层人民，拉拢民心，又与贵族私交结党，理查二世预感到他对现有秩序隐藏的威胁。借勃林布洛克与海尔茂相互争斗的时机，理查二世将勃林布洛克流放到国外，迅速将这个威胁扼杀在萌芽之中。对于理查二世的统治来说，这是一个英明果断之举。作为一个国王，他也拥有这样的权力，所以即使是年迈的叔叔约翰除了哀叹也无话可说。但是他身边缺少老谋深算的政治者，他的约翰叔叔本来是在这一位置上的，但是刚愎自用和冒进主义害了他，在叔父冈特的约翰病逝时，又想马上坐收渔翁之利，将其财产全部纳入囊中。这种做法不仅将勃林布洛克逼到绝境，迫使其绝地反击，同时国王的任性而为，破坏了当时的已经建立的利益划分的规则，让其他贵族感受到动荡与危险。如果国王可以任意没收兰开斯特公爵的土地，那么所有贵族的土地都有可能被国王没收。理查二世这个冒失的举动，使得贵族们彻底下决心抛弃他，站在勃林布洛克的身旁一起讨伐国王。理查二世事实上以其行动破坏了现有的秩序，开了一个坏头，结果造成秩序的动荡，直接动摇了他自己的统治根基。

　　勃林布洛克是一个对现有秩序的挑战者，同时又自觉地努力维护现有秩序，这种矛盾困扰他的一生。他之所以对现有秩序发起挑战，理查二世逼迫是一个重要的外因，当然他打破旧秩序、建立新秩序的内在驱动因素也不容忽视，虽然在戏剧中他尽力隐藏。一旦成为亨利四世，他强调的仍然是旧秩序的规则，以图在政治上站稳脚跟。但是他致命的缺陷是在旧秩序中，他是一个篡夺王位的人，是根本不符合旧秩序规则的人。北方贵族曾经同情他的处境与他结盟，帮助他罢黜了理查二世，登上了王位，但是因为欲望没有得到满足如今成了他的敌人。亨利四世以旧秩序规则认定这些行为是反叛行为，但是按照北方贵族的想法，既然理查二世可以被废，那么亨利四世也可以是这样的命运，只要够强大，谁都可以称王，剧中的霍茨波就大言不惭地说："他这非分的王位，也已经霸占得太久了，应该腾出来让让人家才是。"[①] 也就是说亨利四世作了一个坏的示范，他既在秩序

---

　　① 《莎士比亚全集》（第 5 卷），朱生豪等译，人民文学出版社 1978 年版，第 91 页。

改变中成为得利者，也同样为自己设置了一个陷阱。

之所以说亨利四世是对现有秩序的挑战者而非破坏者，是因为其本人内心也对自己"篡位"定性的认可。"上帝知道，我儿，我是用怎样诡诈的手段取得这一顶王冠；我自己也十分明白，它戴在我的头上，给了我多大的烦恼；可是你将要更安静更确定地占有它，不像我这样遭人嫉视，因为一切篡窃攘夺的污点，都将随着我一起埋葬。它在人们的心目之中，不过是用暴力攫取的尊荣；那些帮助我得到它的人，都在指斥我的罪状，他们的怨望每天都在酿成斗争和流血，破坏这粉饰的和平。你也看到我冒着怎样的危险，应付这些大胆的威胁，我做了这么多年的国王，不过在反复串演着这一场争杀的武戏。现在我一死之后，情形就可以改变过来了，因为在我是用非法的手段获得的，在你却是合法继承的权利"。① 这段临终别言，"篡夺""非法"这些字眼的运用，真实地表达出他对原有的王位继承秩序的维护，这也是他的时代的大多数人对秩序的认可和要求。

亨利五世理应是旧秩序的维护者，因为按传统观念，他是合法的继承者。但是在戏剧中，这一形象的塑造更加鲜明地表现出新旧观念的冲突，他在新旧秩序中摇摆。身为王子时，哈尔就展示与众不同的个性。他的行为举止与王子身份背道而驰，整日与福斯塔夫一伙市井之徒混在一块，以至于让亨利四世感觉自己是被换了儿子。那个让亨利四世心中企盼的称职的王子形象霍茨波，在戏剧情节发展中与哈尔形成鲜明的对比。霍茨波是旧秩序、旧观念的代表者，推动他行动的是个人（自己的家族）利益和荣誉至上。他所推崇的荣誉至上，是中世纪骑士的荣誉观，是以好战和战胜为荣的观念，他的胜利与国家的发展前途无关。而哈尔王子则以国家未来的发展为目标，为此，他可以牺牲自己的"荣誉"，做出许多不符合王子身份的、在贵族眼中有损名誉的事情，比如与福斯塔夫之流的鬼混，比如战争中冒充士兵与人打赌的做法。但是他将这种实用主义和骑士的勇敢作风相结合，产生了更大的威力。当他与霍茨波当面交锋时，新旧观念的冲突表现得具体化。一味强调贵族荣誉的潘西·霍茨波被扫落马下，临死前还

---

① 《莎士比亚全集》（第 5 卷），朱生豪等译，人民文学出版社 1978 年版，第 210—211 页。

发出"宁愿失去易碎的生命，也不能容忍不可一世的声名被夺走"的喊声。而对于哈尔，"带着那些美誉到天上去吧"，现世的生存才是最终的胜利。

经历了纠结和战乱，哈尔王子的胜利似乎代表着新秩序的确立，当然这种新秩序的确立是与旧秩序相妥协达成的。当他的身份还是王子时，哈尔与福斯塔夫一伙称兄道弟，并对大法官出言不逊；但是一旦他称王，立刻站在大法官的一边，驱逐了福斯塔夫。他是站在维护封建秩序的立场上作出这一决定的，这是他作为国王的责任，也是他保持王位的需要。以福斯塔夫等下层平民为代表的新兴资产阶级正在崛起，亨利五世一方面想拉拢和利用这些势力，但是一旦这些势力壮大起来，就要革亨利五世这些封建君主的命，这一点亨利五世也当然有所察觉。他的"弃新图旧"，就是试图阻挡这些新势力的威胁。亨利五世这种左右摇摆的做法，是现实对他的制衡，也是他对秩序的把控。每个人的一生都处在不断的"新旧交替"之中，如何判断未来的方向，又如何超越肉身在现实中的沉沦，这是哈姆雷特思考的"生存与毁灭"的无解之谜。

伊丽莎白一世说过，她就是理查二世，其实她何尝不是亨利五世呢？身为封建君王，伊丽莎白一世的时代正是英国资产阶级原始积累时期，第一次工业革命拉开大幕，它正在摧毁传统的英国农业经济体制，改变了众多英国人的生活方式。伊丽莎白一世时时刻刻感受到政治上涌动的强大的变革暗流，亲近的贵族走向反叛，穷人也揭竿而起，盛世的繁华下，多少暗箭指向处于政治舞台中心的女王。伊丽莎白一世要怎样应对，英国人民又以什么样的方式汇入历史的进程之中呢？

"任何生活方式的改变都以政治的变革为先决条件，它们的实现也要领先政治力量。正是在共同生活中，人们发挥着自身的潜能；正是政权决定了共有的生活目标和生活方式"。[①] 伊丽莎白一世依然是一位封建君主，当然要维护封建制度，但是时代潮流逼迫着她思考变通与保持平衡，国王从来都是一个在政治舞台上走钢丝的表演者，一不小心就可能演砸。莎士比

① ［美］阿兰·布鲁姆、哈瑞·雅法：《莎士比亚的政治》，潘望译，江苏人民出版社2009年版，第8页。

亚笔下表现的是英国封建制度的确立，而他本人眼下正经历着资本主义生产关系的形成，英国再一次走在变革的边缘。现实中的"新与旧"的冲突被放大在戏剧舞台上，莎士比亚突破了史学家对事件和人物因其偶然性而形成的局限，以他艺术的、自由塑造的典型形象，再现着历史人物，也表达着对现实的思索。他试图在一个相对完整统一的国家基础上，将欧洲大陆的法国也联合在一起。统一与发展是戏剧中亨利五世的蓝图，这一蓝图又是与英国伊丽莎白一世时期即将开展的殖民扩张相似。而亨利五世的崛起，暗合着莎士比亚时代的英国。

20 世纪以来，莎士比亚历史剧的表演与改编，其中表达的秩序问题，也是英国在现实生活中迫切需要解决的问题。曾经辉煌的"日不落"帝国在 20 世纪走向衰落，无论是在欧洲、欧盟还是放眼世界，英国该怎样确立自己的地位，在政治舞台上建立秩序，莎士比亚历史剧得到国家政府的大力推广，发挥着从软实力的文化角度助力英国政治目标实现的积极作用。

三、政治与美德

所有秩序的建立与更改，其合法性都与法律和道德紧密相关，但是，对于政治中是否存在美德这一论题答案不一。"可以说人类的美德与罪恶最初是在政治术语里被定义的。市民社会及其法律界定了善恶，它的教育塑造着市民。政权的属性对其治下人民生活性质有着决定性影响，也正是政权鼓励或阻碍各种人的发展"。① 美德包含着人类的价值观念。在人类的历史发展中，某些品性从来都是被推崇的，比如荣誉、友谊、亲情、忠诚，这些内容从古至今，几乎是亘古不变的美德，但是一旦对于具体人物做出道德上的评判，就必须将他们放置在所生活的那个时代背景中去考证和评说，脱离现实而空谈美德，美德也只能成为海市蜃楼。在莎士比亚戏剧中，我们面对一个人物时，无论是理查二世还是亨利四世，无论是亨利五世还是理查三世，评判他们的好坏当然是从美德的角度出发的，但是又不得不

---

① ［美］阿兰·布鲁姆、哈瑞·雅法：《莎士比亚的政治》，潘望译，江苏人民出版社 2009 年版，第 8 页。

回到其历史背景中，与当时的政治联系在一起。

　　政治的改变导致美德标准的改变。在莎士比亚历史剧中的社会时代，政治的要求使人们做出认为是符合美德或者是不违背美德的选择，比如在政权斗争中站在哪个阵营中，比如战争的牺牲与杀戮……从现代人的美德观念出发，我们发现莎士比亚的历史剧中兰开斯特家族的所有人物形象的塑造过程中都面临相同的问题：如何统治、如何奖惩，结果导致了对高贵、美德及现实实效的评判。通常莎士比亚笔下的贵族很少有公正而言，而是被设定为是恶行的代表。当他们急切地希望把自己从那些腐朽的社会秩序中拨出来时，也恰恰证明了他们无法否认与之的那种关系，因为他们迅速地判断"罪行"的行为就是犯罪。勃林布洛克、毛勃雷、爱克斯登、霍茨波和福斯塔夫等被认定为"邪恶"仅仅是因为他们自然地展现出他们自身与物质世界的关系。在"亨利"四部曲中，"罪行"是十分充分和必要的，而人们所说的"公正"实际上是对于放纵的不道德的物质世界的一种反应与对抗。在戏剧中，公正与节制是直接地、紧密地联系在一起的，这与斯宾瑟在《仙后》中表达的思想是完全一致的。[①] 事实上，每个人都离不开政治，而且身在其中，能够为自己找到立足点的，恰恰是德行的评判，或者说，每个人都力图站在道德的至高点上，以美德装饰自己，为自己的政治行为找到合法性的依据。亨利五世驱逐了福斯塔夫，这本是他阶级立场决定的，但是在剧中，他却以悔过自新为由，进行了"华丽"的转身，向大法官等贵族示好，无情地赶走福斯塔夫，与平民划清界限。亨利五世举着"正义"之剑，冠冕堂皇地出卖了友谊和忠诚。

　　每一个人，无论他最终被看作是个大人物，还是落入尘埃一文不名，无论是成为哈尔王子还是福斯塔夫，他们都曾经在政治的沉浮中表现出自己的品行。"在政治生活中，不仅普通的品德被投射到更大的背景之上，全新的才能亦被搬上舞台。政治为所有人和所有人性提供自由发展的框架，

---

　　① Christine Hoffmann, "Biting More Than 'We' Can Chew: The Royal Appetite in Richard II and 1 and 2 Henry IV," *Papers on Language & Literature*, Vol. 45. Issue 4, Fall 2009, p. 360.

吸引着最有趣的激情和人物。因此，渴望完美描绘人类的剧作家往往选择政治英雄作为他的对象。他的艺术自由使他塑造的角色更有典型性，不必像史学家那样被人物但见的特点所束缚"。[①] 论及莎士比亚戏剧人物身上的美德，福斯塔夫的确不是一个圣徒，甚至可以说他是个反面例证。他这样一个浑身毛病不讲信誉的家伙，可谓与美德无关，但是他却得到观众的特别喜爱。这是因为观众富有同情心，或者是品味低下，抑或是到处都是不讲道德的人，导致社会风气败坏，道德品味低下？福斯塔夫爱吹牛撒谎，但同时又极为真诚真实。他戏谑地自称"约翰爵士"，可是把贵族荣誉当作废纸，"贪生怕死"却不停在各种战场上卖命打拼，年过半百却自称是"年轻人"……他是矛盾的，但是他又是真实的。他的"堕落"表达了对旧制度的反抗——一种下层人民别无他法的反抗方式，他真实地表现出他的不"名誉"、无美德，但是却以真实刺破那些所谓美德的虚假外衣，让人们重新思考何谓美德以及政治中美德的去处。每一位台下的观众都可以从福斯塔夫身上看到自己的影子或内心深处的真实想法，不由得对这一人物报以赞赏的笑声或宽容的同情。

"不理解道德现象的政治科学是粗鄙的，而不为正义之情所激发的艺术是琐屑的"。[②] 莎士比亚的戏剧展现了政治与德行的紧密联系，并试图在两者之间构建一条沟通之路。

四、历史潮流与自我意识

在整个历史的发展中，每一个体都是渺小的。一个人生前很难判断自身对于历史的价值，大多的个体是被历史的大潮裹挟着前行。莎士比亚笔下的国王既是历史的创造者，也是芸芸众生中的一分子。每个个体都曾经是鲜活的，他们在人世间的几十年间，曾经笑过、哭过、抗争过，他们个体的性格、诉求与国家的、民族的历史发展联系在一起，是他们改变了历

---

① ［美］阿兰·布鲁姆、哈瑞·雅法：《莎士比亚的政治》，潘望译，江苏人民出版社 2009 年版，第 8 页。

② ［美］阿兰·布鲁姆、哈瑞·雅法：《莎士比亚的政治》，潘望译，江苏人民出版社 2009 年版，第 10 页。

史，还是历史造就了他们？

对此问题的探讨，我们仅以莎士比亚历史剧中的两个人物为例：理查三世与亨利五世。同样是英国国王，一个被标榜为伟大的正人君子，一个被描写成邪恶小人，两人的形象与评价形成巨大的反差。但是这两个生活年代相近的封建君王真的是迥然不同的吗？

有人将 16 世纪的政治冒险精神称为"伊丽莎白时期的马基雅维利主义"（Elizabethan Machia-vellianism）。"在当时任何阴险的招数或'无神论'的政治权谋都被冠以'马基雅维利主义'"，[①] 舞台上那些无恶不作的坏蛋常常被冠以"马基雅维利主义者"，理查三世就是其中之一。这一结论也许是人们因为对"马基雅维利主义"的片面理解而形成的，并且在形成之后，又以理查三世的文学形象的传播而加深了这种片面性。

16 世纪形成的对马基雅维利主义的片面理解主要是受到让蒂耶的著作《反马基雅维利论》（*Discours con-tre Machiavel*）一书的深刻影响，在著作中作者认为《君主论》等作品宣扬君主运用谋臣，玩弄权术，在宗教上假装虔诚，欺骗百姓，实施精神统治，为达到目的可以运用任何手段，不需要顾及道德，只要假装有美德就可以，所以让蒂耶得出的结论是：马基雅维利思想就是渎神、欺骗、残酷、伪善和不择手段的代名词。[②] 但是实际马基雅维利的《君主论》所有主张的背景是在混乱的分裂的状态下，君主该如何进行政治统治。脱离这一背景，直接将其主张断章取义，必然是片面的理解，形成偏见。马基雅维利主张的"不以道德善恶来衡量君主的行为。他以现实的态度考察政治历史和现实，提出了能动的政体观和以能力为中心的君主德行观"。[③] 所谓能动的政体观，就是符合国情，因地制宜。马基雅维利认为不同国家应根据实际情况采取适合自己的政体，比如君主

---

①　Paul H. Kocher, Christopher Maalow: *A Study of his Thought，Learning，and Character*，The University of North Carolina Press，1946，p. 195.

②　常远佳：《16 世纪的马基雅维利主义与马基雅维利思想》，《求索》2014 年第 10 期，第 68 页。

③　常远佳：《16 世纪的马基雅维利主义与马基雅维利思想》，《求索》2014 年第 10 期，第 68 页。

制有利于建立国家政权，实现国家统一，而当国家稳定之后，共和制就比较适合。马基雅维利支持国家统一，他认为在一个分裂状态下的国家，非常需要一个强大有力的独揽大权的国王，这样才有可能实现统一。这种论证被后人片面定义为他主张"专制主义"。但是事实上，他在论述了君主专制之后，又明确指出，"大权独揽"只是政权初创时不得已的选择，并非一个国家的长治久安之计。政权建立之后，君主专制不但不值得推崇，而且是"恶劣"的。当国家统一稳定之后，共和制成为一种理想的政体选择，所以他在《君主论》中大谈君主专制，而在《论李维》中推崇共和，这两者并不矛盾，恰恰是他的"能动政体观"的充分表达：国体和政体应相互适应，政体应当依国家情况而适当变动。①

从"能动政体观"角度来审视莎士比亚历史剧中的国王，我们发现，理查三世是"马基雅维利主义"专制君主的代表，而亨利五世也是一个"马基雅维利主义者"。

理查三世正是处于一个内战爆发、国家分裂的乱世中。要想将个人理想在这种现实中实现，他接受了马基雅维利"君主论"的观点，欺上瞒下、假装虔诚、不择手段、不讲道德，全然是一个"马基雅维利主义者"。但是实际上，马基雅维利希望君主是强大有力的，而非残暴。理查三世的不择手段为所欲为确实有着马基雅维利论述的"实用主义、不择手段"，但是支撑他行动的是残暴而非强大，这使得他的成功中失去了前文所言的政治中的合理与美德，中国古语也说"得道多助，失道寡助"，因此理查三世虽然实现了国王梦，却最终被钉在耻辱柱上。马基雅维利在他的《论李维》中对此进行了很好的总结：专制统治会让执政者"失去了多少名声和荣耀，多少安宁与太平，多少内心的祥和，让他们承受多少骂名和责难，多少耻辱和危难"，② 理查三世就是例证。

同样作为封建君主，亨利五世的审时度势也是"马基雅维利式"的实

---

① 常远佳：《16 世纪的马基雅维利主义与马基雅维利思想》，《求索》2014 年第 10 期，第 69 页。

② ［意］马基雅维利：《论李维》，冯克利译，上海人民出版社 2012 年版，第 74 页。

用，同时又在"马基雅维利主义"外边包装上荣誉、责任、智慧等，使人们对他表示理解和接受。亨利五世深入民间，了解民情，与平民"打成一片"，同时又拉拢贵族，平衡各种关系，让不同阶层的人都发出自己的声音，这体现出"共和制"的特征。这一切为他统一国家，壮大势力，向外扩张创造了条件。亨利五世是马基雅维利"共和制"主张的成功例证。

在莎士比亚笔下其他人物的身上，也随处可以看到"马基雅维利主义"的影子，莎士比亚戏剧向我们印证了现实中无处不在的"马基雅维利主义"和它存在的合理性。

如果说亨利五世与理查三世行为都可以表现为"马基雅维利主义"，也就是说，这一主张主要是表达君主在政治上的管理手段，而忽略道义上的善恶，几乎所有的封建君主都不可避免地运用"马基雅维利主义"，只是有人作了艺术的处理，有人表现得赤裸裸。那么，抛却这一观念，就莎士比亚历史剧中的人物而言，无论是亨利五世、理查三世这样的君主、大人物，还是福斯塔夫这样沦落的下层平民、小人物，他们都强烈地表达出自我意识，一种在历史潮流中思考自身价值、思考何去何从的主观意愿。莎士比亚把理查三世塑造成一个残暴的昏君，但是从一个"人"的角度来看，他为他自己的每一次行动都找到了"合理"的动机。亨利五世即位后的华丽转身以及发动对法战争，也都在传达着一种历史进程中个人强烈的使命感。

莎士比亚进行写作的时期，文艺复兴运动已经在欧洲开展了 300 年之久，人文主义的观念已经深入人心，人的自我意识和自主精神都得到了认可和释放。作为一个个体的人，亨利五世与理查三世有追求自身幸福与价值实现的诉求，这种诉求恰恰是人文主义理念的体现，从这一意义上，两者模糊了好与坏的界限。但是，存在先于本质；个人价值的合理诉求，如果不通过被认可的"正当"的方式来实现，结果将大相径庭。亨利五世与理查三世都在通过个人才智极力超越时代的与个体的局限以达成"国王梦"，但是一个受旧秩序规则的恩惠，具备了"合法"的先天条件，一个恰恰受到这一规则的排斥，成为实现梦想之路上的巨大的绊脚石；一个一直把自己标榜成韬光养晦志在千里的鲲鹏，而随着他的表演，他就成为那个形象，一个认为世界不公，所以蔑视规则为所欲为，结果释放了人性的恶，成为了暴徒。所以，手段是种子，决定着最终生成的大树。

历史剧取材于真实的事实，展现的是人类社会生活的内容，政治无处不在，历史剧的政治意义也是其重要的内容，如果在剧中不能对人类政治生活进行反思，那么无论历史剧的内容与历史史实多么相近，也无法令人信服，因为人们观看历史剧的目的不是想回到过去，而是从对过去的反思中看到未来。在莎士比亚的历史剧中，他"力图表达一种睿智之见，关于解释什么是英国政体、这种政体如何得到承认、如何被之后世世代代的英国人尊崇。他是成功的，因为英国人正是依照他的描写去理解他们的历史以及历史的内涵"。①

---

① ［美］阿兰·布鲁姆、哈瑞·雅法：《莎士比亚的政治》，潘望译，江苏人民出版社 2009 年版，第 9 页。

第四章　莎士比亚历史剧中人物形象新解

在莎士比亚的 10 部英国历史剧中一共涉及 7 位英国国王：约翰王、理查二世、亨利四世、亨利五世、亨利六世、理查三世和亨利八世。作家以历史事件为轨迹，塑造了 7 位性格不同的国王形象。在莎剧流传的 400 多年中，历史剧轮番上演，连莎翁在世时只上演过一次的《亨利八世》也越来越多地出现在戏剧舞台上。到了 20 世纪，亨利五世和理查三世尤其瞩目，成为莎剧国王形象中无论是戏剧舞台还是电影银幕上最出镜的两位国王。

第一节　崛起的亨利五世

一、锋芒初见

单从剧本上来看莎士比亚的《亨利五世》，它并不是莎士比亚写得最为出彩的作品。它总体不长，与《亨利四世》戏剧明显的复调结构相比，《亨利五世》情节线索比较单一：以亨利五世与法国进行百年战争中的那场著名阿金库尔战役为中心，以亨利五世迫使法王签订《特鲁瓦条约》并娶法国公主为妻作为结束，线索清晰，情节完整，表达的思想也很明显、突出，即对英国国王的歌颂。但是就亨利五世这一人物的塑造，无疑是莎士比亚最花心思的一个形象。除去莎士比亚晚年写的亨利八世，亨利五世是莎士比亚第一时期历史剧创作中的最后写的一位国王。之前莎士比亚已经写了年幼即拥有王位的亨利六世和理查二世，也为约翰王进行了"正名"，还将理查三世"钉在了历史的耻辱柱上",这时,作家迫切地想为英国的观众提供一个本民族的"好国王"形象,他就是亨利五世。

亨利五世并非只出现在《亨利五世》一部戏剧中,实际上,莎士比亚是通过《亨利四世》(上、下)和《亨利五世》3 部戏剧作品,将这一人物形象全面地、立体地构筑起来的。《亨利四世》中的哈尔王子虽然与后来的亨利五世是同一个人,但是在莎士比亚的戏剧中却是两个反差很大的形象。早在《理查二世》一剧中哈尔王子还未在莎剧中出现之时,作家已经通过他父亲(亨利四世)的话语为他的开场打下伏笔,将一个放荡不羁的公子哥形象描述给观众:

> 波林勃洛克:谁也不知道我那放荡的儿子的下落吗?自从我上次看见他一面以后,到现在足足三个月了。他是我唯一的祸根。各位贤卿,我巴不得把他找到才好。到伦敦各家酒店里访问访问,因为人家说他每天都要带着一群胡作非为的下流朋友到那种地方去;他所交往的那些人,甚至于会在狭巷之中殴辱巡丁,劫掠路人,这荒唐而柔弱的孩子却不顾自己的身份,支持这群浪人的行动。(《理查二世》五幕三场)

之后出现在《亨利四世》中的哈尔以其行为印证了以上的一番话,他不顾贵族的体面,与下层的市井之徒混在一起,与贩夫走卒为伍,在民间低级的小酒店里消磨时光,是一个玩世不恭、骄纵堕落的王子,以至于亨利四世以他为耻,父子两人心生嫌隙。但是对于王位的继承人选,除了哈尔,亨利四世从没有想选他人。因为哈尔是名正言顺的王位继承者,他成为国王不会像亨利四世那样终身背负"篡位者"的恶名。当然哈尔对王位也有着强烈的欲望,在亨利四世病卧床榻,昏昏而睡之时,他迫不及待地拿起床头的王冠,戴在自己的头上,欣赏把玩,好不欣喜,充分暴露了他的野心。正是双方各自的考量,放荡的王子一听到北方贵族反叛,立刻回到宫中,听取父亲的训话,表示自己的忏悔,同时表达自己与父亲一同亲征的决心。而亨利四世甚感欣慰,欣然应允——这种剧情的迅速看似突兀,实则顺理成章。

戏剧中这些情节与史实记载相似但不相同，的确，史书中反映了亨利四世与当时的哈尔王子（也是威尔士亲王）并不和睦，两人之间的冲突主要是源自政体和宗教原因，父子两人支持不同的政体和宗教的派别——威尔士亲王支持勃艮第而亨利四世支持阿玛尼亚克派，威尔士亲王支持罗拉德派而亨利四世支持天主教教会，因此两人一度关系紧张，1411年亲王还被逐出咨议会。但是哈尔王子也有自己的忠实的支持者，并且在他即位之后，马上重整秩序，与他父亲的支持者达成妥协，并改为支持天主教。总之一系列的举动理顺了宫廷纷争，为他之后的对法作战提供了良好条件。

戏剧剧情虽然与史实不完全相符，但是哈尔王子形象的塑造却是十分成功的。哈尔王子"洗心革面"，痛改前非，回到宫廷中的正事上来，并发挥出色的政治才能，随父出征。在战场上与霍茨波正面交锋，杀死了强大的对手，证明了自己的勇气和实力，一举得到了梦寐以求的王冠。《亨利四世》中哈尔王子的经历为他未来的宏伟大愿打下基础，为莎士比亚的《亨利五世》剧本中的人物塑造创造了条件。

二、大业未尽

《亨利四世》的情节是在宫廷与市井两个环境中展开，将贵族政治斗争与市民现实生活交织在一起。哈尔王子穿梭在两个典型环境中，无论是在哪个环境中，都展现出他的与众不同。在市井中，他活泼放纵，与福斯坦夫一伙打成一片，没有王子的架子和贵族的骄奢之气，甚至为这些下层朋友与大法官这些贵族翻脸，以至于在他成为国王后，大法官感觉自己地位不保，而福斯塔夫则听闻消息后，兴高采烈，以为自己的好日子到来了。当然，情形并非如此。一旦哈尔王子成为亨利五世，他作为封建国王的身份和欲求，使这位放荡不羁的公子哥，一下子"严肃认真"起来，他安抚了大法官，无情地驱逐了福斯塔夫，鲜明地表明他与贵族站在一起的态度，这种作法使他迅速地赢得了贵族们的信任，开启了他的国王执政之路。

亨利五世拨云见日，立刻进入国王角色。在《亨利五世》开篇，亨利王便找到对法作战的"理由"，酝酿已久的战事终于打响。为了突出国王的伟大，戏剧中以阿金库尔战役为中心，在英国的这场以少胜多（法军大约是英军人数的 3 倍）的战役中，亨利五世的光辉形象再次树立。他深入普通士兵之间，体察军心与军情，鼓舞士气，战斗中以身作则，亲临战场，勇猛无比。最终扭转了长期以来英国处于下风的态势，迫使法王放下高傲的身段，与英国和谈，并以英法联姻来结束这段战争。莎士比亚将历史上的这段历时大约 4 年的战斗岁月浓缩为一部 5 幕戏剧，让英国观众看得兴致盎然，热血沸腾。一位正统的、年轻有为充满活力的、受到广泛支持同时又爱民亲民的伟大的英国国君终于诞生了。

最终的亨利五世满足了观众的心理诉求，也许是满足了莎士比亚的内心愿望，有这样一个好国王的收官，莎士比亚可以心安理得地结束对英国历史的描写，转而在悲剧的领域里驰骋。平心而论，《亨利五世》写得也是中规中矩，在莎士比亚的历史剧队伍中说得过去，但是成为亨利五世的哈尔失去了原来那种复杂变化、风趣幽默的性格，戏剧情节中少了许多充满生气的人情世故，变成一种"英国必胜"的图解。

虽然《亨利五世》中的国王已经失去了《亨利四世》中王子的风采，变成了与其父辈性质相同的封建君主，但是他是莎士比亚写了正统但无力治国的亨利六世、理查二世，写了强悍但不"正宗"的约翰王之后，终于完成的一个"理想"国王：出身正统，继位合法，同时又是出色的政治家和军事家，他创造了英国历史上的辉煌，岛内政局平衡，向外占据着半个法国。这样一个国王，无论对于英国观众还是莎士比亚本人，总算可以有个交待。可是遗憾的是他英年早逝，将他的宏图伟愿都留给了刚刚出生几个月的儿子，这对于亨利六世来说真是个沉重的负担。而莎士比亚的成名作就是《亨利六世》，莎士比亚历史剧的写作如同划了一个圆圈，《亨利五世》看似是一个结尾，但是又与开始有着内在的连接，在历史的循环往复中，我们又思考到了什么呢？

三、国家代言人

莎士比亚一生经历了伊丽莎白一世和詹姆士一世。伊丽莎白一世女王在位 45 年，她以开阔的心胸和出色的政治手段，消弭了国内的新教与天主教的紧张对峙，维护了国家的统一状态，英国专制王权和民族国家得到巩固，这些为英国工业革命开展打下了良好的基础，资本原始积累迅速发展，同时伊丽莎白积极支持和资助航海事业，初步夺取了西班牙的海上霸权，促进英国的海上扩张与海外殖民活动，使英国逐渐成为欧洲最强大的国家。这让英国人欣喜，但莎士比亚居安思危，看到了其中的隐患：女王死后英国这一大摊家业谁来守护呢？这也是当时的英国人最为关心的政治内容——王位的继承。年迈的伊丽莎白女王被称作为"童贞女王"，她没有结婚，自然没有合法的直系继承人，那么百年之后英国该由谁来当国王？英国又会经历怎样的变动呢？这无疑与所有英国人的生活和命运都直接相关。

　　莎士比亚创造了亨利五世这样一个理想的国王，并非是抱残守缺，执念于王位继承者的正统和血缘，而是希望在王位传承过程中平稳过渡，不要因此给英国造成动荡不安，让人民的生活坠入水深火热，这也是人民大众的心声，毕竟谁当国王，老百姓只图过个安稳的日子。同时莎士比亚也敏锐地意识到，在哈尔王子与福斯塔夫的关系上，人们主观上多么希望两人能够有一个友好的结果，但是戏剧中的情景却是实情——莎士比亚非常清醒地看到两人之间存在的贵族与平民不可调和的阶级矛盾。封建制度要维持国王贵族阶层的利益，它以世袭方式存在和以国家权力加以维护。贵族之间的矛盾无非是利益分配不均而致，但是贵族与平民之间的矛盾是无法调和的。亨利五世可以很容易与有嫌隙的大法官和解，却必须驱逐对他忠心的福斯塔夫，这种戏剧情节的处理，表现出莎士比亚对现实的清醒认知。但是在现实中，破落的福斯塔夫表达的是正在形成的资产阶级群体的观念：清醒务实，寡廉鲜耻，他们重视金钱而视"荣誉"为粪土，做事不择手段，唯利是图。当亨利五世出征法国，去实现他的宏图伟业时，剧中的福斯塔夫默默地悲死在小酒店里。但是正如电影《亨利五世》（1944）福斯塔夫临终前说的："你（亨利五世）不是国王，我才是国王。我向过去的我告别，我有同伴。"是的，随着英国工业革命的开展，到处都是"福斯塔夫"，他们奋斗着、挣扎着，为生存也为发财不惜代价、铤而走险。怎样解决现实中国王（英国的政体）与福斯塔夫们的关系和矛盾呢？莎士比亚看到了这个无法回避的问题，但是他的剧中没有答案。也许90年后的"光荣革命"（1688 年）是对莎士比亚这一问题的一个回答吧。

如果说莎士比亚关注的是现实矛盾，呼唤明君，希望政治太平，矛盾调和，那么 20 世纪的欧洲真的让莎翁大失所望了。在各种经济利益体之间矛盾长期积累的情况下，战争的爆发在所难免，但是范围之大持续之久，也大大出乎许多政治人士的意料。在欧洲一些精英人士的眼中，他们的文明源远流长，科技全球领先，未曾料到爆发涉及全球的大范围战争将欧洲文明血洗一空。无论是几千年的物质文明，还是理性精神的传统，都在两次世界大战中遭受重创，20 世纪后半叶的欧洲就如同动了两次大手术的重病号，元气大伤，愁云惨布。在这种背景下，《亨利五世》却再次大放异彩，被赋予了新的时代内涵。

历史不能重来，但是有时却出现惊人的相似。当年的亨利五世就是于 1415 年 8 月率领 1 万多名弓箭手和士兵从南安普顿出发在诺曼底登陆，而在"二战"期间，又上演了惊心动魄的一幕：1944 年 6 月 6 日早 6 时 30 分，以英美两国军队为主力的不足 20 万人的盟军先头部队，从英国跨越英吉利海峡，抢滩登陆诺曼底，攻下了犹他、奥马哈、金滩、朱诺和剑滩 5 处海滩；随后，288 万盟国大军如潮水般涌入法国，势如破竹，成功开辟了欧洲大陆的第二战场。诺曼底战役之后，迫使德军两面受敌进行军事战斗，这改变了战争双方的局势，加速了"二战"欧洲战场的结束。当然，整个战场如同最大的人类屠宰场，惨烈程度触目惊心。

英国在大战中付出极大的代价，但是英国笑到了最后，英美盟军最终取得胜利。战后英国千疮百孔，又一次面临重整河山立新图强的大任。每当民族的危难当头，往往是民族情感凝聚力最强的时刻，当年莎士比亚的历史剧突围成名，也因英国海军打败西班牙无敌舰队，爱国主义情绪高涨，全国上下对英国民族史的了解愿望也空前高涨了起来，借此东风，莎士比亚一口气写了 9 部历史剧。300 多年后，类似的情景再现，也再次摆在政治家的面前，《亨利五世》适时地走入新时期人们的视野。

20 世纪莎士比亚戏剧的表演最值得一书的，自然是莎士比亚皇家剧团的演出，其中出现不少著名的莎剧演员，最为知名的则是劳伦斯·奥利弗。奥利弗不仅是最出色的莎剧戏剧演员，同时也是极其出色的电影演员，他在莎剧电影改编上也是极其成功的。20 世纪上半叶，他亲自导演并主演的三部重要的莎士比亚戏剧电影《亨利五世》（1944）、《哈姆雷特》（1948）和《理查三世》（1955）都成为莎剧电影的经典之作；1965 年，他在电影《奥塞罗》中任主演，1982 年，又导演和主演了《李尔王》。当然人们还通过《蝴蝶梦》《游龙戏凤》《呼啸山庄》《傲慢与偏见》等电影记住了奥利弗。

《亨利五世》于 1944 年 11 月 22 日在英国上映，它的拍摄时期正值二战两阵营军事行动处于白热化胶着态势，"诺曼底登陆"是一个爆发，也是一个转折。当时奥利弗也在军中服役，这部电影的拍摄显然具有极为鲜明的现实意义。

"二战"期间能导会演的英国人劳伦斯·奥利弗降临舞台，这个大不列颠伊丽莎白时代诗人的银幕捍卫者到来。从他的《亨利五世》开始，现代莎士比亚电影才真正开始。奥利弗的电影《亨利五世》可谓颇具匠心，一改早期莎剧电影机械拍摄舞台表现的拙劣手法，既将莎士比亚时代剧场演出的情景复原再现，又很好地运用了电影蒙太奇手法，将场景的虚实与时代的远近处理得恰到好处。

电影一开始，一张飞舞的海报从天而降，上面清晰地写着莎剧演出的信息：莎士比亚所著《亨利五世编年史》法国阿金库尔战场。这张海报将观众带回到 1600 年的英国——伦敦泰晤士河两岸，商贸发达，剧院林立，莎士比亚剧团的环球剧院也在其中。随着开场号的奏鸣，致辞人出现了，他抑扬顿挫地宣称：我们能重现法国阿金库尔战场的惨烈吗？是的，只要你们有足够的想象力，在这个狭小的房间，便可容纳两国伟大国王的仇恨与千军万马的厮杀。于是，在银幕上，小舞台上的大事件映入观众的眼帘。

电影《亨利五世》中再现了莎士比亚时代戏剧演出的场景，台上演员激昂地说着台词，台下观众阵阵掌声，但是每句台词都敲打着此时正在观看的 20 世纪的观众心：致辞人宣告所有英国年轻人卖田卖马，心中充满荣誉感，追随如同战神的伟大的国王，走向战场，"以火、以剑、以血赢得你的权力"。

而当戏剧的前两幕结束后，国王从伦敦出发，经南开普顿率军队开进法国，这时镜头出现的仿佛是剧院观众头脑中所想象的情景，镜头将人们带向室外，海上惊涛骇浪，战场士兵鼎沸，忙碌地备战。身披戎装的亨利五世出现在士兵中间，他骑在战马上在士兵中慷慨激昂地发表了战前宣讲，激励所有英国士兵为荣誉而战，为国家而战；深夜他又微服私访，深入英军驻扎的阵营中，与普通士兵促膝交谈，表达身为一个血肉之躯的国王，他与常人一样对即将到来的剧烈战争有着恐惧，同时还要承担比凡人更多的责任，甚至牺牲正常人的睡眠与伦理之乐。面对即将打响的这场战役，亨利五世作了深刻的思考，这时的亨利五世似乎"哈姆雷特"附体。终于阿金库尔战役拉开了大幕，天空蔚蓝而道路泥泞，双方旌旗招展，士兵缓缓前行。随着音乐的节奏加快，一方战马狂奔，一方万箭齐发，进而肉搏混战。亨利五世直接与对方主将面对面交战，将对方挑于马下，英军士气大振，将胜利的旗帜插在了阿金库尔的土地上。英军唱起圣歌，凯旋而归。战役结束，镜头从荒郊野地拉回到室内，人物又回到戏剧舞台上表演。最终致辞人将戏剧舞台的幕布拉起，海报再次飞动，职员表出现在海报上。

奥利弗的电影《亨利五世》不仅构思精巧、制作上乘，更为重要的是主题清晰，国王的形象鲜明：审时度势、机智幽默、勇猛无比。奥利弗抛弃了莎士比亚的谨慎态度，亲自审查并把关，修改了所有不利于表现英明君主的情节，在影片中对亨利五世毫不吝惜溢美之词，将亨利五世打造成绝对的"英格兰之星"。1944 年 6 月，盟军进行了诺曼底登陆；1944 年 11 月，这部影片上映，并创下了在伦敦连续放映 11 个月的记录，两者之间的紧密联系不言而喻。电影《亨利五世》（1944）不仅极大鼓舞了士气，也明确传达了"英国国王等于英国"的信息。当然，奥利弗在电影中通过莎士比亚的台词也对现实进行了反思：

　　　　要国王负责！那不妨把我们的生命、灵魂，把我们的债务、我们操心的妻子、我们的孩子以及我们的罪恶，全都放在国王的头上吧！他得一股脑儿担当下来。随着"伟大"而来的，是多么难堪的地位啊；听凭每个傻瓜来认识他——他们想到、感觉到的，只是仆人的苦楚！而人君所享有的，有什么是平民非此即彼所享受不到的——只除了排

场……①（《亨利五世》第四幕，第一场）

　　20世纪下半叶，英国又诞生了一位著名的莎剧演员——肯尼思·布拉纳。布拉纳同样导演拍摄了电影《亨利五世》，同样亲自主演亨利五世，这部影片于1989年11月8日在美国上映。当时的布拉纳29岁，这一举动展现了他的才华和自信，当然如何超越前辈（奥利弗）也是他必然面临的巨大挑战。

　　布拉纳也是一位出色的戏剧演员并酷爱莎剧，平时的舞台演出已经得到观众的认可。与奥利弗相比，布拉纳的年轻是显而易见的。他本人的真实年龄大概与莎士比亚戏剧中的亨利五世相仿，与奥利弗相比，他的面容让人有一种稚嫩的感觉，以至于观众总是为他的表演捏着一把汗。但是布拉纳本人却在影片中张弛有度，牢牢控制着表演的主动权，他表情坚定，莎剧中的台词在他口中汩汩流出。与奥利弗的《亨利五世》相比，这部"新作"更符合电影的叙事，它刻意摒弃那些戏剧舞台表演的痕迹，只留下致辞人（开头和结尾时出现）的身影，压缩了莎士比亚戏剧中那些平民及下层士兵的戏份，电影情节中心始终围绕着亨利五世的言行展开，这种处理使得整部作品情节紧凑，主次分明，中心突出，树立了一位年轻但颇有城府的国王形象。不管人们对布拉纳是否超越奥利弗如何评价，从效果上而言，他的亨利五世确实在"国家代言人"的方面加上了一枚砝码。

　　2012年夏季奥运会在伦敦举办，借此东风，英国树立大不列颠王国的国家形象，大力宣扬英国国家文化，莎士比亚首当其冲。与往年相比，春天里（4月23日）莎士比亚家乡斯特拉福德小镇上的一年一度的莎士比亚戏剧节自然是盛况空前——它同时迎来了来自世界各地的不同民族、不同语言、不同剧种的38个莎士比亚戏剧演出。而在这一年的夏天，在奥运会举办期间，英国BBC连续播放了莎士比亚的"亨利剧"四部曲，全称《空王冠》（*The Hollow Crown*），又名《虚妄之冠》《空心王冠》，该剧由鲁伯

---

　　① 《莎士比亚戏剧全集》（第5卷），朱生豪等译，人民出版社1978年版，第317页。

特·古尔德执导，将莎剧《理查二世》《亨利四世》（第一部）《亨利四世》（第二部）和《亨利五世》这四部作品以电视电影的形式再次呈现。"空王冠"寓意着理查二世、亨利四世与亨利五世三代君王的生与死，构成一个循环，仿佛王冠中的空洞，让人感叹。在开拍之初，导演就声明电影要体现莎剧的原汁原味，情节以莎剧为主，演员的对话也是莎剧的台词。这 4部电影似乎是在表明英国为世界人民奉献的精神盛宴上再加一道主菜。

从电影的角度评判，很难说"空王冠"是部杰出的作品。导演从尊重原作角度出发，让演员说的是 400 年前的中古英语，这在观众观看时造成一定的接受困难。电影情节也受到戏剧的节奏的影响，画面上经常出现莎剧台词的画外音或字幕，有种画蛇添足的感觉。在第一部中主演理查二世的是本·卫肖（Ben Whishaw），他本人喜爱莎士比亚戏剧，之前在舞台上饰演的哈姆雷特也得到观众的认可，所以对于本·卫肖来说，说大段的莎剧台词并不困难。在后来的采访中，本·卫肖表示，"身临其境，说出那些关于君权神授的台词，一切都自然而然地流露，我根本不需要去表演什么"。① 这当然表现出他出色的台词功底，但是却极大破坏了电影的表演风格，使本·卫肖看起来大部分时间在自言自语，自说自话地从口中流出莎士比亚的戏剧台词，这些语言与情节发展有种"脱节"的感觉。另外，莎士比亚在写这些戏剧时，它们都是单独上演的，每部的独立性是必然呈现，但是到了电影中，从连续剧的欣赏习惯上看，这部作品与其他 3 部太不"连续"了——除了时间上的接续，其他没有什么必然关联了。

其他 3 部作品还比较连贯，从亨利四世的政治统治到父子关系，到亨利五世的独立与掌握大权，又到他远征法兰西，获得巨大的成功，在走向人生辉煌之时，死神突然降临，一切戛然而止。所有得到与失去都在最后归于零，与"空王冠"寓意相符。

虽然本次莎剧的影视改编制作方大力强调忠实原作，但是显然人们关心的重心已不在于此。对于更多观众，这部"空王冠"最吸引他们的是剧中的强大的演员阵容：本·卫肖饰演理查二世，杰瑞米·艾恩斯（网友称

---

① 参见 http：//chuansong. me/n/663033351533。

铁叔）饰演亨利四世，由汤姆·希德勒斯顿（网友称抖森）饰演亨利五世。他们是影帝、老戏骨和当红影星，具有强大的票房号召力。演员的表演也颇具实力。还有一些精彩片断也给观众留下深刻的印象，如亨利四世病入膏肓，昏睡之际，哈尔王子迫不及待地将王冠戴在头上，结果亨利四世醒来发现王冠"被窃"，父子两人展开对话。在电影中，这一段被两位演员演绎得十分出色，它生动揭示出既是冲突又是交融的本质：在哈尔这边，作为儿子他希望父亲病情好转，但是对于王冠的强烈欲望，又暴露出他内心深处隐含着的希望父亲死去、自己即位的愿望；在亨利四世这里，面对死神的到来，他对儿子的控制与指责都是虚弱无力，他再也没有时间和能力来掌控权力，弥留之际，对于生命的留恋与亲情的不舍代替了对于王冠的痴迷。这是莎士比亚戏剧中非常精彩的一幕，也是这部影视作品的"点睛"之处——亨利四世对"王冠"代表的权力毕生追寻，付出极大的代价，但是当生命结束时，又能带走什么？而哈尔王子此时依旧受到"王冠"的诱惑，还未感受到父亲临终前的那种虚妄与不舍。时代的变迁、新旧的交替，王冠从一个人头上转到另外一个人头上。人在熙熙攘攘的尘世奋斗，命运起起伏伏，真的是人们可以自我掌控的吗？

2012年的"空王冠"大牌云集，演员表演也可圈可点，但是整个剧情并没有什么新意，对于原作的"忠实"，并未给电影增添光彩，对于英国这段历史和亨利五世这一国王的诠释也缺少新意。而剧中人物的服饰更让人忍不住"吐槽"，理查二世中人们都穿着中世纪的长衫，亨利四世的服装也算与时代相符，但是哈尔王子出现时，穿着做工精良的皮夹克，与其他人的服装十分不搭，让人感觉与所谓的"忠实原作"相去甚远。但是，这又恰恰说明，在20世纪消费文化主导的时代，众多打着文化传承的经典改编，无非都是吸引观众的"幌子"。从消费文化的角度来看，"空王冠"（第一部）有收视率，受到了好评，因此制作方乘胜追击，又紧锣密鼓地拍摄第二部"玫瑰战争"。

不管怎样评判这些作品，从"空王冠"上映的时机来看，对"英国强大、英国必胜"的宣扬是不言而喻的，亨利五世又一次发挥了"国家代言人"的作用。"传统历史学家记载的历史往往是一种'必胜主义者'的历史

(triumphalist hisotry)，传统的'大叙事'（grand narrative）往往聚焦于男性精英的成就"。① "亨利五世"的这组四部曲是属于传统的"大叙事"风格的历史剧，它代表着不列颠在动荡中逐步形成民族国家的历程，是英国在世界崛起的象征。纵观历史发展，英国从偏远弱小的岛国走向欧洲的中心，历经风雨，从莎士比亚时代的工业革命经济发展开始，英国逐渐在世界政治舞台上具有了发言权。20 世纪末欧盟成立，英国是其重要成员并具备主导地位，而在 2016 年英国又通过全民投票的方式果断地"脱欧"，这一年恰逢莎士比亚去世 400 周年，几乎在全世界各个角落都掀起了莎士比亚戏剧演出的狂潮。无论是剧团的世界巡演，还是电影上映，抑或是将戏剧舞台演出录制成视频资料的四处放映，莎士比亚戏剧如同海啸一般席卷而来，这其中总有英国人的"亨利五世"的身影出现，亨利五世继续代表着英国，传达着"英国强大必胜"的信念，呼应着当代英国政治及社会的变革。

第二节　行走世界的理查三世

20 世纪以来，从各国重要剧团的莎士比亚历史剧的演出情况来看，除了《亨利五世》还有一部作品也吸引了不同国家、不同民族的当代戏剧表演者的关注，它就是《理查三世》。

在莎士比亚 10 部历史剧中，《理查三世》与《亨利六世》（上、中、下）构成莎剧的另一个四部曲。如果说亨利五世是通过《亨利四世》（上、下）和《亨利五世》3 部作品逐渐树立起的英明君主形象，那么理查三世这个集阴谋与罪恶于一身的"坏国王"则是通过一部作品就完全地在舞台上站住了脚跟。莎士比亚在《理查三世》中对这一国王的塑造，几乎影响到他的历史定位，可见这部作品的深远影响。

在 20 世纪的戏剧舞台和电影改编方面，理查三世受到关注的程度决不

---

① Peter Barry, *Beginning theory：an introduction to literary and cultural theory*, Manchester University Press，1995.

亚于亨利五世。英国本土与国外其他国家和民族的众多优秀的演员，都对这一凶狠歹毒的国王颇感兴趣，以多种方式重新演绎了理查三世。如果说亨利五世睿智、理性，是一位青年才俊，一位民族英雄，成为中世纪英国强大的象征，因而受到莎士比亚的青睐，被渐渐演绎为 20 世纪英国的"国家代言人"，如此他受到重视和大力推崇，也是十分自然的事情了。而理查三世在莎士比亚笔下则是一个受抨击的对象，被塑造成又跛又驼、极其丑陋、被称作是毒蟾的一位国王，对于这个相貌丑陋充满恶行的理查三世，为何在 20 世纪吸引了全世界关注的目光，成为众多艺术家争先尝试的角色，这种情况倒十分令人玩味。

理查三世在莎士比亚戏剧中一出现，作家几乎就给他作了定性：外表丑陋，内心毒辣。理查三世最早出现在莎剧时还是葛罗斯特公爵（《亨利六世》（下），第三幕，第二场），而当他在《理查三世》中亮相时，通过一大段独白，暴露了他内心的真实想法和他的本性：

> 葛罗斯特：……我在我妈的胎里就和爱情绝了缘；她不善于调护胎儿，使我脆弱的躯体受到损害，我的一只胳膊萎缩得像根枯枝，我的脊背高高隆起，那种畸形弄得我全身都不舒展……我像一只不受疼爱的熊崽子，因为它跟它母亲毫无相似的地方……我在这世界上找不到欢乐，而我又想凌驾于容貌胜似我的人们之上，我就不能不把幸福寄托在我所梦想的王冠上面。（《亨利六世》下篇，三幕二场）

由于身体残疾而内心极度自卑，不受父母疼爱，也得不到女性的青睐，所以他只好把幸福"寄托在梦想的王冠上面"。理查三世思路敏锐、判断准确、果敢坚决，交战中凶残暴虐，毫不顾及亲情，为了实现"王冠"梦，他亲手杀死了亨利六世及其子爱德华王子，这些人其实都是与他有血缘关系的亲戚。即使是自己的亲兄弟，只要阻碍他通向王位的道路，他都会毫不犹豫、不择手段地加以清除。

> 葛罗斯特：……但愿他（他的长兄爱德华四世——作者注）荒淫

无度，连骨髓都耗光，使他生不出子女，以免阻碍我达到我所渴望的黄金岁月！可是纵然纵欲的爱德华绝了后嗣，在轮到我继承王位以前，还有克莱伦斯，亨利、亨利儿子小爱德华，以及他们可能生出来的子子孙孙，一个个都在候补着国王的位子，他们都是我达到我朝思暮想王位的障碍，想到这些就好似在我心里浇了一桶冷水！……我对于遥远的王冠抱着热望，我也痛恨我面前的重重障碍，立志要将这些障碍扫除，即使不能办到，我也要这样设想来聊以自慰。如果我的手腕不够灵活，我的实力不够坚强，那就使我犀利的目光和自负的雄心都落空吧……（《亨利六世》下篇，三幕二场）

理查三世的"王冠梦"极为坎坷，在这个过程中，莎士比亚不断深化了理查三世确定的性格：寡廉鲜耻，野蛮凶狠。为了在血统上更为接近王位的继承资格，他强娶侄媳妇安——亨利六世的儿媳妇，在安夫人没有利用价值后又将她害死清除，然后故伎重演，打算娶哥哥爱德华四世的女儿伊丽莎白（后来成为亨利七世王后），以加强自己的王权正统性。他通过离间计，让兄长爱德华四世和三哥克莱伦斯之间产生误会，借刀杀人，置三哥于死地，率先铲除了王位道路上的一块绊脚石；在长兄爱德华四世死后，又把两个侄子——王位的合法继承者关进伦敦塔中，让他们不知所踪；接着又迅速无情地清君侧，除掉反对自己的贵族海司丁斯和勃金汉等人……一切都在他深思熟虑的掌控中按他的设计进行，最后到了登临国王宝座的时刻，他还亲自导演了一场"众望所归"、无法推脱不得不当这个国王的剧情，终于将他的"王冠"梦变成现实。

费尽心机不择手段得来的王冠又为理查三世带来了什么？成功、喜悦、满足或者是补偿？在剧中，理查三世夺得王冠之后，国家的整个形势发生了变化，各种反对的力量不断积聚，已经成为国王的理查三世暴露在众目睽睽之下，成了众矢之的，他的勇敢无畏渐渐为焦虑所替代。他常常因为梦见被暗杀而惊醒，最终自食恶果——之前使用的阴谋诡计如今要他自己来面对。当里士满的都铎集结队伍对他发起进攻时，理查三世的精神世界迅速瓦解、崩溃。他失去了理性，乱了阵脚，在与里士满的交锋中，全然没有以前的勇敢和凶狠，只剩下强弩之末的负隅顽抗。"一匹马！一匹马！我的王位换一匹马！"这是这个蔑视和挑战一切道德规范、彻底的马基雅维利主义者留在舞台上的最后一句话。

相比亨利五世，理查三世可谓是非主流国王：一个既无英俊的外貌又无合法、合理的继承权，但他凭着明确的目标、果敢的行动、不顾一切、不择手段的大胆行径，实现了"国王梦"。对于这样一个被塑造成"坏蛋"的国王，后人无论是在戏剧中还是在影视改编作品里，大多都表现了理查三世的这种性格。但是人们也会思考，这个形象中包含着多少被遮蔽的内容？除了这样看待历史上这个英国国王，还有什么可能被重新阐释的东西？正是这种再创造、再阐释的可能性，吸引着当代不同国家的导演，去尝试重新演绎一个理查三世，于是我们看到了越来越多不同的"理查三世"。

一、王子与恶魔

莎剧王子劳伦斯·奥利弗，他在舞台和银幕上演绎的哈姆雷特令人难忘，但同时，他对理查三世也思量揣摩，将理查三世阴险毒辣演绎得入木三分，很多观众对这一舞台形象与奥利弗出演的亨利五世、哈姆雷特是同一人出演的情景感到难以置信，这也表明奥利弗本身的表演十分出色。

据说在电影拍摄时奥利弗恰好伤了脚，也算是"因祸得福"吧，电影中理查三世走路一瘸一拐，表演真实自然。奥利弗本身面容俊朗，在舞台上、银幕上已经塑造了哈姆雷特、德文特（《蝴蝶梦》）、纳尔逊勋爵（《汉密尔顿夫人》）等众多的王子、绅士，当然，也在电影《呼啸山庄》中扮演希斯克里夫这样一个"爱情情圣＋复仇魔鬼"角色。在《理查三世》这部影片中，奥得弗特意扮丑：妆容难看，身形怪异，声音也发生了改变。他的表演让观众在王子与恶魔之间纠结不堪：明明是理查三世，人们总能看到哈姆雷特的深思与亨利五世的霸气。奥利弗也尽力去挖掘人物的内心世界，最常用手段就是大段的内心独白，这当然是奥利弗的拿手好戏，也是他作品的特点，但是这一特点也使得电影的戏剧舞台化痕迹明显，电影情节缓慢，并不符合电影的观赏节奏。总体来看奥利弗力图忠实原作去塑造理查三世，将理查三世的城府、阴险、偏执、邪恶融汇在表演之中。电影取得了成功，上映后获得多项奖项的提名。

二、远古与现代

人类写史，是要以史为鉴，观照当下生活；人们演绎历史剧，也包含着这一目的。历史上人们自相残杀，对此又深深反思，但是战争却没有从人类的字典上清除。不同的时代，重复的场景，总让人有前世今生、穿越往返之感。前文提到，奥利弗的电影《亨利五世》具有战争宣传片的意味，它鼓舞了英国及盟友部队的士气，在"二战"中起到了军事动员的作用。相比《亨利五世》的含蓄，1995 年由理查德·隆克瑞恩执导的《理查三世》直接将莎剧与现实对接——在导演看来，德国希特勒就是理查三世的今世重现。

影片《理查三世》（1995）将故事发生的时间由原作中的中世纪时期直接转换到 1930 年，此时的欧洲正处在战争的泥沼之路，世界因此而分裂为不同的阵营和势力范围，众多生灵被裹挟着，在生死存亡的边缘挣扎与思考。电影中战场上坦克与大炮代替了古代的长矛与盾牌，人们身着现代服装，理查三世穿着希特勒的军服，胸前挂满勋章，但是口中说出的却是莎剧原作的台词。莎剧的每一句台词直指现代人的内心，与作品的现代特色毫不违和，这种嫁接巧妙地将现代战争的激情与血腥与古代战争的残忍疯狂的同质性表现得淋漓尽致。

影片中扮演理查三世的是演员伊安·麦克莱恩，他巧妙地将故事中的狡诈、阴谋、残暴与当代法西斯象征主义结合在一起。伊安·麦克莱恩出演的理查三世，为了王位，他谋杀、骗婚、歼灭亲族，无所不用其极，这样强烈的欲望，驱使他永无止尽地毁掉周遭的人。而现实中的残酷并不亚于戏剧，人类为贪婪、权欲继续付出巨大的代价，卷入战争的欧洲满目疮痍，世界是被"理查三世"毁灭了吗？它血淋淋地剖开了人的灵魂，让丑恶赤裸裸地曝光于天下，令人怵目惊心的同时，我们自问，是什么让历史重演？

三、心如毒蝎，何必貌丑

莎士比亚剧中对理查三世的描写对后世舞台上的理查三世形象产生了

极其深远的影响，演员通常都以身体畸形表明这是"理查三世"。德国柏林邵宾纳剧院的拉斯·艾丁格干脆把理查三世直接扮成小丑：黑色的皮带头套、象牙色的颈托，女人一样的束胸，一只脚上有破不溜丢的大靴子，一只手上则勒着白色的细胶带，脸部图白，牙齿上黏着金属矫正器，而手指甲上涂着黑色的指甲油。他在舞台上上蹿下跳，极尽丑态。"这应该是莎士比亚自 1591 年创作《理查三世》以来，舞台上和电影中最另类、也是最疯狂的一版理查三世。他走路夹着大腿，驼着背，但他非常灵活，笑容有些无耻，他像问号一样前进，上下求索。他浑身从头到脚武装到牙齿，都在告诉我们他的残疾和与众不同"。①

当然演员是想用这种极为夸张的外在形象，传达这一人物形象内心的畸形和丑恶。但是从常识来看，身为一个贵族和国王，尽管他身体可能残缺不足，但穿着一定是体面的，他可能是个坏蛋，但他不是精神病人。在我看来，这样刻意扮丑在突出戏剧人物性格的同时，也会让观众产生一丝隐含的同情。

雨果说："丑就在美的旁边，畸形靠近着优美，丑陋藏在崇高的背后，恶与善并存，黑暗与光明相共。"（《克伦威尔》序）他在《巴黎圣母院》中就运用这种美丑对比原则来塑造人物形象：外貌与内心皆美的女神爱斯梅拉达，外貌极丑但心灵美的卡西莫多，道貌岸然心如蛇蝎的副主教克洛德……世间形形色色的人怎能都"表里如一"呢？

莎士比亚戏剧中，通过葛罗斯特公爵的独白，将自己残毁的身体描述得十分可怕，这也许只是一种夸张的语言修辞。2012 年 9 月，在英国的莱斯特的一个废弃的停车场处，人们从地下挖掘出一具男性骨骸，莱斯特大学考古人员考证后认为，此人生前至少应该是战死沙场的英国贵族。科学家通过骨龄测试、伤痕对比和 DNA 鉴定，最终英国官方认定此具骸骨属于理查三世。对于这一新出现的理查三世的遗骸扫描发现，他只是轻微的脊柱变形，并不影响他骑马打仗的英姿。

---

① 张敞：《理查三世，一朵彩色的有毒蘑菇云》，http://dajia.qq.com/original/category/zhangchang20160625.html。

就在这一新证据出现之前，中国导演打破常规，大胆想象，为世界观众塑造了一个身形正常的理查三世，直接在视觉上消解了那个因为身体的畸形而导致内心扭曲的莎剧形象。2012 年 3 月 14 日，为参加本年度的英国莎士比亚戏剧节，一部鲜明的中国特色的《理查三世》在中国国家话剧院进行了彩排。演员穿着汉服，说着汉语普通话，以京剧程式化表演方式，让世界各地观众看到中国人重新理解和演绎的理查三世。导演王晓鹰大胆地将中国元素运用到剧中，舞台上三星堆图腾符号的背景，剧中还夹杂着蒙古族呼麦和现代打击乐，让莎剧迷们惊奇不已。2012 年 4 月，导演王晓鹰带着这款中文版《理查三世》赴伦敦参加了"环球莎士比亚戏剧节"，演出十分成功。环球剧院院长（chief executive）尼尔-康斯特博（Neil Constable）对此高度赞誉："《理查三世》作为英国伦敦文化奥运活动的一部分，参加了用 37 种不同语言演绎莎士比亚 37 部剧作的活动。中国国家话剧院的《理查三世》是其中最好的一部。英国人自认为拥有莎士比亚，但我认为莎士比亚是属于世界的。而在今天，莎士比亚属于中国！"①

王晓鹰中文版《理查三世》

① 王晓鹰中文版《理查三世》归国首演，新浪娱乐，2012 年 7 月 5 日，http：//ent. sina. com. cn/j/2012-07-05/04533676582. shtml。

　　这部作品虽然是京剧表演方式，但是剧情与莎士比亚的《理查三世》完全相符，虽然语言不通，西方观众接受起来也并不困难。这部作品又一鲜明特点是塑造了一个正常体形的国王。理查三世的扮演者是中国京剧演员张东雨，他外形俊朗，体态矫健，舞台上身姿轻盈，完全没有身体残缺、行动不便之态。对此王晓鹰导演解释说：历史上真正的理查三世不一定是残疾人，一个喜欢要阴谋、弄权术的人，一个对掌握权力、享受权力怀有强烈欲望的人，是不需要任何外部的包括生理上的理由的。张东雨也认为，"在当今这个社会里，一个内心邪恶的人并不一定是身体残缺的人，不应该把它概念化。所以我觉得这种阐述是非常高级的"。导演和主演把表演的重心集中在对人物的内心世界探究上，张东雨在诠释理查三世的时候更多的是凸显内心戏，屠亲、离间、娶嫂、登位……在情节的发展中不断深化这一人物的"丑"，通过行为一步步把这一人物内心的邪恶外化出来。

　　王晓鹰版的《理查三世》是中国式的，也是后现代的，它的解构与拼贴效果明显，对于这种创新也有批评的声音，网上有评论说观后感觉不伦不类，不中不西，莫名其妙，无法接受。当然你可以把它当作是另类的中式莎剧，也可以直接当作一个新剧来看。不管怎样，这一版的理查三世身形正常，是自 16 世纪末至今的理查三世群像中特立独行的一位，值得载入史册。

四、新发现与"新"形象

　　理查三世于 1485 年 8 月战败身死后，他究竟葬身何处一直是个谜。有历史记载说，他的遗体被一位圣方济各会的传教士埋到了莱斯特一座教堂里。后来，该教堂被都铎王朝的亨利八世下令拆除，教堂的具体位置便逐渐被当地居民遗忘。后来又有传闻说，理查三世的遗骨被人挖出来抛到了附近的河里。关于那段历史的真相，已经被尘封，因为莎士比亚的《理查三世》的深远影响，理查三世邪恶的国王形象被世界观众所认可，几乎将这一历史人物无情地钉在耻辱柱上。但是在 2012 年 9 月，在英国莱斯特一个破败停车场内出土的一具死于战争的年轻男性骸骨，最终英国官方认定属于理查三世。

　　2015 年 3 月 26 日，理查三世的遗骸被重新安葬在距离其发掘地不远的莱斯特大教堂。安葬仪式上还请来了颇具影响力的著名英国演员本尼迪克特·康伯巴奇（Benedict Cumberbatch）发表演讲，据考证他是理查三世的后代。仪式吸引了众多民众和游客前来参观，这一次，理查三世这位备受争议的英国国王也许能够安息了。一切历史都是胜利者所书写的，是否公正客观，让人心生疑窦。经历了污名化，又经历了再阐释，现在已经有不少人表示要公正地看待这位受到历史残酷对待的国王。对于理查三世的历史评判是否会重新"盖棺定论"？

　　尽管理查三世再次入了土，但舞台上、银幕上他的身影依然活跃。2016 年，英国 BBC 电视台播出《空王冠》第二季"玫瑰战争"，将《亨利六世》（上、下）、《理查三世》3 部作品改编拍摄成系列电视电影，由可能是理查三世的后人的演员尼迪克特·康伯巴奇（Benedict Cumberbatch）扮演理查三世。他对祖先又会怎样思考，怎样评价呢？会不会打破莎士比亚戏剧对这一人物形成的定论？

　　如果观众这样期待，那么一定是失望的。康伯巴奇在"空王冠"第二季中延续运用了莎剧中描述的丑陋的理查三世形象：弓腰驼背，瘸腿蹒跚。剧中他面色凝重，驰骋在战场，一路跌跌撞撞，与对手也与自己的命运厮杀。对于刚出土认定的理查三世的骸骨，经现代医学技术考察只是脊柱微微变形，也就是说他是一个正常人，如果不仔细辨认，走路并不会与常人有什么不同。为什么康伯巴奇没有考虑展示一个正常形体的理查三世呢？一种解释是尊重原作，即忠实莎剧，这是"空王冠"第一季就表明的拍摄主旨。不过我觉得，也许扮丑做法会在视觉上产生更大的对比和冲击。同样是君王形象，相比又弱又美的亨利六世，理查三世是原始野蛮力的象征，他在战场上屠杀亲族，用阴谋诡计来离间兄弟，花言巧语向安求婚，后来又向嫂嫂恳求把侄女嫁给他，厚颜无耻的恶棍嘴脸暴露无遗。人类一旦进入自然并屈从于丛林法则，则深感自身的弱小无力，为了生存和安全，兽性必然得到释放。但如果没有底线，一味任原始的欲望和蛮荒力量成为主宰，人又何其为人？

　　作为最新出现的这个理查三世形象，康伯巴奇的扮演与前人并无太大突破，他保持了莎剧中对理查三世的形象设定，此前他的哈姆雷特王子形象已席卷世界舞台，他的理查三世也得到了观众认可。

20世纪以来的莎剧中，《理查三世》受到人们的高度关注，除了这一人物本身是位历史名人外，更为重要的是他表现出人性普遍存在的"恶"。在这一历史人物身上，人们思考所面对的现代生活，无论是张三、李四还是理查三世、希特勒，这样的人存在是人性本恶，还是各种因素的催化促成？是不可避免的还是可以控制排除的？正是对现实世界与普遍人性的思考，使理查三世让人念念不忘。思考并没有统一的答案，相信这个形象还会在舞台上与大家频频相见。

第三节　女性形象：历史剧中失语的群体

自从人类历史进入父系氏族社会，女性的地位开始逐渐衰落。欧洲在古希腊荷马时代，男女不平等的现象已经明显存在。《荷马史诗》中热烈歌颂了帕涅洛佩的忠贞，这位智慧与美貌集于一身的女子，在丈夫远离家乡20年的日子里没有改嫁，也不找其他男人，所以在丈夫归来后经受住丈夫的考察与考验，最终夫妻团聚，人生获得了一个圆满的结果；而丈夫奥德修斯在远征特洛伊以及返家途中的一段段艳遇，都是为英雄形象增添色彩的一个个颜料。到了悲剧时代，《美狄亚》中曾经的英雄伊阿宋也沦为了"陈世美"，可见古希腊世风日下，道德滑坡，男女不平等现象十分严重。

在漫长的历史时期中，人类政治、经济、教育、文化等领域为男性所垄断，女人被围于家庭狭小的天地中。这种情境中，在人类历史的诸多领域内，很长时间女性处于缺席的状况。人类文字书写的历史，几乎可以说是男性书写的历史。文学史中的女性形象不少，但大多是由男性作家塑造的。欧洲文学在古代时期还有一位萨福，她独自挑起抒情诗的大梁，为女性站台。但是在其后，女性在文学史中消失了，直到17—18世纪，法国的拉法耶特夫人（1634—1693）、斯塔尔夫人、英国的范妮·伯尼（1752—

1840)、安·拉德克得夫等女性的作品问世，开启了女性作家创作的新征程。① 不过在这一时期的女作家作品中，塑造的仍然是基于男性视角、符合男性的审美与道德标准的女性形象。比如拉法耶特夫人的代表作《克莱芙王妃》（1678）描写宫廷男女韵事。女主人公夏德小姐受母命嫁给克莱芙亲王，尊敬但不爱丈夫；她爱的是德·内穆尔公爵，但是又恪守贞操，结果丈夫郁郁而终，夏德则拒绝内穆尔的求婚，在修道院终老。范妮·伯尼书信体小说《伊夫莱娜》（1778），描写了自幼被父亲抛弃寄居乡村的少女历经坎坷得到高尚贵族青年的爱情，并最终得到父亲相认，过上上流社会的富裕生活的故事。真正具有女性意识的作品，在笔者看来，应该是从 19 世纪初期的英国女作家简·奥斯汀开始。尽管她的小说题材狭窄，只聚集在英国中产阶级女性的婚姻方面，但是她清晰地表达了女性的情感需求与理性选择。她通过小说中的伊丽莎白、埃莉诺、爱玛、安妮等人物形象清楚地告诉人们：她们能够自主思考自己要过什么样的生活，尽管这个社会给女性可以选择的空间极为有限，可是她们还是通过自己的努力，理性地思考，勇敢的选择。真正的理性是基于自己的真实情感的基础之上的考量和选择，而不是一味地听从家长的安排，过上符合社会的（代表男性标准的）"美满生活"。当然，在简·奥斯汀时期，她的作品的最大的进步性表现在女性在婚姻选择中可以说"不"。《傲慢与偏见》中的伊丽莎白可以两次拒绝来自男人的求婚，这在当时已经相当令人惊诧——小说中未来的班纳特家产的继承人柯林斯先生就明确地告诉伊丽莎白，拒绝了他的求婚可能意味着伊丽莎白就要当一辈子的老姑娘了；而达西第一次的求婚也非常鲜明地表明，男人的求婚是对女性的赏赐，被拒绝在达西这里是无论如何也没有想到的。而此后的夏洛蒂·勃朗特，则通过简·爱的形象，向世界宣告：女人哪怕是地位卑微、相貌平平，但是只要给女人一点工作的机会，可以自己养活自己，实现独立，就应该受到平等的对待，被人尊敬，在婚姻上拥有与男性同样的自主选择的权力。简选择了罗切斯特，不是仅仅因为自己爱上了这个男人，更为重要的是这个男人必须平等对待她，而且他

---

① 王晓英、杨靖：《影响世纪的 100 部女性文学名著》，苏州大学出版社 2010 年版。

们的爱情目标是婚姻。当无法达成这一目标，她面临沦为情妇的情形，此时无论她是否还爱罗切斯特，她都选择离开。面对有救命之恩的圣约翰提出与她结婚并共同赴印度传教的要求，她思考之后的答复是可以与其完成神圣的工作，但是无法与其结婚，因为他们之间没有男女的爱情，只是兄妹亲情。简·爱是文学作品中第一位明确地提出"女性要选择有爱情基础的婚姻，平等是男女相爱的前提"的女性，并在作品中践行了这一主张。

莎士比亚笔下有不少女性形象，既有苔丝狄蒙娜、奥菲拉、朱丽叶这些纯洁的天使，也有穿上男装变得强大的鲍西霞、奥薇拉、玛格丽特王后、圣女贞德，对于这位作家到底是女权主义者还是厌女症男作家，人们争论不休。出现在历史剧中的女性形象相对于悲剧和喜剧来说数量较少——一般一部历史剧出场人物在 20—50 人之间，其中的女性人物大约是三四个，约占 1/10。

表 6　莎士比亚历史剧中出场的女性形象统计表

剧目	女性角色数量	女 性 角 色
亨利六世（中）	4	玛格丽特；葛罗斯特公爵夫人；巫婆；辛普考克斯之妻
亨利六世（下）	3	玛格丽特；葛雷夫人；波那
亨利六世（上）	3	玛格丽特；奥凡涅伯爵夫人；贞德
理查三世	5	伊丽莎白；玛格丽特；约克公爵夫人；安夫人；玛格莱特·普兰塔琪纳特
约翰王	4	艾莉诺太后；康斯丹丝；白兰绮；福康勃立琪夫人
理查二世	3	理查二世王后；葛罗斯特公爵夫人；约克公爵夫人
亨利四世（上）	3	潘西夫人；摩提默夫人；快嘴桂嫂
亨利四世（下）	4	诺森伯兰夫人；潘西夫人；快嘴桂嫂；桃儿·贴席

剧目	女性角色数量	女　性　角　色
亨利五世	4	法王后伊莎贝尔；法公主凯瑟琳；公主侍女艾丽丝；快嘴桂嫂
亨利八世	4	凯瑟琳王后；安妮·博琳；老妇人；女仆忍耐

资料来源：根据人民出版社 1978 年出版的《莎士比亚全集》的剧中人物名单统计。

　　以上统计的在 10 部历史剧中出场的女性人物共有 37 人，有的如玛格丽特王后出现在不同的几部历史剧中，还有的如侍女、巫婆等没有具体名字的女性人物，所以在剧中被塑造的女性人物形象一共只有 20 人左右。这一数字与莎剧庞大的人物群像相比真是少得可怜。莎士比亚历史剧中的女性形象如此之少，选题是主要原因之一：莎士比亚的历史剧主要是取材于霍尔《兰开斯特和约克两大显贵家族的联合》和霍林希德《编年史》（三卷本）两部史书的记载，能进入史册的女性本来就少之又少，并且主要是王后和贵族妇女，大多普通女性都与史书无缘，造成这种现象的深层原因是男权社会女性地位的低微。女性没有言说的权力，也没有书写的权力，所以她们成了历史中失语的一族。

　　在男性书写的历史中，女性形象成为男性想象和价值判断的结果。苏珊·利帕曼·科尼伦在她的《小说中的妇女形象》一书中把西方文学中的传统女性形象概括为天使或恶魔，有时又是二者的合体；而何时是天使，何时是恶魔，取决于男性的想象和判断。中国学者杨莉馨撰文《父权文化对女性的期待》[1]，将男性视角下的女性形象总结为 3 个类型：家庭天使、红颜祸水、悍妇恶女。学者吴菁在她的研究中，将文学作品比作是魔镜，映射出女性的 4 种类型：德高望重，坚忍无私，为人类的创造提供无限力量的大地之母该亚；身处逆境，地位卑微但品格高尚，终获王子青睐而成功逆袭的灰姑娘；在男性缺失之时不让须眉的花木兰；美貌多情，充满欲

---

[1]　杨莉馨：《父权文化对女性的期待》，南京师范大学学报（哲社版），1996 年第 2 期。

望的潘多拉……①无论哪种类型，都是男性视角下注视的女性：灰姑娘和潘多拉式的女性柔弱不堪，没有理性，需要男性的指导和保护；花木兰式的女性在男性缺失时挺身而出，但是一旦男性出现了，她们必须退出男人活动的范围，回归到家庭之中；而该亚式的女性，必须是全身心地、时时刻刻地、任劳任怨地无私付出，才会赢得男人在男权社会中唯一为女性保留的一个受到尊敬的称呼：母亲。即使如此，身为母亲的命运同其他女性性质相同，没有地位和特权，所谓母凭子贵，依然是处于男权的安置之中。

　　"传统历史学家记载的历史往往是一种'必胜主义者'的历史（triumphalist hisotry），传统的'大叙事'（grand narrative）往往聚焦于男性精英的成就"。而后现代主义则提倡"小叙事"（mininarratives），凸显"非主流历史"（decentered history），聆听那些处于历史边缘人群包括女性的呼声②。在后现代的批评视野中，让我们关注这些"非主流"、"小叙事"，来重新审视莎士比亚笔下的女性形象。

一、脆弱啊，你的名字叫女人

　　在《哈姆雷特》一剧中，哈姆雷特一直纠结母亲乔特鲁德的迅速改嫁，而且是嫁给自己的亲叔叔，于是他悲痛而愤懑地喊到："脆弱啊，你的名字叫女人！"（《哈姆雷特》一幕二场）③ 在哈姆雷特眼中，父亲是天神，叔叔是丑怪：父亲相貌高雅优美，太阳神的鬈发，天神的前额，像战神一样威风凛凛的眼睛，像陷落在高吻苍穹的山巅的神使一样矫健的姿态；而叔叔像一株霉烂的禾穗，损害了他健硕的兄弟。④ 而母亲迅速改嫁给自己前夫的弟弟，是淫乱失节，钻进乱伦的衾被，因此哈姆雷特要当面痛斥母亲（《哈姆雷特》三幕四场）。哈姆雷特的表达明显是受到主观情感的左右，而在整个戏剧中，观众没有听到乔特鲁德对此的解释，她一出现已经是新君

---

　　① 吴菁：《消费文化时代的性别想象》，上海人民出版社 2008 年版。

　　② Peter Barry, *Beginning theory: an introduction to literaryand cultural theory*, Manchester University Press, 1995.

　　③ 《莎士比亚全集》（第 9 卷），朱生豪等译，人民文学出版社 1978 年版，第 15 页。

　　④ 《莎士比亚全集》（第 9 卷），朱生豪等译，人民文学出版社 1978 年版，第 88 页。

的王后了，我们无法得知在乔特鲁德的眼中，对比兄弟两人，是怎样的一种判断。也无法得知她迅速改嫁的真实原因，是因为移情别恋，是为了满足情欲，还是为了自身的安全，抑或是为了保护哈姆雷特……对这些乔特鲁德是沉默的，没有任何的说明。无论是在《哈姆雷特》还是在其他戏剧中，作家都没有给女性以发言的机会，让她们说说内心的想法，解释一下自己行为的因由。女性在戏剧中多是沉默的，一如在历史中的状况，她们没有言说的权力和机会，人们只能从戏剧的情节发展中推测她们的内心世界。

女性的好坏只能任人评判，她们的行为也被随意解释，因为无权言说，她们没有机会向外人解释自己的动机，所以有些行为看起来就十分怪异，甚至不可理喻。哈姆雷特不理解他的母亲，别人也会臆断王后的动因。在莎士比亚历史剧《理查三世》中，又出现了另一个乔特鲁德——安夫人。安夫人是亨利六世的儿子爱德华的妻子，是葛罗斯特公爵的侄媳妇。在戏剧中，经历了"红白玫瑰"的内战，亨利六世和儿子爱德华都惨死在约克家族葛罗斯特公爵的剑下。这个凶残的葛罗斯特公爵就是后来的理查三世，在莎士比亚笔下，他不仅凶残而且无耻，他竟然在安夫人扶灵埋葬公公时，公然向安夫人求婚。依常理来看，无论如何安夫人也不可能嫁给一个丑陋畸形的仇人，剧中的安夫人也的确对葛罗斯特表示了强烈的愤慨和厌恶之情。

在《理查三世》一幕二场，安夫人扶着亨利六世的灵柩前去下葬，路上被葛罗斯特阻止，

安：……滚开！你是地狱中的恶魔王，你的魔力至多不过残害了他的肉身，他的灵魂却不归你所有。快滚开去。

葛罗斯特：可爱的圣女，仁恕要紧，莫这样恶言恶语。

安：恶魔，上天不容，走开些，莫来寻麻烦；你已经把快乐世界变成了地狱，使人间充满了怒咒痛号的惨声。你如果愿意欣赏你残害忠良的劣迹，就请一看你自己屠刀杀人的这具模型。呵，看哪！大家来看故君亨利的创痕，看它们凝口又裂开了，鲜血又喷流了。你还有

什么脸哪，你这个臭不可闻的残废：是你的所作所为，反人性，反天意，引发了这股逆潮。……

　　葛罗斯特：夫人，你全不懂得仁恕之道，讲仁恕就要以善报恶，以德报怨。

　　安：坏蛋，你既不懂天理，也不顾人情！任何一只猛兽也还有点恻隐之心。

　　葛罗斯特：我却完全没有，所以不是一只兽。

　　安：呵！妙呀，魔鬼也会说句真话。

　　葛罗斯特：更妙的是，天使也会这样发怒。(《理查三世》一幕二场)

与仇家狭路相逢，安夫人愤怒地咒骂葛罗斯特，但是葛罗斯特却不生气，厚颜无耻地狡辩，说是自己帮助亨利六世和他的儿子上了天堂，并颠倒黑白，声称是因为安的美貌引发了战争，所以过错在安夫人。

　　葛罗斯特：原是你天姿国色惹起了这一切；你的姿色不断在我睡梦中萦绕，直叫我顾不得天下生灵，只是一心想在你的酥胸边取得一刻温暖。

　　安：早知如此，我告诉你，凶犯，我一定亲手抓破我的红颜。

　　葛罗斯特：我怎能漠视美容香腮受到摧残；有我在身边就不会容许你加以毁损：正如太阳照耀大地，鼓舞世人，你的美色就是我的白昼和生命。(《理查三世》一幕二场)

葛罗斯特对安夫人巧言令色，说"使你丧失夫君的人为的就是要帮你另配一个更好的夫君"，而那个更好的就是他本人。理查三世的这些说辞暴露出他无耻到极点，激起安夫人的无比愤怒：

　　葛罗斯特：在这儿。(她啐他)你为什么唾我？

　　安：对付你，我巴不得能喷出毒液来！

　　葛罗斯特：这样甜蜜的嘴里哪儿喷得出毒液。

安：哪儿还有比你更臭更烂的毒蛤蟆。我见不得你！你会使我双目都遭殃。

葛罗斯特：甜蜜的夫人，是你的媚眼殃及了我的官能。

安：但愿我目光如蛇怪，好致你死命！（《理查三世》一幕二场）

安夫人对葛罗斯特表达出极其厌恶之情，可是葛罗斯特毫不气馁和恼怒。

葛罗斯特：这样才好，好让我死得痛快；无奈你秋波一转竟害得我活不成，死不了。你那双迷魂的眼睛叫我一见，就不由得泪珠盈盈，像孩童般顾不得人们的耻笑；我的眼里何曾流过什么真情的泪；……当年那些伤心事都打不动我的心，可是，今天我却为你的美色热泪盈眶。我从不向友人求情，向敌人讨饶；我的舌头学不会一句甜蜜话；可是今天却是你的红颜为我付出了讼费，逼得我压住傲气向你苦苦申诉。（她向他横眉怒目，表示轻蔑）何必那样噘起轻慢的朱唇呢，夫人，你可天生亲吻的香腮，不是给你做侮蔑之用的。如果你还满心仇恨，不肯留情，那么我这里有一把尖刀借给你；单看你是否想把它藏进我这赤诚的胸膛，解脱我这向你膜拜的心魂，我现在敞开来由你狠狠地一戳，我双膝跪地恳求你恩赐，了结我这条生命。（打开胸膛；她持刀欲砍）快呀，别住手；是我杀了亨利王；也还是你的美貌引起我来。莫停住，快下手；也是我刺死了年轻的爱德华；又还是你的天姿鼓舞了我。（她又作砍势，但立即松手，刀落地）拾起那把刀来，不然就搀我起来。

安：站起来，假殷勤。我虽巴不得你死，但不想做你的刽子手。

……

葛：那么就算是和解了。

安：这还得等着瞧。

葛：但是我可否就在希望中求生呢？

安：人人都靠着希望生存，我想。

葛：答应我戴上这只戒指。

安：受礼并非受聘。（戴上戒指）（《理查三世》一幕二场）

剧中情节戏剧性地迅速翻转，令人大跌眼镜。看似是葛罗斯特凭着三寸不烂之舌、厚颜无耻、颠倒黑白，恭维安夫人的美貌，引诱安夫人相信他的爱慕之情，使安夫人由恨转为宽恕，印证了哈姆雷特对女人的论断——女人就是这样脆弱，没有理性，但是"人人都靠着希望生存"这句话好像是说给葛罗斯特听的，其实是安夫人对自己命运的解读。安夫人在与葛罗斯特交锋的过程中，明白了自己的处境。面对葛罗斯特（理查三世）的求婚，她的同意与否，直接决定她今后是死是活的生存境况。尽管她内心愤恨，对眼前的仇人无比厌恶，但是求生的欲望让她清醒，看似不合理的选择是她活下去的唯一选择。这一幕在冯小刚执导的电影《夜宴》中也表现得十分清晰。《夜宴》的开场戏是在祭奠老王的灵堂上，一身素缟的王后婉儿，声色俱厉地斥责和嘲讽新君厉帝——老王的弟弟，王后婉儿的小叔子，说新君主撑不起老王的铠甲。但是当厉帝让士兵们关闭灵堂的大门，只留下一条门缝时，婉儿迅速地审时度势，明白了自己的处境：如果不向新王低头，等待她的结果是一辈子独守灵堂直至死去；所以刚刚还口口声声叫厉帝"叔叔"（古代嫂子与小叔子之间的称谓）的婉儿，主动要求厉帝称她为"王后"。无论是莎士比亚的乔特鲁德、安夫人，还是冯小刚的婉儿，她们都是封建君权和男权社会的牺牲品。她们看似出身高贵，平日受到许多人包括男人的恭维，但是一旦与男性较量，她们根本没有可能决定自己的命运。为了生存，她们只能委曲求全，还要接受种种责难和误解，其实她们所有的过错归根结底就是因为是个女人。

二、女性间的彼此伤害

身为女人，为了生存，不得不审时度势，违背内心意愿。在莎士比亚历史剧中，那些王后或贵族妇女，看似生活富贵、地位高贵，实则同样根本无法掌控自己的命运。她们是男人政治游戏中的点缀和砝码，运气好时母凭子贵、妻凭夫荣，一旦卷入男性政治斗争的漩涡，就可能被碾压得粉身碎骨。为了生存，女性要与男性周旋，为了自身的利益得到保障，她们还常常与其他女性为敌，陷入女性之间残酷的斗争中。

《约翰王》中的艾莉诺太后和康斯丹丝，本来两人是婆媳关系，但是在约翰与侄子亚瑟的王位斗争中，作为母亲她们都站在自己儿子的立场上，声称是正义的支持者，从而两人成为对立的双方。作为母亲，两人无不关爱自己的儿子：艾莉诺太后完全支持约翰成为新王，尽管对手亚瑟是自己的孙子；而康斯丹丝也为儿子可以付出一切，不惜投靠法国，寻求支持。作为女人，她们无法以自己的真实意愿来决定如何行事。当约翰王表明要以"坚强的据守和合法的权利"为保障，与法军对战时，王太后艾莉诺就说："你有的是坚强的据守，若指望合法的权利作保障，你和我就要糟糕了。我的良心在你耳边说着这样的话，除了上天和你我外，谁也不能让他听见。"（《约翰王》一幕一场）① 但是形势面前，她并不能追随内心，儿子的权位决定着不仅是儿子的生存，同时也直接影响到她自己的境遇，所以她只能违背内心的真实想法，毫不犹豫地站在约翰这一边，为其争夺王位出力。

而康斯丹丝为了儿子的王位，不惜出卖英国的利益，引狼入室，将法国的势力和宗教的势力引入到英国境内，讨伐约翰王。结果却事与愿违，不仅让英国陷入动乱，也直接将幼子推入了权力争斗的漩涡，让无辜的孩子成了权力争斗的牺牲品。当亚瑟被俘，康斯丹丝预感到亚瑟的悲惨结局时，她悲伤地哭诉：

……自从第一个男孩子该隐的诞生，到昨天夭亡的小儿为止，世上从来不会生下过这样一个美好的人物。可是现在悲哀的蛀虫将要侵蚀我的娇蕊，逐去他脸上天然的美丽；他将要形销骨立，像一个幽魂或是一个患疟病的人；他将要这样死去；当他从坟墓中起来，我在天堂里会见他的时候，我再也不会认识他；所以我永远、永远不能再看见我的可爱的亚瑟了！（《约翰王》三幕四场）

---

① 《莎士比亚全集》（第 4 卷），朱生豪等译，人民文学出版社 1978 年版，第 214 页。

这是一个母亲发自内心的悲痛，是每个母亲出自母爱的本能而发出的真实的情感。孩子的失去不仅给母亲带来无限的痛苦，同时也让她们失去了依附的靠山，

> ……主啊！我的孩子，我的亚瑟，我可爱的儿！我的生命，我的欢乐，我的粮食，我的整个的世界！我的寡居的安慰，我销愁的药饵！
> （《约翰王》三幕四场）

最终亚瑟惨死，康斯丹丝先失去丈夫，又亡了儿子，彻底失去了地位的保障和情感的依托，等待她的是更为悲惨的处境。

战争看似是男性的游戏，让女性走开。但是哪个人能够在战乱中身处世外，明哲保身呢？卷入战乱中的女性不仅会直接受到来自男性的伤害，同时女性之间的争斗往往更加剧烈，这点在《甄嬛传》等中国的宫斗剧中大家深有体会。国外也不例外，在《理查三世》第四幕第四场中，玛格丽特王后（亨利六世王后）、伊丽莎白王后（爱德华四世王后）和理查三世的母亲老公爵夫人，3位女性同时上场。作为王后、母亲、王太后等角色，她们是高贵的女人，也是不幸的女人，她们的不幸来自贵族内部的自相残杀——血缘和姻亲关系将她们联系在一起，她们本是亲戚，但是她们最亲的人——丈夫或儿子互相杀戮，使她们彼此成为仇人。

> 玛格丽特王后：……（与她俩同座）你们尽可假我旧恨以历数你们的新愁。我有一个爱德华被一个理查杀害了，我有一个亨利被一个理查杀害了；你有一个爱德华被一个理查杀害了，你有一个理查被一个理查杀害了。
> 公爵夫人：我也有一个理查，是你杀害了他；我还有一个鲁特兰，也是你同谋杀害了他。
> 玛格丽特王后：你还有一个克莱伦斯被理查杀害了。（《亨利六世》下，一幕一场）

玛格丽特王后的话道出了这些女性的不幸：

> 玛格丽特王后：……过去的一切都成了梦境、泡影、一块高贵的招牌、一面炫耀的旗帜，突兀招展着供人射击；一国之后做了笑柄，在舞台上不过串演着一个配角。如今你丈夫何在？你兄弟何在？你孩子何在？人生乐趣又何在？谁还来跪求你，高呼着"神佑吾后"？一向对你卑躬屈膝的大臣人哪儿去了？……快乐的妻子成为最不幸的寡妇；幸福的母亲却在因为身为母亲而悲伤……
>
> 伊丽莎白王后：我辞不达意；呵！望你借给我利舌，以添我的锋芒。
>
> 玛格丽特王后：你的忧愁就能磨炼你的字句，使你的锋牙利齿与我一样。
>
> 公爵夫人：为什么灾难总叫人有话讲不完？
>
> 伊丽莎白王后：辞令原是消除苦痛的辩护人，他们极吹嘘之能事，聊以自慰，可惜好景不长，枉留得悲恨的余音在空中颤动！（《亨利六世》下，一幕一场）

这些女人，本身是受害者，彼此又相互伤害。因为是不幸的弱者，她们除了以话语作利器，别无他法。相互攻击又相互依存，她们没有可以申诉的地方，只能相互倾诉。

既然自己已身受其害，又何苦女人难为女人呢？其实这些表面看似是女性间的伤害，根源依旧是男权社会秩序。在男权社会中女性被物化，沦为一种可以交换的产品，在男性之间的争斗中她们的牺牲是必然的，如同战场上的马匹士兵损耗一样。女人为了自己的生存，她们常常将自己受到的伤害转嫁给其他女性，有时尽管是己所不欲，却偏偏强加于他人。这种女性的生存困境，正是男权主义对女性肉体和精神进行戕害，并将这种观念内化为女性本身的需求。而女性间的伤害，又从一个方面成为女人低等、没有理智的"证据"，从而更加印证了男性主宰世界的合理合法性。

三、天使与女巫

在文学中"好女人"形象大多是贤妻良母、乐于牺牲无私奉献之人，或者是处境可怜无辜受难的天使，还有一些天真幼稚人畜无害的小女孩，她们是白雪公主还是小红帽，那就全凭造化了。莎士比亚历史中，理查二世王后和亨利八世王后（凯瑟琳王后）是典型的"好女人"形象，隐忍、受难，嫁鸡随鸡，别无他图。但是所有女性都只能如此吗？如果她们不甘心命运的摆布，有自己的想法和改变意识呢？在文学中我们看到，一旦女人背离为她们的人生设计好的"乖乖女儿—贤良妻子—圣德母亲"的轨迹，不甘于这种命运的安排，从觉醒走向反抗，这时她们就会立即从人人喜爱的天使转变为人人憎恶的魔鬼，她们的性别、她们的人的属性都会受到质疑，变成不男不女、不人不妖的样子。

1. 玛格丽特王后

莎士比亚笔下的玛格丽特王后就是一个例证。对于亨利六世的王后玛格丽特，莎士比亚的描写比较苛刻，从《亨利六世》上部开始，玛格丽特就被写成了狡诈、淫乱、野心勃勃、不守妇道的女性。玛格丽特年轻貌美，举止大方，善于辞令，赢得了亨利六世的芳心。但是她出身并非名门望族，也没有带来丰厚的嫁妆，反倒是亨利六世为了迎娶她不仅承担了所有路费，还轻易地将安佐、缅因两郡撒手让于岳父。这当然引起英国贵族的极大不满。亨利六世还在襁褓中时就继承了王位，成长过程中一直是由大臣辅政。亨利五世的辉煌业绩，对于亨利六世来说成为沉重的负担。现在虽然已经成年，但他并未真正拥有掌握国家管理的权力，这是导致内战爆发的重要原因。在莎士比亚的历史剧中，亨利六世本人被描写成善良但无能的国王，他热衷于宗教信仰，无心也无力管理国家大事。自己的男人不给力，娘家又不是强大的后盾，儿子尚未成气候，玛格丽特的处境可想而知。

面对内战的爆发，亨利六世既无法阻止亲族之间的残酷斗争，也无力对自己及家人进行有效的保护。在这种情况下，王后玛格丽特挺身而出，她不愿任人宰割，让已经属于自己的权力和利益被他人瓜分。在红白玫瑰战争中，她身着战袍代替亨利六世亲自率兵作战。一位身居王宫的女性，最后要在战场上去拼杀，其勇气和胆量不是普通人可比。但是她的行为并没有得到丈夫的感谢和兰开斯特家族的钦佩与支持，反倒被描写成"疯婆子"，或者近乎女巫，失去人的特性。玛格丽特自己说道：我也有孩子，也是一个柔弱的哺乳的妇女，但是我也有一颗国王的心，一个英格兰国王的心。她的诉说表明，她并不是疯了或者是女巫，作为一个人，尽管是女人，依然有思想、有责任。但是在男人眼中，这一切都不被认可，反倒成了疯子或女巫的证据。"亨利六世的王后玛格丽特以她身上的野性挑战了都铎王朝时期的合法的、权威的女性观念，因此她被塑造成'丑陋的满脸皱纹的老巫婆'。这种形象的产生，也是莎士比亚时代（伊莉莎白·都铎时代）的舞台上表现女性与权力的关系时的基本态度。"①

在莎士比亚的笔下，我们看到以恶制恶的战争只会使人的丑陋和险恶的一面无限膨胀，使罪恶泛滥，女人卷入其中，同样会丧失人性，从天使急转为魔鬼。玛格丽特是约克家族血腥行为中的幸存者，也是都铎王朝建立的见证者。她在战争中付出极其惨痛的代价，失去了丈夫和儿子，兰开斯特家族失利后，她受到驱逐，流亡他乡。

2. 圣女贞德

女人是软弱的，命运被任意安排，这在男权社会是天经地义的，许多人将优越感建立在性别的天然赋予上，即使是个底层的流浪汉，似乎也有资格鄙视贵族妇女，只因为他是男人，后者是女人。敢于反抗的女性都将付出惨痛的代价，受到来自男权社会的严厉惩处，悲惨的结局是必然的，甚至被当作女巫烧死也不为怪。贞德就是一个由圣女变成女巫而被烧死的历史真人。

贞德作为文学形象，最早在莎士比亚的戏剧《亨利六世》（上）出现，此后伏尔泰、席勒、威尔第、柴科夫斯基、马克·吐温、萧伯纳、布莱希特等人都曾以贞德抗英为主题进行过戏剧、影视、音乐等形式的创作。

---

① Elizabeth Zauderer, " '... neither mother, wife, nor England's queen': Re-visioning Queen Margaret of Anjou in Richard Loncraine's Film Richard III （1995）", *Literature Film Quarterly*, Vol. 43, Issue 2, 2015, p. 148.

　　贞德是一位 16 岁的普通的法国农家少女，在英法战争中，她身着男装，率领士兵，与英军进行了英勇的战斗，多次取得了胜利，但是后来不幸被俘。1431 年 5 月 30 日，贞德被宗教审判所判异端罪烧死。[①] 在 1456 年，宗教审判所又重新审理了贞德一案，最后认定贞德是一个为正义牺牲的圣女。

　　在莎士比亚《亨利六世》中，圣女贞德是一位性格鲜明的女性形象。她的形象经历一个演变的过程：普通的农家女——虔诚的爱国者——天使的化身——叱咤风云的军事统率——嗜血的悍妇——出卖肉体的妓女——被烧死的女巫。

　　历史剧中的女性，本来数量就不多，身份大多是王后贵妇，像贞德这样一位女性，之所以能在戏剧中的政治舞台上留下名字，是因为她化身为男性，以非女人的形象进入到男性群体形象之中。如同聪慧的鲍西霞，身为女儿身，连自己的终身大事，都要受到已经死去的父亲的控制。而她男扮女装，以男性的身份出现在舞台上时，则可以叱咤风云，将男人们十分棘手的问题，举重若轻地处理得干干净净、漂漂亮亮。但是一旦她脱下男装，就要回归其贤妻良母的本职，站在她平庸的丈夫巴萨尼奥的后面变成贤良的女人。但是贞德没有机会完成这种转变，于是她被当作是女巫烧死了。

　　《亨利六世》（上）也是五幕戏剧，但是剧本比较精短。在这部不长的戏剧中，贞德由爱国女性，到圣女斗士，到国王重臣，到被俘入英，到被当作女巫烧死，她在五幕戏剧中走完了她短暂的一生，在极为短暂的一个时期，完成了"少女—圣女—巫女"的巨大转变。其实她无非是一个身处乱世的年轻女性，凭着一腔爱国热情，如同中国的花木兰，在危难之时，挺身而出。但是在男权的世界里，能干的女人无疑是不受欢迎的，他们在需要她时便捧为嘉宾，尊为斗士；一旦危机度过，便过河拆桥。莎士比亚在《亨利六世》（上）这部戏剧作品中生动揭示了这一现象。法国奥尔良被英军围困之时，法王及一班大臣束手无策，这时牧羊姑娘穿上男装号称得

---

　　① 蒋孟引：《英国史》，中国社会科学出版社 1988 年版，第 229—230 页。

到天主的圣意，带领法国士兵英勇抗击，击退了英军，化解了法国的危难。此时国王及贵族对圣女一说表示认可，大力宣扬。但是在法国理查正式加冕之时，贞德列位于众贵族之中，引发了贵族的妒嫉和不满，在他们看来，一个平民出身又是女性的贞德居然与他们平起平坐，这对他们来说是不可原谅的。所以当贞德在战场上失利被俘，他们就都袖手旁观，而法王理查也是忘恩负义，将贞德当作一颗弃子。在他们看来，无非是少了一个女人。而在对手眼中，也无非是因其非凡的军事才能和勇敢的行为，得出是"女巫"的必然结果。

> 培德：法兰西的懦夫哟！他对自己的武力已经丧失信心，只得结交巫婆，向地狱求救，是多么不顾体面啊！
>
> 勃艮第：奸诈的人除了巫、鬼之外，还能有什么朋友？可是那个名叫贞德的，他们把她说得那样纯洁，到底是个怎样的角色？
>
> 塔尔博：据他们说，她是一个姑娘。
>
> 培德：一个姑娘！竟这般勇敢！
>
> ……
>
> 塔尔博：好吧，让他们扮神弄鬼好啦。上帝是我们的堡垒，凭着上帝的威名，让我们下定决心攀登那座石城。（《亨利六世》二幕一场）

在男权社会意识中，女人必须是无知、无力、无能者，要靠男人保护和安排生活的。而像男人一样强大，甚至比男人还有能力的女性，那一定是女巫附体了；女人是没有脑子的，她们的那些行之有效的做法一定就是巫术。所以，在被俘之后，贞德被宗教审判所判异端罪烧死。①

在莎士比亚戏剧《亨利六世》（上）结尾处，被俘之后的贞德为了保命，谎称自己怀孕，并不停变换孩子的父亲，变成了无耻的荡妇。这一描写与她之前行为坦荡、果敢、英勇无畏的女战士形象大相径庭，她的转变十分突兀，从文学角度上评价，这是一个败笔，是作家时代的、民族的与

---

① 蒋孟引：《英国史》，中国社会科学出版社 1988 年版，第 229—230 页。

性别的局限性的体现：作为一个英国的男性作家，他的这部作品本来就是在大大宣扬民族主义，无论是他本人还是当时台下的观众，当然都愿意看到英国的伟大。

贞德于 1430 年在一次战役中被勃艮第公国所俘，不久被英格兰人以重金购去，由英格兰当局控制下的宗教裁判所以异端和女巫罪判处她火刑，于 1431 年 5 月 30 日在法国里昂当众处死。对她的审判完全是出于政治目的，审判的不公正性显而易见。20 年后英格兰军队被彻底逐出法国时，贞德年老的母亲为女儿上诉喊冤，教宗卡利克斯特三世重新审判贞德的案子，最终于 1456 年为她平反。500 年后，她又被梵蒂冈封圣。

将一个被诬名为女巫的 16 岁少女又重新提高到神圣的地位，历史的翻云覆雨令人惊叹。"一般来说，男性的军事领袖只要具有男性气概就足够了，可女性军事领袖不能仅仅只是女人。她们是女人的变种，并因此被认为具有超自然的力量，或魔鬼的力量：她们是天使或魔鬼，是贞洁的化身或情欲的恶魔，是巴比伦大淫妇或铁娘子。她们有时得益于所处文化中的圣女或女神形象，可有时这样的形象又使她们陷入困境。她们的女性气质既是她们的镣铐，又是她们的旗帜"。① 其实贞德就是一个普通的女性，为了家乡的安宁在那个特殊时刻作了一个大胆的决定而载入历史史册。不管是女巫还是圣女，历史对她的评判是公平的吗？

也许将其还原到那个真实的历史中，从军事角度上进行评判会更客观一点。村民的证词说贞德是一个优秀、简单、虔诚的女孩，而贞德号称遇见了大天使圣弥额尔、圣玛加利大和圣加大肋纳，告诉她要赶走英格兰人，并带领王储至兰斯进行加冕典礼，这些说辞无非是要鼓舞士气，以这一名义取得话语权，不然谁会听从一个 16 岁牧羊女的号令呢？但是在战场上，贞德指挥法军作战取得的胜利，证明她是一个出色的实战指挥者。军事家拿破仑对贞德有着很高评价，认为她是法国的救世主。温斯顿·丘吉尔也在他的著作《英语国家史略》中对贞德进行了高度评价，认为她远远超越

---

① ［加］玛格丽特·阿特伍德：《好奇的追寻》，牟芳芳、夏燕译，江苏人民出版社 2012 年版，第 129—130 页。

于普通人之上，是千年一遇的军事奇才。她虽然不识字，也全然没有学过什么战略战术，却在短短的两年时间里在各种形势下揭示了制胜的诀窍。她解放了养育自己的土地，因此赢得了光荣。贞德身上体现了人类本性的善良和勇敢，不可征服的勇气和无限丰富的感情。单纯者的美德，正直人的智慧，这一切都在她身上放出了光彩。军人们都应该读一读她的故事，思索一下这个真正的军事家的言论和行动。①

四、失语的群落

在许多人看来，女性最好的命运是出生时是一位公主，长大后是一位王后，年老时是王太后。在《亨利六世》中，玛格丽特王后、约克公爵夫人（爱德华四世的王后）、公主伊莉莎白（后来成为亨利七世的王后）这3位有"权力"的女性可以说是人们眼中最高贵、最幸运的人了，但是剧中我们并没有看到什么"幸运""幸福"，她们表面光鲜，实际上并不能摆脱身为女性的限制，甚至比普通女性承受更多压力与风险。她们时常处于政治风暴的旋涡之中，成为男性权力斗争的砝码和牺牲品。这些女性的所谓幸福和安宁的保障来自与他们紧密相关的那个男人：一个国王的女儿，一个国王的妻子，一个国王的母亲。正如波伏娃所分析的，女性是第二性的，要依附于男性才具有存在的定位和意义。女性在成长过程中，并不是自己成为什么样的人，而是因为与什么样的男人有关系才被"辨认"出来。

一位女诗人曾写道：

"你们三位是多么幸福啊！身为男性是多么幸福啊！

你们生下来就可以用笔戳戳画画，获得自由使唤别人的种种快乐

而我们女人却只能站在一旁，成为无足轻重的人

为增加你们的数量而存活

用我们的魅力使你们感到快活

这种差别是多么的令人悲哀啊

---

① ［英］温斯顿·丘吉尔：《英语国家史略》，薛力敏、林林译，新华出版社1985年版。

自从夏娃的堕落（由于我们经受不住诱惑）以来

我们犯下多大的过失，就承受了多大的痛苦"①

　　诗中明确道出了身为女性的苦恼——无足轻重的地位，存在的意义只是为增添男性的快乐，但是性别是自己无法选择的，想摆脱这种"无足轻重"的处境，就只有穿上男装，变成男性。所以，在剧中玛格丽特与贞德都以易装的方式，跻身男性的行列，取得了话语权，发出了自己的声音。这种情况在莎士比亚的其他戏剧中也存在，比如鲍西霞、薇奥拉……不同的是前者结局悲惨，后者受到赞扬。

　　历史剧中像贞德和玛格丽特王后那样充满权力欲望的野心勃勃的女人，他们被看作是已经发生了属性变异的怪物，"只有完全和莎士比亚的男性一致的另类女人，只有能在英雄和男人的世界中有一席之地的女人，只有作为女性的另一种性格的代表的女人，才可能像男人一样出现在莎士比亚的戏剧中"。② 她们改变了外貌（穿男装），也表现男性的暴力和残酷，尽管她们进入了历史剧，但是她们不是以女性的身份参与其中的，而被看作是男性的模仿者或是没有性别属性的人。我们在莎士比亚悲剧《麦克白》中，就看到 3 位可能预知未来的巫者，他们相貌是不男不女，这隐含着具有话语权的男性，对具有智慧和判断力的女性形象的认知。历史剧中的玛格丽特和贞德这些女性，她们试图打破因女性的性别造成的现实局限，但是结果是非但没有超越这一局限，反在现实中被排除在"人"的行列之外，"变成"不男不女的巫者。南茜·古特瑞兹（Nancy A. Gutierrez）的文章《〈亨利六世〉中的性别和价值——圣女贞德的角色分析》指出，戏剧中的贞德和历史中的贞德是不同的，而且不同时期的戏剧中，贞德形象也在变化，她是身披战士的衣服、为了圣母的荣誉而战的农家女；一个被吹捧的女信徒；一个为法兰西辩护的出色演说者；一个会魔法的女巫；一个卑鄙

----

　　① ［美］桑德拉·吉尔伯特、苏珊·古芭：《阁楼上的疯女人》，杨莉馨译，上海人民出版社2015年版，第 11 页。

　　② Linda Bamber, *History, Tragedy, Gender*//Graham Holderness, *Shakespeare'S History Plays: from Richard II to Henry V*, London: the Macmillan Press LTD, 1992, p. 66.

的卖国贼……而无论是神圣的信徒还是妖魔化的女巫，都是男性视野中的历史想象。文学作品中的贞德是男权中心主义的典型表现，是男性为了维护权力和私有财产而对女性进行的改造。莎士比亚笔下的贞德，是男性权力之争的牺牲品，一个被男性利用的替罪羊。①

那么像鲍西霞、薇奥拉这样的女性，她们也在一定时期身着男装，做出男性的行为，掌控了自己的命运，但是与玛格丽特、贞德不同的是，她们获得了令人欣慰的幸福结局。莎士比亚为何厚此薄彼呢？

鲍西霞聪慧过人，连那些学识渊博地位高贵的男性都无法解决的问题，她都轻而易举地化解；薇奥拉身着男装风流俊美，奥丽维娅小姐对公爵的求爱不屑一顾，但是对前来说和的西萨里奥（薇奥拉的化名）一见倾心。这些聪慧过人的女性对自己的未来当然不会袖手旁观，任人宰割。在面临未来夫君的人选上，鲍西霞出手干预，最终达成了意愿，找到自己想要的丈夫。薇奥拉爱上奥西诺公爵，奥西诺却派他（她）替自己向奥丽维拉小姐表明心意。经历了一番波折，最终薇奥拉得以恢复女儿身，并以自己的聪明、美貌和善解人意得到奥西诺公爵的欣赏，两人终成眷属。有读者认为，这些美好结局只能出现在虚构的剧情中，而无法在现实（历史）中实现。其实最重要的是，鲍西霞和薇奥拉这样的女性不仅聪明漂亮，还有一个宝贵的优点是讨男人喜欢。她们的才智并不会对男性的权威产生任何的伤害与威胁。鲍西霞必须遵从父亲的遗愿，三匣选亲，说白了，她再有本事，也跳不出男权的手掌心，在男权的游戏中，鲍西霞也就是利用自己的才智作了一点小弊而已。薇奥拉穿上男装是迫不得已，只是为了自己生存的需要，她无意与男性争强斗胜，在替奥西诺公爵求婚过程中，她的才智更加衬托出她的牺牲精神，这是女性最值得歌颂的"美好品德"。还有，最终她们都回归了女性本位，乖乖地去当贤妻良母。她们是为那些聪明女性作一示范：要懂得自己的界线，不逾界，则是安全的。而玛格丽特王后和贞德显然是向男权社会的规定发起了挑战，要打破现有的秩序，从被安排到发号施令，这种质的改变是

---

① Nancy A. Gutierrez, "Gender and Value in Henry VI: The Role of Joan de Pucelle", *Shakespeare Criticism Yearbook*, Vol. 16, 1990, pp. 131-136.

令男人们反感和恐惧的，于是她们受到男性战线的集体绞杀。

探究莎士比亚笔下塑造女性形象的复杂而矛盾的原因，人们还会想到莎士比亚所处时代的特殊情境。莎士比亚主要生活在女王伊丽莎白一世统治后期和詹姆士一世时期。伊丽莎白女王死后是由苏格兰的国王詹姆士继位，因为女王没有结婚生子，苏格兰国王詹姆士六世是与女王在血缘上最近的皇亲，英格兰历史上没有叫詹姆士的国王，所以他继承伊丽莎白一世的王位后，改称詹姆士一世。伊丽莎白一世是英国历史上第一位在位长久且实际拥有国家治理大权的女王，她平息了英国宗教的动荡，在各种贵族势力之间达成平衡和相互制衡的状态，小心翼翼地处理国外各种政治势力和宗教势力。但是作为一个女性，伊丽莎白从小就感受到来自男性权力的侵害，她的父亲亨利八世娶妻6个，把两个送上断头台，其中就有伊丽莎白的生母安妮·博林。伊丽莎白与她的异母姐姐玛丽（史上有血腥玛丽之称）曾经过着没有合法身份的日子，处于尴尬和危险之中。对于权力，伊丽莎白不仅了解它强大的用处，也深深体会到它的危险与可怕。伊丽莎白曾说过"我就是理查二世"，这是对历史上为王的种种艰辛感同身受而发出的慨叹。莎士比亚历史剧中对权大位重女性命运的描写，自然会令观众与学者联想到当时的伊丽莎白一世。[①]现实中的女王，以自己的智慧与牺牲，保住了性命，得到了一个好的结局与评价。但是同时我们看到，伊丽莎白终身未婚，被称作是"童贞女王"，这是她自己的选择。作为国王，因为权力，她有了这个选择的机会；但是另一方面，正是因为身处王位，为了政治的需要，她放弃了成为妻子和母亲的机会。对此是正合她意还是不得以，答案也只有女王内心自己最为清楚了。

无论是现实还是戏剧，女性都是一群失语的群体。莎士比亚在历史剧中，依据现实主义的创作方法，将女性置身于她所处的历史环境中，在她们所面对的历史事件里，显示出女性自身的特征，这也反映了男性整体上对女性想象与书写的实际情景：天使、妖妇或者恶魔的混合体。其实女人

---

① Meghan C. Andrews, "Gender, Genre, and Elizabeth's Princely Surrogates in Henry IV and Henry V", *Studies in English Literature*, Vol. 54, Issue 2, Spring 2014, pp. 375 - 399.

既不是什么天使，也不是什么女巫，更不可在两者之间任意转换。无论是普通的人还是因为某些历史特定事件进入了大人物行列，她们都是有血有肉的人类之一。在文学中她们是被写成的样子，而非她们真正的样子，一如在现实中，她们也只能由人评述，才体现出她们的存在。女性因为长时间失去诉说和书写的权力，失去表达自我意愿的机会，而被强加上各种标签，变成人们（男人）眼中的"女人"。莎士比亚笔下的女性亦是如此。当然，我们不能苛责莎士比亚超越性别与时代的局限，也许他出自现实真相的描写，恰好是女性不公命运的一个例证。

第五章　消费文化中的莎士比亚历史剧

第一节　消费文化与文化消费

一、消费文化与文化消费

随着资本主义生产和生活方式在全球范围内的迅速传播，一个由消费占主导地位和起动力作用的时代不期而至了。资本的积累，产品的丰富，市场的扩大，消费能力的提高，使得现代社会进入到消费时代。任何产品都是因其被需要而产生，这就是其实用价值，当其产生并进入流通领域（市场）时，它就变成了商品。商品在流动中产生价值（增值），这种增值是依靠消费完成，并带来经济的增长。当物质消费满足了人们的日常需求后，精神产品的消费变得越来越受欢迎，许多产品已经摆脱了单纯的物质属性，增加了精神价值内容，比如衣服不再只是蔽体挡寒，而出现了各种审美风格及等级意味。在许多地区，消费已经远远不再是生存的需要和满足，而成为弥散在这个时代的文化意识形态，由此消费的内涵和外延都发生了根本变化。

市场上的商品都有价格，价格是商品价值的具体体现。但是现代社会中的各种商品的价格，并不仅仅是其实用价值的体现。当人们对商品的需求已经不仅仅是因生活必须而购买时，商品的价格中就包含了另外的成分，这种成分就是具有某些象征意义的符号，比如服装消费，其价格并不是其蔽体保暖的作用的体现，而更多包含着时尚、品牌观念、态度等内容，其使用价值和附着在商品上的这些符号构成其价格与价值的统一，而这正是商品的文化价值的突显。"我们已经从以商品形式占主导地位的资本主义发展阶段进入到以符号形式为主的阶段。这样，消费不应该理解为和使用价值有关的物质用途，而是作为意义，主要和符号价值相关……正是通过符号编码或符号逻辑的作用，商品才被赋予了意义"。①

消费，既是一种生产的结果，也在同时刺激着新的生产。当今社会的商品，其价格中不断增加符号价值，确立"意义"，消费者也不仅是为了消费商品的使用功能，而更多是享用其"意义"，围绕着商品符号价值的生产和流通所产生的一系列活动构成消费文化的内容。在消费文化中，消费已经不仅是一种物质性的系列实践活动，也不是物质丰富的外在表现，而是内在的一种符号的系统化操控活动。"消费对象所蕴含的符号价值，以不同的方式转移到消费主体身上，成为实现与他人区别或一致的具体内容。而消费行为作为一种复杂的操控活动，有着对符号价值的不同操控方式"。②"而消费文化的'符号操纵'在不断商品化的过程中，也使更多的'物'具有了'意义'。生活中许多原先看似没有'意义'的事物在消费文化的符号编码中成了'表意符号'，这就为'意义'的再生产提供了更多的资源和表现方式"。③ 这种文化符号的生产与创造成为当代社会的重要标志。在消费文化中，消费的方式和过程不仅是消耗，而且也是构建与再创造。在消费的过程中，构建起人与物之间以及人和他人之间的关系。在这种系统性活动的模式和过程中，建立了我们的消费文化体系。

在消费文化体系中，以文学、影视、绘画、音乐等文化产品或服务来满足人们的精神消费的内容称为文化消费。文化消费还包括教育、旅游、体育、收藏等内容，它们是消费文化的重要组成部分。随着人们生活水平的提高和大众文化的兴起，文化消费活动也变得越来越频繁，越来越重要。在全球化的背景中，文学、绘画、影视等为代表的具有民族文化属性的领

---

① ［英］西莉亚·卢瑞：《消费文化》，张萍译，南京大学出版社 2003 年版，第 63—64 页。
② 伍庆：《消费社会与消费认同》，社会科学文献出版社 2009 年版，第 98—99 页。
③ 杨斌：《消费文化与艺术创新》，江西美术出版社 2009 年版，第 9 页。

域逐渐市场化，文化的生产和输出，都通过消费行为完成，文化的价值也通过消费来实现。文化消费不仅代表了一个国家的民族消费水平和水准，同时也借文化消费传达民族意识与观念，也是一种软实力的体现。因此，从某种意义上说，文化消费能力也可以是评判一个国家文化强大与否的一个指标。

文化消费既是消费文化的组成内容，也与消费文化有着密切的相辅相成的关联：消费文化盛行，促进了文化消费，而文化消费的内容最能直接表达和影响消费文化的方向。在一部文学作品的流行或者电影电视的热播以及画展或音乐的欣赏过程中，传达着这个时代称之为"高雅""时尚""先锋"的意味，其中穿衣打扮、说话的方式和手势、姿势形成的各种"流"和"热"，都可能直接引领消费文化的潮流。

文学、戏剧、绘画、音乐等艺术作品也是一个民族传承民族精神的载体，汇聚了他们历史的、世界的观念。消费文化的全球盛行，使得国家或民族的价值体系可以借助文化消费得以广泛传播。这一点在各种文学、影视艺术的奖项评比中表现得极为明显，所谓新与旧、先进与落后、文明与野蛮等各种观念相碰撞，形成世界文化的新面貌。可以推断，在现代社会或者在不久的将来，一切消费都最终指向某种文化，而一切文化都借助物或者某种艺术载体通过消费来实现。

二、消费文化权力

当一切都成为消费品的时候，消费的就不仅仅是物品，而是意义、符号。消费由一种必要性需求的满足活动转变成一种普遍的有着符号和象征意义的活动，作为符号和象征意义的消费不再被社会上层人士所独占，而成为一种普遍的大众行为。消费文化中消费者是主体，那么，是否就是由消费者决定如何进行消费的呢？换句话说，消费者是否拥有消费权力？这个问题看似答案是肯定的，比如，市场上到处充斥着所谓消费者就是上帝的口号，只要你肯花钱，就有产品与服务的提供，所以消费者决定以什么样的价格来得到什么样的产品和服务。但是这可能只是表面现象，消费者以同样的消费能力来购买产品以及需要怎样的服务，并不是消费个体随意决定的。消费者在消费之前往往受到各种信息的影响，比如时尚、潮流、现代、复古、经典等等观念的引领，促使消费者对自己的消费也进行符号化。"经济学家往往把消费假设为一个理性的主体，消费者总是有能力独立自主地按照效用最大化原则为自己的购买行为做出决定。但是，从文化和社会学的视角，消费者个体并不掌控消费的自主权，人们的消费实际上并不是放任的、完全自主的私人活动，而是受到文化和社会力量的制约。一定时代的消费，总是受到某种文化权力的支配甚至强制……人们实际上总是根据某种社会的、文化的需要去消费——也就是选择服从某种消费文化的权威。"① 消费文化实现这一权力也是通过符号化的过程，具体可以表现为"潮流"和"个性"两种看似对立意味的符号。"潮流"引发人们的从众心理，人们通过消费使自己成为紧随时代潮流的一员。无论是穿着打扮还是居家装饰，甚至是消费水平，都可以成为一种群体的划分标准。但是"个性"是反潮流的，是要表达自己独特而与众不同的一面。消费中追求个性化往往表现为所谓的"前卫"，"前卫"即是对"潮流"的否定，但是当它成为一种大众认可时，人们追求"前卫"就变成了"潮流"。就是在这种"潮流"与"个性"的符号化制造中，消费文化的权力隐藏其中，操纵着消费者的消费方向。在消费中表达的"高级""经典""前卫"等文化意味，使得消费者自动进行归类选择。由此可见，消费文化中"符号价值"的体现过程，也是一个操纵消费者的过程，它运用各种手段吸引消费者关注并认可其符号价值，为符号价值买单。

在消费文化权力发挥效力的过程中，文化消费是其重要的阵地，文化传播和各种大众传媒机构则发挥了特殊的重要作用。大众传媒机构借助技术与政治权力，比如电视技术和网络传播技术以及拥有使用和传播的合法权力，整合各种文化资源，比如高校学者、文学创作者及其作品，通过影视播放和评论、评奖等活动，吸引众多消费者，制造、传播和灌输某些符号化观念。大众传媒机构促使曾经是少数人享有的"消费"成为普遍的大众行为，使消费行为与"高雅""韵味""新潮""时尚"等"意义"相连，

---

① 张筱薏：《消费背后的隐匿力量：消费文化权力研究》，知识产权出版社 2009 年版，第3—4 页。

推动着消费文化中的文化消费。而掌握舆论焦点、左右话语权、配合商业赢利动机等等都隐匿于具有娱乐性的活动之中，让观众在轻松愉快中接受符号的输入，自觉地选择某种消费观念，达成消费行为。所以，大众传媒扮演了消费文化权力实施的角色。

当然，受众者的积极配合也是消费文化权力得以施展的一个重要因素。在消费文化时代，消费是一种主观的、主动的行为，并非为生存不得已而被动消费。现代社会的细致化分工，使得人们的生活碎片化，变成整个社会发展的一个小的环节。人们的生活摆脱了农业时代自给自足的状态，可以完全通过社会化服务实现——随着城市化的推进，生活在城市之中的人们，吃喝拉撒睡无不可以通过消费便捷地达成。大众社会人们彼此陌生，却可以通过消费实现彼此相联，这已经成了现代城市生活中人类的生存常态。消费是人们生存的需求，也是人们的心理需求，它带给人以安全、有能力、与时代接轨、引领潮流等多种感觉，这是人们接受消费文化权力摆布的心理基础。

三、文化消费与身份认同

消费也是一种身份认同，是一种确立自我价值、个性与品味的体现。在消费文化社会中，特定的消费群体有特有的消费习惯，以此形成标识自我的一个属性，将自我带入某一范围内，或以此来与其他群体区分开，这些可以称作是消费身份认同。所谓"物以类聚、人以群分"，共同生活在一个活动范围的人类，总要以某种共同的认同来表示彼此的相融性，以达到相互的吸引与融洽，减少排斥性，实现资源的共享。认同感是人类群居的前提条件，它往往表现为某种身份的认定，某些习惯、习俗的共同存在等。身份是人们持续稳定拥有的某些属性，身份认同是个体的人在社会化生活中的内在需求，表现为"在确定身份的时候，具有某种属性的人与不具有这种属性的人截然分开，所以，个体的身份总是在群体上体现出来，个人的某种身份就是他所属的社会群体"。[1] 身份的认同有很多具体的来源，比

---

[1]　伍庆：《消费社会与消费认同》，社会科学文献出版社 2009 年版，第 15 页。

如民族、宗教、国家、党派、团体、运动等。先天的属性很难改变，比如民族、家族出身、阶层，但是后天的属性因素是可以变动的，比如参加党派、特定团体，参与某些政治活动、体育项目等。后天的这些属性与享有的资源紧密联系，人们的主观认同往往更关注这些因素。消费社会里的购物行为也成为身份认同的一个因素。商品作为使用价值、交换价值和符号价值多元属性的集合体，在符号商品化和商品符号化的共同作用下，消费行为不再仅仅是简单地用货币交换商品的使用价值并最终消耗，而是加入了对符号价值的利用这样具有复杂性的行动。因此，消费行为并不是对商品的简单继承和使用，而是某种身份、能力、权力、资质的象征。"消费生活方式构成民族认同的一个内在的方面。消费习俗、消费习惯和消费方式，均与民族的认同有密切的关系。一方面，它们是民族认同的象征和'素材'，以何种方式来从事消费，从一个侧面揭示了消费者民族渊源和民族身份。另一方面，它们也是民族认同的情感纽带和实质内容。按照自己民族的习惯和传统来进行消费，对消费者来说是民族认同的逻辑延伸"。① 消费行为可直接外化为身份的一个内容，成为一种重要的身份认同因素。通过消费习惯与消费内容可以将人划为不同的"圈子"，"圈子"其实就是相同的身份认同的人的集合体，人们迫切地通过消费行为来定义自己的个性和身份，塑造自我的形象，宣扬生活方式，实现自我价值与个性的确认。

进入 20 世纪，许多国家步入以消费促增长的时代。消费不再仅仅是为了生存而出现的一种现象，而是更为重要的一种文化现象。个人消费活动不再只是满足自己的生理需要、维持生存与发展的动物性行为，而是建构出丰富内涵的社会性行为。消费行为不仅体现人与物的关系，还成为人与人之间关系的中介，形成"人—物—人"之间的关系链。消费行为本身成为建构生活和文化的实践，随着消费以实践的方式将文化内化于自身，于是，消费行为成了生活中最主要的文化实践活动之一，建构个体生活中的意义，而这就成为建构认同所必需的基础。"一个消费者生活于某一特定的社会环境里，由于特定的生产条件，他总是面对具体的文化商品。但是同

---

① 伍庆：《消费社会与消费认同》，社会科学文献出版社 2009 年版，第 159 页。

样的文化商品也面对生活于特定社会环境中的消费者，消费者把该文化商品视为文化并赋予该商品一系列可能的意义，这些意义并不能从文化商品的物质性或文化商品生产的手段或生产关系中解读出来"。① 这种文化消费不仅是一种纯粹的经济行为，它也是一种审美行为、文化行为、戏剧表演行为、政治行为等，它表达出许多意味深长的文化内涵，同时也创造出新的内容，构建着文化体系。

第二节　文化资本与莎士比亚戏剧经典的再构建

一、消费社会中的文化资本

消费社会一切都可能进入市场，成为消费品。产品从生产到销售完成一个消费过程：资本—生产到产品—销售，消费完成，产生了利润，这是一个闭合的循环过程。这一过程是由资本投入开始的，资本是能够带来剩余价值的价值，它可分为实业资本、金融资本和无形资本。在产品的生产和销售中，实业资本与金融资本是具体可见的，没有这种实业资本与金融资本的投入，生产就不可能开始。但是在当代，由信息、媒介与符号形成的非物质性资本大行其道，形成文化产业的国际竞争力与文化资本的新的增长方式，这种非物质性资本被称为文化资本。"资本与文化的概念都在信息、媒介、符号进入资源与财富的流通领域后，得到了最大化的拓展与扩张。资本因文化而跨入非物质领域形成新的财富动力与结构，文化因资本的媒介而变为资源与财富的结构获取了新的经济价值，形成文化生产力的核心动力与全球博弈，亦即文化经济"。② 文化经济鲜明的特征是它是有形资本与无形资本、实业、金融资本与文化资本共同作用下的经济形式。

文学、影视等艺术作品进入市场则成为商品，则必然遵循市场规则。

---

① 伍庆：《消费社会与消费认同》，社会科学文献出版社 2009 年版，第 98 页。
② 皇甫晓涛：《文化资本论》，人民日报出版社 2009 年版，第 87 页。

它们在市场上通过流动—出售而完成消费行为,其价格包含着必要的物质成本,比如编辑时间、纸张、印刷、运输等,更为重要的是文学作品本身所传递的思想价值,这些是其价值体现的主体和流通增值的主因,也就是说,艺术作品本身也是一种资本的投入,即文化资本。文化消费的达成,是由文化资本与经济资本共同作用:在生产者(创作群体)的劳动中,产生具有精神价值的产品,再进入市场流通环节,此时消费文化权力发挥作用,以广告、评论等方式,吸引消费者关注,引领、促使消费者进行文化消费行为,达成文化消费的目标,实现产品在流通领域的增值。

文化消费不单纯是消费者的行为,更是以国家或民族的方式存在的。在以往的社会经济中,文化资本是由一部分特权阶层拥有和操控的,比如奴隶主、贵族阶层,因而文化呈现出某些阶级特色,并在一定时期一定范围内发生作用,比如巴洛克文化,当然文化的内力会突破这一范围向外扩展,从而对全社会产生影响。在 20 世纪的消费社会里,过去象征着阶层差别的经济差异已经变得不明显,人们通过消费对文化的认可和接受变得十分普及,文化资本与经济资本之间的关系也变得日益重要。文化不仅体现了一个国家、一个民族的特点,同时也是一种软实力,所以在资源配置方面,也就是经济资本的投入方面,重视文化的国家都会加大投入,以完善国家形象,促进文化实力的增长。国家传统文化的传播,民族精神的塑造与弘扬,都可能借助文化产品的创造、流通与消费过程而得以实现。"资本是在资源配置、资产增值中财富扩张、效益优化的物质世界主导力量,文化是在精神生产、知识服务中引领社会进步、文明提升的非物质世界主导力量。文化与资本的融合,决不仅是个人积累的知识生产条件与文化产品,经济资本转换的学术资格与市场制度,而是国家文化生产力的博弈,优势创新与提升国际竞争力的战略创新"。[①] 由此可以理解,物质文明与精神文明对于国家发展是同样重要的,大力发展文化产业不仅是消费所需,更是国家战略、民族生存所需。

---

① 皇甫晓涛:《文化资本论》,人民日报出版社 2009 年版,第 85 页。

二、消费文化中文学经典的生存与发展

消费时代将一切转化为投入与产出的过程，资本投入—市场流通—增值。文学创作的商业化越来越明显，它表现为作品的写作与发行都与消费市场紧紧相联，文学作品具有了产品属性，且这种产品主要的价值是输出某种"意义"符号。消费离不开市场，市场的形成和运作又取决于资本。在消费文化时代，市场就是制度化地消费文化，而艺术作品进入市场，艺术作品既具有产品属性，同时也是一种文化资本，它不仅是文化消费的对象，也同时与经济资本一同运行，在市场运作中发挥积极作用。

在市场经济的大潮中，文化的繁荣与人文学科的"衰落"悖论性地存在着。20世纪世界许多国家都出现了相同的问题：人文科学的危机。在大学里，越来越多的学生放弃人文学科专业的选择，更倾向于计算机、金融学等专业。对此，一些学者认为原因是社会的功利主义泛滥，而有的认为是学校教授的内容许多是非经典的，不能吸引学生。也有学者指出，"人文学科的衰落绝不是更新的非经典课程或文本所引起的结果，而是文化领域中一次大规模的'资本抽逃'的结果"。[①] 这里的资本应该指的是"文化资本"，即并不是所有已经存在的文艺作品或者说文学经典都可能转化为文化资本，可以投入到文化产业中去创造新的价值。一个最直观的表现是，众多的名著，无论中外，都出现了失去读者的情况。在消费社会里，失去读者就意味着失去市场，亦即无法完成消费而从中实现新的增值，也就不能充当文化资本。当然，因为时代的改变，人们对名著的消费可能改变了方式，比如在一些网络调查中，中国的古典四大名著都进入到"死都读不下去"的书单里，但是，通过改编而成的电影电视还是颇有市场的。这表明经典文学作品通过另外的途径，作为文化资本投入到产品的创造中，产生新的形式的产品，通过消费创造新的价值。

以电影产业为例，从电影诞生后，文学名著就成为其挖掘的宝藏，几

---

① ［美］约翰·杰洛瑞：《文化资本——论文学经典的建构》，南京大学出版社2011年版，第40页。

乎所有称之为名著的作品都被搬上银幕，而不断被翻拍的作品，更加突出表现出文化资本的特性。电影产品从拍摄到进入市场，是金融资本与文化资本共同作用的结果，它必须通过消费，以票房的多少表明其利润的高低。电影虽然可能是改编自某部文学作品，但是它是一个新的艺术作品，必然改变着原著，它的根本目标不是传播文学作品，而是创造利润，电影的成功与否是与票房相联系的。但是影视改编文学原著的尺度问题一直是评论者热衷的话题——一部新的电影是否遵循、尊重了文学原著，常常被评论者拿来做衡量其好坏的一个标准。以莎士比亚戏剧的影视改编为例，有学者认为，"在消费文化语境下，改编变成了一种商业行为，它不再是今人与古人的对话交流，而是对经典文本的核心价值进行解构并受大众文化影响重构的过程。商业化的运作消解了莎翁作品中思想内涵的深度，使其成为一种视觉消费符号，具有平面化的特征"。①

这些评论看似很有道理，但是它因评判的视角或立场而存在着片面性。"事实上，消费时代的名著改编从其产生的那一刻开始，就已进入到各方利益群体的产业链之中。一部平面的原著要在屏幕上立起来，其中牵涉到如制片投资、演员薪酬、票房分成等产业协议。这一切都构成了名著改编中所包含的文化诉求得以实现的前提和背景"。② 毫无疑问，在任何文学作品的电影改编中，就像金钱这种金融资本一样，经典文学的一些特性，比如故事性、文学形象、思想意义作为文化资本投入都必然被消耗，这看似造成了"经典性"的损耗，但是同时，文学作品又因其具有的文化资本功能而在文化消费中保存，通过被消费而被传播和接受，通过消费来传达其新的意味，反过来加强了其传播度、知名度，又对经典的构建起到积极的作用。也就是说，以往构成文学作品经典性的某些内容可能被解构，而新的时代观念借助新的形式进入到经典的构建中，比如《哈姆雷特》《简爱》《傲慢与偏见》《安娜·卡列尼娜》《了不起的盖茨比》《悲惨世界》等，并

---

① 孟智慧、车文文：《消费文化语境下莎士比亚戏剧的电影改编》，《长城》2012 年第 6 期，第 181 页。

② 朱四倍：《经典成为电视剧附庸的追问》，北国网-时代商报 2010 年 6 月 29 日，http：//ent. sina. com. cn/r/m/2010-06-29/10533001674. shtml。

没有因其一而再再而三地被改编而耗尽"资本"，反而常演常新，就是这个道理吧。还要注意的是，电影改编不仅是把文学作品当作文化资本投入到电影产品生产中，以新的形式对其进行了传播，而且有可能造就新的经典，使一些名气并不引人的文学作品通过影视而载入史册，《教父》《肖申克的救赎》等就是典型的案例。

三、作为文化资本的莎士比亚戏剧

值得庆幸的是，在消费文化的大潮中，莎士比亚没有被戏剧舞台遗忘，同时还被不断改编拍摄，成为影视圈的"红人"。因何如此呢？原因之一是其具有的强大的文化资本能力。消费文化不仅包括外在的消费文化景观和内在的消费意识形态，还是一种符号操纵和运作规则。在这个运作规则中起决定作用的是"资本"，而市场不过是资本运作的一种表现形式。无论是电影、电视还是戏剧表演、绘画、音乐等艺术创造，都是作为一种媒介，人们对这些作品的认同、追逐，构成了文化传播中特定意义，也就是说，艺术作品是"符号价值"体系。在消费社会，作为"符号价值"体系的文化产品或者说艺术作品，无疑会成为资本运作的对象。从这个意义上看，艺术作品的商品化并不是艺术本身发展的必然结果，而是资本运作使然。资本运作的目的就是让作品在市场流通过程中增值。因此，可以进入市场的众多艺术作品组成文化资本，与市场经济资本共同运作，以实现利益的最大化。文化领域是一个价值领域，而市场化是其价值实现的重要途径。在一系列的运作中，市场将艺术作品的艺术价值最大限度地转化为符号价值，将艺术的"文化资本"转化为市场的"经济资本"。

莎士比亚戏剧具有天然的市场品质。追根溯源，莎士比亚戏剧本身就是市场经济的产物。戏剧的繁荣离不开一个重要的外在条件，即城市的繁荣，或者说是市民阶层的崛起。戏剧的存活和繁荣需要众多观众的支持。尽管国王贵族等特权阶层具备强大的经济能力，但人数有限，市民作为消费群体，支撑了戏剧的发展。莎士比亚的戏剧是为演出而存在的，上到国王贵族，下到平民百姓，都是他服务的对象。他的作品中既有宫廷风味的《仲夏夜之梦》，也有烟火气十足的《温莎的风流娘们儿》。莎士比亚的戏剧几乎都有原型：或者是已存在流传的故事，或者是从历史书、传记书取材。这些题材经过作家的加工，打造成了莎剧艺术作品并形成品牌。莎士比亚戏剧情节生动，在舞台上演绎人生百态，涉及现实中的各种问题，展现君臣、父子（女）、男女、世俗与宗教等各种错综复杂的关系，它所探讨的男女不平等、种族歧视、宗教冲突等问题至今仍是热点话题。这些关系、问题和观念都是通过众多鲜活的人物形象表达的，作品思想广度、深度与精湛的戏剧艺术技巧结合，使得莎剧在市场竞争中脱颖而出，成为优质的文化资本。

追求利润是资本的本性，也是市场运转的内趋力。艺术作品一旦进入市场这一流通领域，其符号资本这双"无形的手"便操纵着艺术价值的评价体系。莎士比亚的戏剧从一开始就是市场竞争胜出者，在众多的戏剧班子里，莎士比亚剧团经受了考验，他的剧本被流传下来，而其前身已经无人问津了。莎剧在 20 世纪世界各地的大量演出和每次的影视改编，同样是其文化资本的内趋力作用的结果。

第三节　消费文化视域中的莎士比亚历史剧

作为文化资本的莎士比亚戏剧在消费文化的大潮中成为弄潮儿。就莎士比亚历史剧而言，在市场化的过程中，其神圣、正统、庄严的一面有加强，也有消解，对历史人物的解读有认可也有质疑，戏剧通过文化消费实现了经典的现代传承，同时也被解构与重构。在消费文化中，经典的传承往往与大众化、商业化、娱乐化等联系在一起。

一、经典与大众

消费文化与文化消费中都关涉到大众化的问题，大众消费成为消费文化的主力。"大众"与"经典"之间并不是对立的。任何一部文学经典都存在一个经典化的过程，通常是某些人或组织对于作品的推崇，将之"神圣化"，例如，西方中的《神曲》，是意大利薄伽丘出于对但丁长诗《喜剧》

的喜爱和推崇，尊称之为"神圣的《喜剧》"，后人沿用，我国汉译为《神曲》；中国文化中也是将《诗》（也称"诗三百"）尊称为《诗经》。在文学的历史长河中，何为经典与具有话语权的阶层直接相关。但是作品得到高度评价后，需要得到更多人了解和认可并经历时间的考验，最终进入经典的行列。"经典化"就是从权威走向大众的过程。经典化过程是"神圣"化过程，也是"大众"化过程。

莎士比亚戏剧成为经典，本身就经历了一个极为典型的经典化过程。莎士比亚戏剧在市场上得到磨练，又受到后世诸多权威人士的评判，有批评贬低的，更多宣扬和认可，并加以大力推广，在不同时代的戏剧舞台上占据一席之地，直到今天。伴随电影这一媒介产生并迅速发展以及网络时代数字化媒体的普及，莎剧改编的影视之作更加广为流传，也充分表现出经典的大众化。

在消费文化中，文学经典的大众化成为常态，市场需求与消费经典并不冲突，但是大众化的现实使得许多学者担心经典的大众化会使经典走向平庸，坠落到通俗作品之中。"当技术打破精英阶层对文化资本的垄断，如潮的信息涌向普通大众时，这种权威就不再是那样坚不可摧，取而代之的是在娱乐化与平庸化之中猛烈的反抗与抵抗。大众的反叛具体展现为通过数字媒体工具重新塑造莎士比亚形象。因此，在数字媒体世界中，莎士比亚的传播与接受呈现'去经典化'、碎片化、娱乐化、符号化等特征"。①

商业化和娱乐化几乎是经典文学作品影视改编最受诟病之处。评论者认为，文学经典进入市场，被商业化，在盈利的驱动下，往往为迎合观众而过度娱乐化，由此而消解其经典性。商业化、娱乐化的现象在当代莎士比亚戏剧的演出与改编中也的确存在着，但是与其经典性的传承并不矛盾，因为莎士比亚戏剧从诞生起就是商业化的结果，而其中的娱乐性也是其生存的一个手段。首先，莎士比亚戏剧就是因市场需求而从语言文字文本转化为舞台表演的一个结果。历史剧是莎士比亚创作的第一时期的主要内容，

---

① 周仁成：《数字媒体语境下莎士比亚在中国的传播与阅读》，《出版科学》2012年第3期，第96页。

正是因为当时历史书的畅销，引发了许多剧作家对历史剧的创作。莎士比亚作为一个剧本写作者，一个剧团的股东之一，他首先考虑的就是观众的需要。当时的戏剧表演已经完全是一种商业行为，而非少数权贵阶层豢养的宣传喉舌。没有观众就无法盈利、无法生存下去。莎士比亚面对的观众既有统治阶级的高层显贵，也有广大的市民阶层，他们包括各种手工业者和学徒以及他们的家人。作为剧本写作者，莎士比亚最有效最直接的方式就是了解他们的"口味"，获取当时的文化流行趋势，以畅销书籍和故事来改编成剧本。"1595 年刚出版了丹尼尔的《内战》，莎士比亚就写出了《亨利四世》第一部分；1598 年斯托的《伦敦》刚出版发行，翌年莎士比亚的《亨利五世》就已经粉墨登场了；而 1599 年至 1608 年期间，莎士比亚根据当时出版的普鲁塔克的《希腊罗马名人传》写出了《安德洛尼克斯》和《科里奥兰纳斯》，根据丹尼尔的《克莉奥佩特拉》写出了《裘力斯·凯撒》"。① 可以说当时观众喜欢什么，剧团就演什么，完全是"迎合"观众的。同时，为了能在市场上站稳脚跟，取得收益，莎士比亚戏剧中都具有鲜明的娱乐性，历史剧也不例外，情节的意外偶然巧合，对话中的俚语与双关，人物的喜剧化，比如几乎所有莎剧中都有"小丑"角色的存在，可以是弄臣，也可能是个人或小商贩等，福斯塔夫的性格特点和剧中作用就是典型的"小丑"角色，还有《亨利五世》中的小人特皮斯托。可见，娱乐化是莎剧吸引观众的一个最重要的手段。

20 世纪的电影、电视作品也直接与市场挂钩，莎剧的影视改编依然是商业化的结果。在这一商业化过程中，娱乐化仍然是其重要的特征之一。影视剧商业化具体表现为票房收入，而明星效应既与票房相关，又是娱乐化的一个直接体现。文化产品的价值衡量很难逃脱"金钱"的标准，艺术家的工作和产品只有在"卖座"之后，艺术才得以实现。在这一现实面前，一方面，消费文化"绑架"了艺术家；另一方面，艺术家也事实上促进了艺术的商业化。就戏剧、影视而言，绕不开"票房"这一关键词。"好看"

---

① 吴晖：《论莎士比亚戏剧的商业性与商业化》，《外国文学评论》1996 年第 4 期，第 128 页。

"叫座"的作品意味着高票房，如何做到被认可为"好看"往往是制作方追求的最大目标。视觉产品要通过刺激、震撼的场面，冲击消费者的视听，留下强烈的印象。作品中出现暴力和情色场面就是实现这种目的的一种常见手段。除此之外，起用具有影响力、号召力的导演、演员等也是营造高"票房"的一种方式。莎士比亚历史剧电影、电视的作品也毫无例外，大牌的导演和大牌明星是其制作和演播成功的一个重要方面。莎士比亚历史剧改编的电影也不例外地遵循了这一市场制约，《都铎王朝》的暴力和情色场面是一鲜明的例证；而 21 世纪 BBC 的"空王冠"系列剧更是明星云集，赚足了收视率。当然是否盈利不仅要看票房收入，还要看成本投入；明星也不一定都发挥效应，一定会增强票房收入，也有不少的明星被称为票房杀手。

　　不过值得欣慰的是，莎剧的许多导演和演员本身就是莎剧的戏剧表演者，比如奥利弗、布拉纳。像希德勒斯顿、康伯巴奇等当红影星，也许更多的年轻观众和网友是通过《复仇者联盟》《神探夏洛特》等影视作品认识他们的，但他们本身也是莎剧演员，以演莎剧起家、成名，并一直保持着舞台演出，他们对莎剧和戏剧表演有浓厚的情感和丰富的经验，同时也能适应影视这一艺术形式的表演风格并拥有大量的追捧者（粉丝），因而他们的莎剧舞台表演和影视作品都受到了关注，成为当前莎剧传播不可忽视的积极因素。"莎士比亚戏剧的商业化是与其内在的商业性密切相关的。莎剧的确是人类文化的经典，但这并不意味着它们因此就失去了商业性，就不能具有商业价值……其实莎士比亚戏剧从其诞生之日起就与商业结下了不解之缘，而且由于它本身的商业性，使它几个世纪以来被按照不同的时代标准商业化，一直具有被改编演出或搬上银幕的商业价值。不可否认，这在一定程度上也是莎剧得以代代流传的原因"。①

　　20 世纪是消费文化时代，也是泛娱乐化时代，一切崇高的价值体系受到新的挑战，在娱乐化的大潮中，经典被解构也被重新构建。莎剧的商业

---

　　①　吴晖：《论莎士比亚戏剧的商业性与商业化》，《外国文学评论》1996 年第 4 期，第 131 页。

化已经是一种普遍的趋势，其大众化的开放态度和多种娱乐化的表演方式已经成为其经典化或者是经典传播的必不可少的步骤。

二、同质性与多元化

小说、戏剧和影视等艺术创作的主体是作家、导演、演员等，这些艺术作品体现出个人化、个性化的风格，正是这种个性化使得艺术世界丰富多元。但是进入到消费体系内的艺术创作，除了个人主体意愿，还存在着一只"无形的手"的操控。消费文化对艺术的影响直接体现为对其"符号价值"的操控上，这种操控是通过市场机制实现的。市场就是制度化的消费文化，而不同的市场又是由不同的资本运作方式形成的。艺术作品一旦进入流通领域，其"符号价值"的沉浮、隐显都受制于市场机制和资本意志，具体体现在：（1）无论艺术家的意愿如何，他的劳动成果都要被"符号价值"生产逻辑重新估价和"改写"，资本便在这个过程中表现出它的支配和制约力量；（2）不仅对具体作品的符号价值进行打造，资本这双"无形的手"还会顽强地伸向艺术评价机制中，把艺术价值转换成便于交换并从中获利的符号价值，从而改造历经几百年建立起来的艺术价值体系。①

可以说现在的每位艺术创作者都无法避免地受到市场"无形的手"的操控，只是有的是主动迎合，有的是被动接受。消费文化中，因资本逐利的本质，导致文化产品的创作者不可回避地受到市场导向的干扰，其艺术追求与市场需求有时会出现不相协调的状况，因为在市场中产生利润创造更大经济价值的仅是少数类型的文化产品，而艺术创作需要多元化、多样化。这也就意味着有许多文化产品是没有市场的。艺术家常常陷入两难之地，坚守自己的艺术追求有可能受到市场的冷落，成果无人问津，不仅直接影响收入，还表明自己的劳动与创造没有得到认可和实现；但是如果积极寻求市场，按需求进行创作，有可能要牺牲自己的艺术理念与价值追求，也可能在消费的狂欢中迷失自己，耗尽艺术创造的才华。

---

① 张筱薏：《消费背后的隐匿力量：消费文化权力研究》，知识产权出版社 2009 年版，第 13 页。

"无形的手"不仅影响艺术家的创作，对生产的艺术产品也同样直接干预，表现为资本流向盈利或者可能盈利的领域，而不是最有思想性和艺术价值的领域。结果是在同一时期可能出现类似的艺术作品，也就是会出现艺术创作的同质化现象。消费文化中艺术作品的同质化现实就是艺术家向市场妥协的结果。因为市场表明对某类文化产品的热需，大量相似的产品一窝蜂出现，最典型的例子就是电视栏目的设立，比如相亲节目、明星秀自己的生活、秀孩子等等。从社会学角度出发，消费既是一种个人行为，又是一种共有行为，是一种同时为许多人共同表现出来的文化。"一旦消费离开了基本需求的限制，人们的需求选择就有了很大的自由度，而人们的需求感来自于他置身其中的文化，文化塑造了一个人，也就塑造了他的心灵结构、他的需求。而文化是一种浸润于其中的氛围和环境，甚至就是人朝夕呼吸的空气。资本逻辑充分利用这一点，把利润而非人生的需要作为一切的尺度来实施它的文化控制"。①

文化产品的同质化并非只是在某一国家、某一消费领域，当前市场的全球化为文化产业提供了广阔的发展空间，促进了文化交流与创造，但同时也加深了文化产品的同一性发展：创作者彼此学习、借鉴，无论是小说、影视还是音乐、绘画等，都存在着众多类似甚至抄袭的情况。"在全球化过程中，作为一种文化的西方大众消费文化基于经济资源和科学技术的产品优势以及在全球化中规则制定的主导地位，借经济全球化的东风，利用文化传播媒体的优势，推动着西方标准的文化产品、生活方式和消费模式的流行，这些构成了西方文化权力实施控制的便利条件。形成具有'软力量'特征的西方优势文化权力的强制性传播"。② 文化的交流中的评价标准包含着价值观念，也就是说评价体系亦即价值体系。拥有文化评价制定标准的国家或民族，借助各种机会，如奖项的评比，传达自己的价值观念，也将其他民族纳入到自己的价值体系内，有可能形成新的文化殖民。文化产品

---

① 张筱蕙：《消费背后的隐匿力量：消费文化权力研究》，知识产权出版社 2009 年版，第 6 页。

② 张筱蕙：《消费背后的隐匿力量：消费文化权力研究》，知识产权出版社 2009 年版，第 249 页。

的同质性使得文化的多样性受到挑战和冲击，长此以往，将与促进世界文化发展的目的背道而驰。

在 20 世纪以来莎士比亚历史剧的演出与改编中，确实存在着同质化现实。英国国家和专业剧团通过莎士比亚历史剧明确地传播着具有鲜明的意识形态的观念，欧洲及美国的剧团的演出与导演的改编虽然在许多方面进行了创新，但是它们的文化同源性造成产品内在的同质性现象。不管是穿古装的亨利五世还是穿军装的理查三世，本质上表达的都是西方的价值观、人生观和民族观念。

是否可以消除这种隐患和危机呢？不同民族争取话语权力，反对文化霸权，既在文化交流中传扬进步的价值理念，同时也相互尊重，包容不同形式的民族传统观念，也许这种努力会避免这种隐患，或者扭转已经出现的文化产品同质性、单一化的局面。这种努力在莎士比亚的喜剧、悲剧中表现得相对比较明显，因为全世界不同民族的改编，选取的角度和表达的理念都出现了多元化特点。在历史剧的演绎和改编中，中国、印度、日本、韩国等东方国家的特有的表演方式和东方文化内涵，也将冲击西方的话语表达，为世界文化提供多种思考。

结　语

人类文化无处不在，世界文化是丰富多元的。任何一种文化都是其载体、规则和意义（或内涵）的统一，即文化载体的可感性，载体要素的组合规则和载体内在传达出的意图、情感、信仰、习俗等的统一。也可以理解为任何一种文化均可看作是表层结构、深层结构和意义结构的统一。随着消费时代的到来和消费文化的产生，文化消费现象在大众文化中越来越普及。艺术作品不仅在传统的剧场、戏院、音乐厅、美术馆存在，也通过电视、网络、自媒体等传媒传播发行，各种艺术形象（仿像）进入现代人的日常生活，成为人的意识中不可分割的部分。艺术价值与某一艺术作品的市场价值是不等同的。艺术价值是在人类的生命存在的层次上发生的，它体现的是艺术对人的生活活动的本源性功能和意义，反映的是艺术作品在开掘、建构和呈现人的生命活动的本源时的具体方式和具体意义。艺术活动本身的价值是无法估价的，即所谓艺术无价。在现实关系中，艺术作品的商品价值也是其艺术价值的一种反映。艺术作品一旦作为商品进入市场流通，就已经形成了衡量作品的艺术价值的一种新的评估系统。

　　莎士比亚戏剧是人类文化的宝贵遗产，他不仅代表着英国文化，也是世界人民共同的财富。莎士比亚的历史剧让英国历史走进当代社会成为现实；莎士比亚历史剧的演出与改编历程，让文学的发展历史走进当代艺术创作成为现实。在不同时期，人们对莎士比亚戏剧进行了宣扬和传播，也进行了改编和再创造。从古典主义的抨击，到浪漫主义的高扬，抑或是当代的"消费"，无论是戏剧舞台还是影视、网络，无论是传统、正宗还是另类、新奇，所有的一切都是时代大潮中的"新解"，所有的一切都在重构着莎士比亚戏剧经典。历史剧作为莎士比亚戏剧的重要组成部分，其特有的性质使得英国本国与他国研究者对其阐释存在着不同的立场，传达着不同的思考和意义，其中既有普世价值，也有民族情结。对莎士比亚历史剧的研究应采取批判的立场，在扬弃中汲取营养，抛弃狭隘的民族主义观念，从人类共同命运角度出发，作出新时期的演绎和解读。

附录 莎士比亚历史剧中的影视改编

莎士比亚历史剧的影视改编

戏剧名称	改编时间	出品国	导　　演	片　　名
	1937	英国	Oferrall	《亨利五世》
	1944	英国	Olivier	《亨利五世》
	1949	美国	Demonstration for Affiliates	《亨利五世》
	1979	英国	Messina/Giles	《亨利五世》
	1989	英国	Kenneth Branagh	《亨利五世》
	2012	英国	Richard Eyre Rupert Goold	《空王冠：亨利五世》
理查三世	1908	美国	Ranous	《理查三世》
	1911	英国	Barker	《理查三世》
	1912	美国	Keane	《理查三世》
	1913	美国	Benson	《理查三世》
	1919	德国	Reinhardt	《理查三世》
	1955	英国	Olivier	《理查三世》
	1983	英国	Sutton/Howell	《理查三世》
	1995	英国	Loncraine	《理查三世》
	1996	美国	Pacino	《寻找理查》
	2016	英国	Richard Eyre Rupert Goold	《空王冠：玫瑰之争之理查三世》

莎士比亚历史剧的影视改编

戏剧名称	改编时间	出品国	导　演	片　名
约翰王	1899	英国	Dickson	《约翰王》
	1984	英国	Sutton/Giles	《约翰王》
亨利八世	1911	英国	Barker	《亨利八世》
	1912	美国	Trimble	《亨利八世》
	1979	英国	Messina/Wise	《亨利八世》
	2007—2010	爱尔兰、加拿大、美国	Ciaran Donnelly 等	《都铎王朝（电视连续剧）》
理查二世	1954	美国	Schaefer	《理查二世》
	1978	英国	Messina/Coleman	《理查二世》
	1982	美国	Woodman	《理查二世》
	2002	美国	John Farrell	《理查二世》
	2012	英国	Richard Eyre Rupert Goold	《空王冠：理查二世》
亨利六世	1983	英国	Sutton/Howell	《亨利六世》
	2016	英国	Richard Eyre Rupert Goold	《空王冠（第二季）：玫瑰之争之亨利六世（上、中、下）》
亨利四世	1991	美国	Van Sant	《亨利四世：我私人的爱达荷》
	2012	英国	Richard Eyre Rupert Goold	《空王冠（第一季）：亨利四世（上、下）》

参 考 文 献

专著：

〔德〕莱辛：《汉堡剧评》，张黎译，上海译文出版社 1981 年版。

〔加〕玛格丽特·阿特伍德：《好奇的追寻》，牟芳芳、夏燕译，江苏人民出版社 2012 年版。

〔美〕阿兰·布鲁姆、哈瑞·雅法：《莎士比亚的政治》，潘望译，江苏人民出版社 2009 年版。

〔美〕安德鲁·T. 鲁宾斯坦：《从莎士比亚到奥斯丁——英国文学的伟大传统》，上海译文出版社 1987 年版。

〔美〕桑德拉·吉尔伯特、苏珊·古芭：《阁楼上的疯女人》，杨莉馨译，上海人民出版社 2015 年版。

〔美〕约翰·杰洛瑞：《文化资本——论文学经典的建构》，南京大学出版社 2011 年版。

〔意〕马基雅维利：《论李维》，冯克利译，上海人民出版社 2012 年版。

〔英〕阿·尼柯尔：《西欧戏剧理论》，徐士译，中国戏剧出版社 1985 年版。

〔英〕温斯顿·丘吉尔：《英语国家史略》，薛力敏、林林译，新华出版社 1985 年版。

〔英〕西莉亚·卢瑞：《消费文化》，张萍译，南京大学出版社 2003 年版。

《莎士比亚全集》，朱生豪等译，人民文学出版社 1978 年版。

黄龙：《莎士比亚新传》，江苏少年儿童出版社 1987 年版。

蒋孟引：《英国史》，中国社会科学出版社 1988 年版。

李虹、于闽梅：《世界戏剧史话》，国际文化出版社 2000 年版。

李艳梅：《莎士比亚历史剧研究》，中国社会科学出版社 2009 年版。

李艳梅：《莎士比亚历史剧与元代历史剧比较研究》，中国社会科学出版社 2012 年版。

谭霈生：《戏剧艺术的特性》，上海文艺出版社 1985 年版。

汪流:《中国的电影改编》,中国广播电视出版社 1995 年版。

王宁:《诺贝尔文学获奖作家谈创作》,河北大学出版社 1987 年版。

王晓英、杨靖:《影响世纪的 100 部女性文学名著》,苏州大学出版社 2010 年版。

吴辉:《影像莎士比亚》,中国传媒大学出版社 2007 年版。

吴菁:《消费文化时代的性别想象》,上海人民出版社 2008 年出版。

伍庆:《消费社会与消费认同》,社会科学文献出版社 2009 年版。

杨斌:《消费文化与艺术创新》,江西美术出版社 2009 年版。

张冲、张琼:《视觉时代的莎士比亚》,北京大学出版社 2009 年版。

张筱薏:《消费背后的隐匿力量:消费文化权力研究》,知识产权出版社 2009 年版。

周宪:《超越文学——文学的文化哲学思考》,三联书店 1997 年版。

朱光潜:《悲剧心理学——各种悲剧快感理论的批判研究》,人民文学出版社 1985 年版。

朱光潜:《西方美学史》,人民文学出版社 1978 年版。

Alexander Leggatt. *Shakespeare's Political Drama*. London and New York:
Routledge,1988.

Howard,Jean and O'Connor,Marion,ed. *Shakespeare Reproduced:the Text in History and Ideology*. New York:Metheun,1987.

Kocher Paul H.. *A Study of his Thought,Learning,and Character*,Chapel Hill The U of North Carolina P,1946.

Linda Bamber. *History,Tragedy,Gender*//Graham Holderness. *Shakespeare'S History Plays:from Richard II to Henry V*. London:the Macmillan Press LTD,1992.

Peter Barry,*Beginning theory:an introduction to literaryand cultural theory*. Manchester University Press,1995.

Richard Wilson and Richard Dutton edited,*New Historicism And Renaissance Drama*,London and New York:Longman,1992.

Samuel Crowl,*Shakespeare Obsercod*,Ohio University Press Athens,1992.

期刊:

常远佳:《16 世纪的马基雅维利主义与马基雅维利思想》,《求索》2014 年第 10 期。

陈红薇:《"再写":战后英国戏剧中的莎士比亚》,《外国文学》2012 年第 3 期。

李春喜:《浸润在戏曲艺术精神中的话剧〈理查三世〉》,《中国戏剧》2012 年第 9 期。

李伟民:《〈阿史那〉:莎士比亚悲剧的互文性中国化书写》,《海南大学学报(人文社会科学版)》2014 年(32 卷)第 4 期。

李伟民：《光与影中的戏仿与隐喻叙事》，《四川戏剧》2014 年第 1 期。

李伟民：《日本莎剧演出与研究》，《高校社科动态》2014 年第 3 期。

李艳梅：《〈哈姆雷特〉的电影改编与时代解码》，《北方论丛》2016 年第 2 期。

李艳梅：《丑角的"力"与"美"——莎士比亚历史剧中丑角群像》，《外国文学研究》2006 年第 6 期。

李艳梅：《当代莎士比亚戏剧的多元传播与经典再生》，《浙江工商大学学报》2014 年第 6 期。

李艳梅：《论历史剧的悲剧精神》，《学习与探索》2012 年第 11 期。

李艳梅：《论史剧的悲剧性》，《学习与探索》2007 年第 2 期。

李艳梅：《人民性：历史文学中历史真实的体现》，《黑龙江社会科学》2008 年第 6 期。

李艳梅：《莎士比亚历史剧的人物塑造方法探析》，《外国文学研究》200 年第 4 期。

李艳梅：《银幕上的亨利五世》，华治武主编：《汤显祖与莎士比亚文化国际学术研讨会论文集》，浙江大学出版社 2015 年版。

孟宪强：《莎士比亚创作分期新探》，《社会科学战线》1994 年第 6 期。

孟智慧，车文文：《消费文化语境下莎士比亚戏剧的电影改编》，《长城》2012 年第 6 期。

倪小民：《浅析莎士比亚历史剧》，《唐都学刊》2001 年第 1 期。

齐宏伟：《〈理查三世〉的艺术世界新探》，《南京师范大学文学院学报》2003 第 2 期。

孙法理：《从吴宓三境说看莎士比亚〈理查三世〉的创作》，《中国比较文学》1995 年第 2 期。

索天章：《莎士比亚的英国史剧简论》（上、下），《外语教学研究》1984 年第 2 期、第 3 期。

田民：《"戏剧是东方的"：法国戏剧导演姆努什金与亚洲戏剧》，《文艺研究》2006 年第 11 期。

童庆炳：《"历史 3"——历史题材文学创作的历史真实》，《人文杂志》2005 年第 5 期。

吴晖：《论莎士比亚戏剧的商业性与商业化》，《外国文学评论》1996 年第 4 期。

希拉里·德夫里斯：《今日的皇家莎士比亚剧团》，徐斌、晓阳编译，《世界文化》1984 年第 3 期。

邢贲思：《历史．历史学．历史剧》，《求是杂志》2006 年第 1 期。

徐克勤：《莎士比亚历史剧初探》，《山东师范大学学报》1983 年第 5 期。

张冲：《颠覆与维护之间：莎士比亚"亨利四部曲"的多重复调》，《解放军外语国学院学报》2002 年第 6 期。

张琦：《不能完成的颠覆——论莎士比亚女性主义研究》，《外国文学研究》2001 年第 4 期。

郑歆：《莎士比亚历史剧中秩序与混乱的悖论》，《求索》2006 年第 3 期。

周宁：《剧本与剧场：戏剧及其研究的观念与方法》，《文艺研究》1993 年第 4 期。

周仁成：《数字媒体语境下莎士比亚在中国的传播与阅读》，《出版科学》2012 年第 3 期。

宗白，李清德：《皇家莎士比亚剧团纵横谈》，《戏剧艺术》1982 年第 2 期，

CAMPBELL，LILY B. Shakespeare's "Histories" ——Mirrors of Elizabethan Policy. METHUEN&COLTD，1947.

Christine Hoffmann，"Biting More Than 'We' Can Chew：The Royal Appetite in Richard II and 1 and 2 Henry IV，" *Papers on Language & Literature*，Vol. 45，Issue 4，Fall 2009.

David M. Bergeron. Richard II and Carnival Politics//*Shakespearean Criticsim Yearbook* Vol. 9，1991.

David Womersley. The Politics of Shakespeare's King John//*Shakespeare Criticism Yearbook* 198，Vol. 13.

Edward Berry. Twentieth-century Shakespeare criticism—the Histories//STANLEY WELLS. *The Cambridge Companion to Shakespeare Studies*.

Elizabeth Zauderer，" '... neither mother，wife，nor England's queen'：Revisioning Queen Margaret of Anjou in Richard Loncraine's Film Richard III (1995)，" *Literature Film Quarterly*，Vol. 43，Issue 2，2015.

LEGGATT，ALEXANDER. Shakespeare's Political Drama. London and New York：Routledge，1988.

Meghan C Andrews. Gender，Genre，and Elizabeth's Princely Surrogates in Henry IV and Henry V. *Studies in English Literature* (*Johns Hopkins*). Spring2014，Vol. 54 Issue 2.

Michael Manheim. The Four Voice of the Bastard//*Shakespeare Criticism Yearbook* Vol. 13，1989.

Nancy A. Gutierrez，"Gender and Value in Henry VI：The Role of Joan de Pucelle，" *Shakespeare Criticism Yearbook*，Vol. 16，1990，pp. 131.

Nancy A. Gutierrez，"Gender and Value in Henry VI：The Role of Joan de Pucelle，" *Shakespeare Criticism Yearbook*，Vol. 16，1990.

Norman Sanders. American Criticism of Shakespeare's History Plays，*Shakespeare Studies*. Vol. 9，1976.

Role Call. Notes on Playing Shakespeare. Stacy Keach，*American Theatre*.

Nov2013，Vol. 30 Issue 9.

TRAVERSI，DEREK. Shakespeare —— from Richard II to Henry V．London：
Hollis & Carter，1957.

WILSON，RICHARD；DUTTON，RICHARD. New Historicism And Renaissance
Drama. London and New York：Longman，1992.

网页文章：

［印］拉文德．卡尔：《莎士比亚戏剧在印度》，潘源译，中国社会科学网，http：//
art．cssn．cn/ysx/ysx＿xjx/201506/t20150626＿2048959．shtml。

张敞：《理查三世，一朵彩色的有毒蘑菇云》，http：//dajia．qq．com/original/
category/zhangchang20160625．html。

味稀：《搞电影和戏剧的，都在怎样改编莎士比亚》，http：//www．15yan．com/
story/fY3YBzcoTgc/。

朱四倍：《经典成为电视剧附庸的追问》，北国网-时代商报2010年6月29日，
http：//ent．sina．com．cn/r/m/2010－06－29/10533001674．shtml。

后　记

　　开展学术研究，要引经据典，要考证辨析，没有资料，就像沙漠行走没有水，寸步难行；资料太多，则如同海中冲浪，一不小心被拍倒，海水呛得满是咸涩。对于莎士比亚历史剧研究，两种感觉我皆有。一直以来，莎士比亚戏剧研究的中外成果浩瀚如海，演出也源源不断，花样翻新，仅在 2014 年为纪念莎士比亚逝世 400 周年之际，世界各地、各民族、各语言的莎剧演出交流、影视改编、研究会议就纷纷呈现，汇聚在一处如同海啸席卷而来，让每位研究者都既兴奋又紧张。但是在这片海洋中，历史剧的成果仅仅是掀起的浪花几朵；若是将历史剧作为一个戏剧种类，从其特质入手进行深入研究，则时常感到资料不足，无从下手。

　　历史剧以艺术真实再现历史真实，人们观看了历史剧，总有些历史内容被勾起或者进入记忆；但历史剧实质是剧，历史内容是其必备的或多或少的一种成分，若以历史研究来看待历史剧，则会画地为牢。对于由莎士比亚戏剧改编而成的影视作品也是如此，虽然与原作有千丝万缕的关联，但其本身是独立存在的艺术作品，成败好坏是以影视艺术的规则来评判，并不是看是否与原剧相似多少。无论历史剧还是电影电视作品，最吸引人的是其艺术的审美特质，那些鲜活的人物和生动的对话，如同引着我们走到人性深处的信号灯。

　　本书关注的是 20 世纪以来莎士比亚历史剧的演出与影视改编情况。在 20 世纪全球化以及消费文化滥觞的大潮中，莎士比亚戏剧的传播也不可避免地受到时代文化大气候的影响，带着消费文化的气息。全书以收集的演出与影视改编的情况为研究基础，试图从现象深入到文化内核，感受莎士比亚文学经典在新时期文化转向中的引领作用，感受莎士比亚历史剧不可替代的文学地位及其新时期的重新解读。

尽管本人努力思考，但限于能力平平，深感许多地方词不达意，力不能逮，最终付梓成书，深深感谢各位师友的帮助和支持。感谢我的两位导师——上海师范大学的郑克鲁先生和中国社会科学院文学研究所的杜书瀛先生曾经的教诲，两位先生耄耋之年依旧笔耕不辍，每年都有新成果问世，作为学生我深感自豪和骄傲，也鞭策我要加倍努力。感谢浙江工商大学蒋承勇教授及"西方文学与文化研究院"为本书出版提供了大力支持。感谢上海社会科学院出版社的编辑路征远先生的辛苦付出，为了本书的顺利出版，他要督促我完成文稿，还对我的焦虑进行疏导和减压；同时感谢本书的责任编辑王睿老师，后期编校勘误，装帧出版，付出了辛勤的劳动，合作愉快，友谊长存。

敝帚自珍，拙作的出版也算是我开展莎士比亚历史剧研究的一个段落总结，书中疏漏错误之处，恳请各位方家批评指正！

李艳梅

2018 年 7 月 30 日　杭州下沙

图书在版编目（CIP）数据

20 世纪莎士比亚历史剧的演出与改编研究 / 李艳梅
著. —上海：上海社会科学院出版社，2018
ISBN 978 - 7 - 5520 - 2464 - 7

Ⅰ. ①2…　Ⅱ. ①李…　Ⅲ. ①莎士比亚（Shakespeare，
William 1564 - 1616）—历史剧—文学研究　Ⅳ. ①I561.073

中国版本图书馆 CIP 数据核字（2018）第 205990 号

20 世纪莎士比亚历史剧的演出与改编研究

著　　者：李艳梅
策划编辑：路征远
责任编辑：王　睿
封面设计：梁业礼
出版发行：上海社会科学院出版社
　　　　　上海顺昌路 622 号　邮编 200025
　　　　　电话总机 021 - 63315900　销售热线 021 - 53063735
　　　　　http：//www. sassp. org. cn　E-mail：sassp@sass. org. cn
照　　排：南京前锦排版服务有限公司
印　　刷：上海信老印刷厂
开　　本：710×1010 毫米　1/16 开
印　　张：11.75
字　　数：171 千字
版　　次：2018 年 10 月第 1 版　　2018 年 10 月第 1 次印刷

ISBN 978 - 7 - 5520 - 2464 - 7/I · 298　　定价：70.00 元